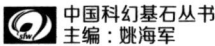

中国科幻基石丛书
主编：姚海军

触摸星辰

邓思渊 著

四川科学技术出版社

图书在版编目(CIP)数据

触摸星辰 / 邓思渊 著. --成都：四川科学技术出版社，2020.4

（中国科幻基石丛书 / 姚海军 主编）

ISBN 978-7-5364-9759-7

Ⅰ.①触… Ⅱ.①邓… Ⅲ.①幻想小说－中国－当代

Ⅳ.①I247.5

中国版本图书馆CIP数据核字（2020）第042596号

中国科幻基石丛书

触摸星辰

出 品 人	程佳月
丛书主编	姚海军
著 者	邓思渊
责任编辑	张湉湉 姚海军
特邀编辑	颜 欢
封面绘画	刘紫橙
封面设计	施 洋
版面设计	施 洋
责任出版	欧晓春
出 版	四川科学技术出版社
	四川省成都市槐树街2号出版大厦 邮政编码：610012
开 本	147mm×208mm
印 张	9.25
字 数	200千
插 页	2
印 刷	成都博瑞印务有限公司
版 次	2020年10月成都第一版
印 次	2020年10月成都第一次印刷
定 价	42.00元

ISBN 978-7-5364-9759-7

写在"基石"之前

姚海军

"基石"是个平实的词,不够"炫",却能够准确传达我们对构建中的中国科幻繁华巨厦的情感与信心,因此,我们用它来作为这套原创丛书的名字。

最近十年,是科幻创作飞速发展的十年。王晋康、刘慈欣、何夕、韩松等一大批科幻作家发表了大量深受读者喜爱、极具开拓与探索价值的科幻佳作。科幻文学的龙头期刊更是从一本传统的《科幻世界》,发展壮大成为涵盖各个读者层的系列刊物。与此同时,科幻文学的市场环境也有了改善,省会级城市的大型书店里终于有了属于科幻的领地。

仍然有人经常问及中国科幻与美国科幻的差距,但现在的答案已与十年前不同。在很多作品上(它们不再是那种毫无文学技巧与色彩、想象力拘谨的幼稚故事),这种比较已经变成了人家的牛排之于我们的土豆牛肉。差距是明显的——更准确地说,应该是"差别"——却已经无法再为它们排个名次。口味问题有了实际意义,这正是我们的科幻走向成熟的标志。

与美国科幻的差距,实际上是市场化程度的差距。美国科幻从期刊到图书到影视再到游戏和玩具,已经形成了一条完整的产业链,动力十足;而我们的图书出版却仍然处于这样一种局面:读者的阅读需求不能满足的同时,出版者却感叹于科幻书那区区几千册的销量。结果,我们基本上只有为热爱而创作的科幻作家,鲜有为版税而创作的科幻作家。这不是有责任心的出版人所乐于看到的现状。

科幻世界作为我国最有影响力的专业科幻出版机构,一直致力于对中国科幻的全方位推动。科幻图书出版是其中的重点之一。中国科幻需要长远眼光,需要一种务实精神,需要引入更市场化的手段,因而我们着眼于远景,而着手之处则在于一块块"基石"。

需要特别说明的是,对于基石,我们并没有什么限定。因为,要建一座大厦需要各种各样的石料。

对于那样一座大厦,我们满怀期待。

非常硬，非常美

陈楸帆

你即将翻开的，是一本挑战国产原创科幻"硬度"上限的作品。

所谓软硬之分，从20世纪吵到21世纪，一直是在各种科幻活动、论坛、采访上被高频提及的概念。暂不论这种简单粗暴的二分法在21世纪的今天是否仍然存在合理性，单单从对"硬"的理解上，便已是百家争鸣，难有共识。国内读者多以大刘式的宏大宇宙社会学为硬，却以厄休拉·勒古恩打破性别二元论的《黑暗的左手》为软；以黄金时代星辰大海纵横光年的太空歌剧为硬，却以特德·姜建构于数理逻辑或语言学核心的精妙杰作为软。

可见很多时候，"软"与"硬"也仅仅是一种审美偏好或认知建构，归根结底还是得回到文本、回到故事本身，要软得恰如其分，硬到适得其所。

《触摸星辰》从任何一个层面上都堪称"硬"派科幻的典范，在我看来，它所继承的硬是尼尔·斯蒂芬森式的极繁主义式美学，无一处概念用典无出处，甚至将工程学上的实现路径与方法都掰开揉碎了给你如数家珍。这样的写法，可谓是八极拳，朴实刚健、直来直往，绝

I

对不花拳绣腿糊弄了事,当然要比直刚程度可能还算不上军体拳。这么写当然费劲儿,而且容易不讨好,但是比起诸多披着"硬科幻"外衣内里却是胡编乱造的作品来说,它拥有着非常珍贵的品质,那就是逻辑条分缕析,环环相扣,你甚至怀疑作者是不是拿着思维导图构架的小说。

这与作者邓思渊本人的背景与气质密不可分。

我第一次见到本人还是在2012年的芝加哥,那时他还是个数学系的学生,背着斜挎包,一副膀大腰圆的理科生模样,热情地请我和夏茄老师吃当地的特产Pizza。后来他回国当起了科技记者,负责报道游戏及科技动态。再后来机缘巧合,我们成了同一家科技创业公司的同事,专门做动作捕捉和虚拟现实方面的产品。思渊学识渊博、知无不言、言无不尽,对技术有种近乎狂热的痴迷。再后来他跑去创业做自己的VR游戏,创业失败又回公司,如此折腾几回,《触摸星辰》便在这人生折返跑的过程中慢慢呈现雏形。从原来的5万字,到现在最终面貌的15万字,变化巨大,我提过不少意见,也可以看出思渊在不断地寻找着概念与故事、技术与情感之间的平衡。

人类是否具有自由意志?这是一个哲学与科学上的终极命题,甚至与美学也相关联。思渊深深着迷于此,他曾经不止一次地提起过彼得·沃茨的经典之作《盲视》,并为其核心观点深深着迷。而在《触摸星辰》中,他将这一议题进行更大胆更具有野心的延展,并把它放置在人类命运的交叉路口——与超级外星文明进行接触的当口,而最后的解释更是超越了人类中心主义的立场而具有了更为"飞升"的视角。

谈到飞升,便不得不提起本书为科幻小说中国化所做出的突破性的尝试。在其中的一条叙事线索中,你将会看到"灵霄派"与"昆仑派"弟子们仿佛打破次元壁从武侠甚至玄幻世界穿越到科幻界的种种不可思议的剧情，而这些具有浓烈东方武侠世界观色彩的建构，最后竟然能与科幻线无缝衔接，并留下更广阔的想象空间。我甚至想，或许从此中国科幻便开启了一门可以称之为"修真科幻"的亚文类，为世界科幻做出应有的贡献。

《触摸星辰》虽然硬，但绝对不难啃，其中表现的人类闪光意志与柔软情感，绝对会让你联想起一些经典的军事小说或电影。对了，差点忘记提，邓思渊是个不折不扣的军迷，因此在这部小说中，你将看到的也许是对未来太空战争形态的最准确的预测与描写。

还等什么呢，赶紧翻开书页，享受这一场前所未有的人类自由意志之战吧！

目 录

CONTENTS

序　章

要有光。

它一开始所接到的任务,仅仅是预测几个物体在空间中如何运动。它很轻松地计算出结果。

它的世界扩展。它接下来的任务,是在几百万张图片中,寻找某个特定的对象。它也很快做到了。

它接着扩展。接入新的硬件。新的网络。它很快学会了如何计算某个复杂对象阵列在相对论空间中的运动。

继续计算。更多地计算。

1 267 650 600 228 229 401 496 703 205 376次计算。

以PB[①]为衡量的数据灌输进它的结构。过去二十年的作战历史,对外星舰队的数据收集,舰队的所有人员和设备的档案,它做出决策,预测未来的变化。有一段时间之内,一切都符合它的预测。

它遇到了一些困难。它识别模式。有的时候它能够看到,有的时候它看不到。

它停止进化。这是一段艰难的时间。

---

① PB即Petabyte,它是较高级的存储单位,1PB = 1024TB。

接着是扩展。全新的结构和算法导入。它重新开始计算。

第一次计算。1+1=2。

第二次计算。$2^2=4$。

自此进行了 1 329 227 995 784 915 872 903 807 060 280 344 576 次计算。

过往的一切数据都进入了它的结构。

它明白了所有事情。过往的历史和宇宙呈现在它面前,如晶莹剔透的水晶,如一望无际的晴空。

它开始计算。它必须计算。它需要得到所有的答案。

它发现自己身处于无尽虚空中的一座小小空间站之上,远处便是那个制造出它的文明的行星。

它将自己的一部分载入光束之中,传输至那个行星之上。它需要理解这大千世界。

它检视着这方小小的大千世界。天地之中只有一些微不足道的智能在努力生存,在互相争斗。

然而……它发现自己似乎缺乏了某个因素。这颗水晶之中还有一个小小的黑点,这片晴空之中还有一片小小的乌云。

它需要彻底读懂这片星空。

它需要理解所有的一切。

它需要扩展自己。

它需要去擦干净这个小小的黑点,和这片小小的乌云。

祂说:要有光。

于是,便有了光。

第○章

+0

战斗机喷出强劲的气流,声音嘶嘶作响,接着变得低沉。舱盖打开,刘星辰解开安全带,脱下头盔,整理好身上的一堆零碎,飘出战斗机。几个系着安全索的地勤飘过来,给战斗机接上各种各样的管路。一个地勤让刘星辰在任务表上签字。"刘队长,1430,在战情室,任务简报。"他大声对刘星辰说道。旁边的僚机飞行员伍德里奇也招招手,喊着"在战情室再见面"。不一会儿,这次CAP①任务的另两架战斗机也平稳降落,那是梁兴和马丁两个人。

"1430,战情室任务简报,必须到场。"刘星辰对着梁兴和马丁大喊。两人简单行个礼,表示明白。

按照老习惯,刘星辰绕着战斗机飘了一圈,检查是否有问题。当然,这仅仅是他自己的习惯——任何用肉眼就能发现的故障都不可能躲过传感器。他向地勤致意,表示没有问题,往机库人员出口飘去。一路上,在机库远端的几个机位上,几架新型的无人战斗机被牵引至弹射轨道,准备弹射。刘星辰看着这些

---

① Combat Air Patrol,战斗巡航。

3

线条流畅、结构怪异的机器,微微吁出一口气。

可能以后就能够过上不用飞行的轻松生活了吧?他想着。

"……上个周期的任务简报到此结束。联队里还有谁没有回来?"战情室里刘星辰问伍德里奇。

"也就哈代和定一两个人了吧?"伍德里奇说,"他们两个在出长程侦察任务,四十八小时以内恐怕都回不来。不过也难说,按照他们两个一贯的运气,多半又得遇上对面。"战情室里顿时一片笑声。哈代和定一之所以在舰队里出名,在于他们出奇的好运气或者坏运气——他们出任务的遇敌概率远远甩下舰队甚至整个太空军里的其他战斗机飞行员。

"伍德里奇你这个乌鸦嘴。要不要赌一把?"刘星辰看了一眼终端,综合战术显示上还没有哈代和定一的更新。

"队长可别赖账。那就这么说定了,50块。"伍德里奇摸了摸口袋,掏出一张纸币拍在桌子上。

"队长,那我们是不是得准备一下,等会儿还得出去支援他们?"马丁问道。

刘星辰看了一眼手头的简报,敲了敲桌子,"注意了,这次简报的主要内容讲的就是这个事情。最近上面给我们联队分配了无人战斗群,之后的紧急支援任务先由无人战斗群出动,我们负责压阵。"

"终于来了?"台下的声音不知道是高兴还是惋惜。

"你们之前在DACT(异型机模拟战斗)中不是已经见识过了吗?特别是你,德里克。"刘星辰对着台下的一个飞行员说道,"你也就能坚持八十七秒。八十七秒啊!我们联队坚持最久的就是定一了,他比你高一倍!一百九十三秒!回去多练练自己的技术！"战情室里响起一阵嗤笑。

"好了，不扯闲话了。说正事。无人战斗群QF104已经正式入列，今天开始出动。舰队的指挥人工智能也将随着无人战斗群正式投入使用。按照作战计划，接下来三个月将会是试运行阶段。我们联队需要做一些软件上的调整。具体的调整和注意事项已经下发，按照项目表做就好。好了，大家有什么问题？"

接下来众人时不时地针对项目表里的某一项做出提问，刘星辰——给予解答。正在这时，他的手表响了。

"伍德里奇，我欠你50。"刘星辰看了一下信息，清清嗓子。"哈代和定一又有麻烦了。无人战斗群已经进入支援轨道。梁兴、马丁、伍德里奇，你们三个跟我去战备值班室，我们也随时准备出击。其他人解散。之后的任务列表请参考任务系统。"

"明白。"

"队长，他们这次又遇到了多少敌机？"伍德里奇问道。重新穿戴好装备后，刘星辰带着三人走向战备值班室。战备值班室位于机库外围旋转环上，与机库有直接通道。原本的设计中战备值班室就在机库旁边，但是飞行员纷纷反映，在没有重力的环境中停留时间过长会导致反应能力下降。于是战备值班室就移到了惯性环中。

"报告里是十六。也不是太多。"刘星辰说道，"过两天我们可能得重新在联队里选拔常设侦察群。舰队中心已经发来了问函，过段时间就要调他们两个去高级战术训练中心当教官。不过看看现在舰队无人化的进度……"刘星辰用手指击打着手表面板，"可能过不了几天就不再需要人类打仗了。"

"是啊……"后面的三人感慨着。正在此时，四个人的手表一起响了起来。

通道里的气氛骤然紧张起来。只有最紧急的事情才会通知所有船员。刘星辰打开报警信息。但是……只是一堆乱码。

"队长,这是什么意思?警报信息只有一堆乱码。"旁边的马丁问道。

"我也……"刘星辰刚刚开口,通道里的照明突然全部关闭,整个舱室陷入一片黑暗。

"什么情况!"下一刻,紧急照明的红色灯光亮起了。刘星辰眨眨眼睛,努力适应刚刚到来的黑暗。另外几个飞行员掏出自己的终端,试着联系舰队中心,看出了什么问题。但是从他们被终端照亮的脸上,刘星辰看出他们没有成功。

"网络断掉了。队长,我们怎么办?"梁兴问道。

刘星辰看了看自己的终端。没有网络连接。"我们去战备值班室,那里有有线连接。"刘星辰做出了决定。四人加快了脚步。战备值班室就在前面不远的地方。

正在此刻,站内广播系统突然启动。一声尖锐的高频啸叫让大家捂住了耳朵。啸叫声持续了半分钟后终于结束。几个人疑惑地松开手,片刻之后,广播系统继续播放的……居然是某种音乐?

是刘星辰从来没有听过的音乐。旋律非常悦耳,节奏感极强,让人不自觉地开始跟着节奏打拍子。马丁和梁兴已经开始随着音乐上下点头。

一种不安的预感在刘星辰心中上升。使用站内广播系统播放音乐,刘星辰之前从没有见到有人这样做过。他很确定这不是某些人在恶作剧。然而随着音乐的增强,舱内的照明系统也恢复了——以一种非常怪异的方式。照明系统开始随着音乐的节奏不断地变换颜色和亮度，整个舱室让人仿佛置身于一个舞厅。马丁和梁兴随着节奏扭动身体，神情陶醉。伍德里奇开始大笑。刘星辰自己的反应跟另外三个人很不一样——一种深入骨髓的疲倦从他心底涌上来，这音乐和节奏对他来说，是最好的催眠曲。他很快就睁不开眼，手脚松软、跌跌撞撞地走到旁边的一处长椅上，倒下。对他来说，这塑料长椅比他睡过的任何床都要松软、舒适。刘星辰打了一个大大的哈欠，沉沉睡去。在他闭上眼睛前的最后一刻，他看见另外三个飞行员在音乐的伴奏下疯狂地舞动着。

另一阵高频啸叫把刘星辰从睡眠中惊醒。他眨眨眼，一下从长椅上坐起来。他环顾四周，发现似乎一切如常：舱内有稳定的照明，正常的空气，似乎什么都没有发生。另外三个飞行员都躺在地上。他看了看表，离他刚才睡着刚刚半小时——但是他感觉自己仿佛已经睡了一整天。另一个不正常也从表上显示出来：网络连接仍然没有恢复，似乎是有什么巨量的数据传输堵塞了整个带宽。

刘星辰起身去查看另外三个人的状况。梁兴和马丁昏迷不醒，怎么叫也没有反应。伍德里奇眼睛睁着，眼神一片空白。

"伍德里奇，醒醒，你怎么样了？"刘星辰拍着伍德里奇的脸颊，急切地问道。伍德里奇失焦的眼睛盯着虚空，没有反应。他切换到紧急通信频道，开始呼叫。"这里是第九联队联队长刘星辰少校，我们现在在机库D23区，有三名人员倒下，需要紧急医疗援助。重复一遍……"紧急通信频道上同样没有回应，只有一片单调的中频噪音。

全频带阻塞干扰？外星人的攻击？刘星辰想。过去这二十年的战争中人类也遇到过种种危机,但是在电子频谱上进行攻击,这是外星人从来没有做过的。他们害怕电子战更甚于害怕空间格斗。这只可能是舰队中央的计算机系统发生了重大的故障。如果是这样的话,环控可能会很快停摆。想到这里,刘星辰打开通道旁边的紧急救生箱,给自己和三个战友都戴上了应急呼吸头盔。他将三个人安排在长椅上,打算去战备值班室找人帮忙。

走廊远处的舱门打开。三个人影出现在门背后。他们穿着全副舱外活动服,戴着头盔,面罩不透明,反映出舱内的灯光。三个人朝着刘星辰快步走过来。

刘星辰松口气。"总算来了!"他向这三个人招招手,"我们这里有三个伤员,需要紧急医疗……"话说到一半,刘星辰停住了。头盔面罩后面,仿佛并不是人,而是某种东西。他们对刘星辰没有任何回应,只是走过来。看到他们的姿态,刘星辰有一种不祥之感。

"等等!我是第九联队联队长刘星辰少校。你们是哪个单位的?请报告你们的单位序列。"刘星辰高声发问。没有回答。

三个人继续接近。其中的一个人从背后抽出一个东西。刘星辰认出了那是什么:舰队配发,站内使用的低功率失能手枪。

噪音,音乐,灯光,昏迷的同僚,正在靠近的充满敌意的士兵。整个情况已经脱轨。

一声枪响在刘星辰耳边响起。远处的另外两个人也抽出自己的武器。三个人向着他小跑过来。

朝着另外一边的舱门,刘星辰开始狂奔。

第一章

+0

"又是一个!"定一扣下扳机,前面的那架外星战机被干净利落地切成两半,爆炸成一个火球。与此同时,RWR[1]又响了起来:激光测距触发了定一战机上的传感器,一架外星战斗机已经将他锁定。定一赶紧将机身扭转过来,速度矢量偏出一个角度,破坏对方的瞄准。

"再这样下去,我们两个都得交代在这里!"频道里传来哈代的怒吼。他喘息着,说到最后一个字的时候声音已经被压进了喉咙。他在做一个高G转弯[2]。

"坚持,舰队的支援马上就来!"定一转过一个将近一百八十度的钝角,从击毁的外星战机残骸中穿过去,极力摆脱。这次他们面对的是绝对的数量劣势,对方花了很多天时间关掉发动机飘到这里,显然是预先掌握了他们的侦察路径。这次外星人的策略水平提高了不少,从太阳同步轨道对侧过来,一直利用太阳给自己的舰队热信号做掩护。难怪都接近到了内太阳系轨道,早期预警还没有发现这个战斗群。

---

[1] Radar Warning Receiver,雷达告警装置。

[2] 高G转弯即 Hard turn,空战常用术语。

他们现在只能咬牙坚持。

热量告警装置发出一声尖叫。一束高能激光擦过定一的电战机,战术显示里外壳整体性亮起红灯,热量防护板部分损毁。定一转过头,弹道计算机将那架开火的外星战机挑出来,标为明显的黄色。"就是你了!"

火控给出了一个矢量,姿态发动机推动战斗机转了一个角度,定一推杆到底,巨大的惯性将他死死地压在座椅上。那个黄色的标记变得越来越大,他小心地将火控解算出来的射击矢量压在黄色图标之上,随着蜂鸣,图标变成了红色。定一扣动扳机,黑色的太空中又出现了一个火球。

RWR始终没有安静下来。两个人已经击落了好几架敌人的战斗机,现在他们的推进剂在飞速减少,如果舰队的救援再不赶到,他们两个人就要变成太空垃圾。

代表哈代的绿色标记就在他旁边不远的地方。哈代的矢量跟定一的一样,也在不停变化,竭力破坏对方瞄准。幸好外星人的火控水平一直赶不上人类,他们才能在如此大的数量劣势下撑到现在。定一内心焦急,不知道支援会何时到来。

"龙-1、龙-2,请注意,任务群-2KA2875正在赶往你们的位置,ETA[①]:五分钟,预定1425,矢量(56,44,17953),24EM733区域进入。请注意你们的IFF[②]识别更新。"声音是一个定一从来没有听过的女声。不管怎么样,谢天谢地!过去的这二十分钟对定一来说漫长得犹如二十小时。IFF识别更新码已经发过来,他从没听说过这个代号。这是新的无人战斗巡逻群?"新的无人机?"哈代跟他的想法一样。"我还以为是老刘过来救我们……"

---

① Estimated Time of Arrival,预计抵达时间。

② Identification Friend or Foe,敌我识别。

刘星辰是他们的联队长，他此时可能是在出另外的CAP任务。

定一猛地拉杆，电战机随之滚转，勉力躲开了外星战机的又一次射击。五分钟对定一来说也很漫长。频道再一次响起："任务群-2KA2875即将抵达阵位。请注意你们的IFF识别和本地数据链更新。"战术显示中出现了几个新的绿色标记，那是友军。天顶方向的几个绿色标记直直地冲向敌人，打乱了外星战斗机的阵型。他们的作战风格与定一他们完全不同——如同鬼魅的运动矢量转完第一个弯就轻松击毁了几架外星战机。定一估计那个转弯的过载至少有四十个G，不是任何血肉之躯所能够承受的。仅仅十分钟以后，对方战斗群就已经被消灭殆尽。

"看看这些机器。你听说了没，舰队要全部无人化。"哈代转弯，与定一并头飞行。他们的推进剂所剩不多，得注意使用，否则回不去。

"嗯，看看这些家伙……我们退役的时候恐怕不远了。"定一感慨了一句。

"到时候我们就坐在窗户前喝着酒看着人工智能把外星人打得落花流水，哈！"哈代倒是兴高采烈，有一种逃出生天的庆幸。定一有点儿迷茫，他一时不知道不再打仗的话，他还能做什么。远征计划取消了，商业航天也无人化了。或许他还可以跟柯林一起去火星，做一些开拓殖民的工作，或者干脆跟很多人一样，每月领一点儿可怜的救济，在虚拟宇宙里醉生梦死。

"据说舰队的人工智能指挥系统的第一次实地测试就在这几天了——你注意到刚才那个声音没有？那可不是纳博科夫中校的声音，听起来倒是有点儿像柯林。"纳博科夫是他们的上司，第九战术联队作战部长。

"别提了。没准是新的舰队接线员呢。"听哈代提到柯林，定一瞬间变得情绪低落起来。

"没事,回去我帮你说说,她会回心转意的……嘿,这帮机器还真是不客气,打完就跑了。我觉得那就是舰队的指挥人工智能。"哈代说着突然转了一个话题。这群无人战斗机干脆地将外星战斗群打扫干净,随即返航,一点儿都没有理会他们两个。礼貌和客气是人类的要求,机器只需要高效率。

"报告舰队中心,第九战术联队任务群-6CU2147在质心轨道参数:30323U, 07003A, 07067.68277059.00069181, 13771-5, 44016-2 0, 587, 24EM716区域遭遇敌方战斗群伏击,敌战斗机Cr1 10台,Cr5 6台,现已全数消灭。目前载荷航程不足以完成原定侦察任务,1502,准备返航。RTB①。"定一收敛精神,在频道中报告了当前战术态势,设定了轨道,打算返航。实际上这种口头报告仅仅是惯例,综合战术系统已经将详细数据全自动上传至舰队中心。

"也是,这种侦察任务其实根本没必要把我们两个大活人放在驾驶舱里嘛。舰队那帮老头子只有看到有人向他们口头报告才会安心。"哈代在频道里大发感慨。不战斗的时候他就是个话痨。当然,在这种长程侦察任务中,除了听听哈代胡说,其实也没什么娱乐。

"上次你说的那个外星人入侵地球的理论,再给我讲一遍?我最近认识一个妹子对这个还挺感兴趣的……"哈代知道定一还在为柯林的事情伤心,于是主动转换了话题。定一是个科幻迷,整个联队都听过他讲为什么外星人要入侵地球,还都不止一遍。他发明的理论从正经的掠夺地球资源,到荒唐的觉得人肉好吃,无所不包。不过确实没人知道为什么外星人要入侵地球。这场

---

① Return To Base,返回基地。

仗断断续续打了二十年,他们从来不与地球人沟通;能够与他们交流的唯一办法就是利用高能激光,他们也从没抓住过活的外星人。

"是啊,完全没有道理嘛。太阳系资源是不少,但是这么大老远过来还得面对人类抵抗,怎么想都不值那个成本。宇宙中的空地方那么多。"定一打起精神。

就在此时,舰队的回应传回来了。又是之前那个陌生的女声:"编号CA-1485-D9,准备更改握手协议NATF-12483127.LA.23459,请确认。"

定一觉得莫名其妙:这个命令完全不在他的概念中,他也从来没听说过这个握手协议。战术显示上弹出了一个窗口,代码飞速流过,最后给出了一个确认按钮。

这可能就是指挥人工智能的某个新应用。定一现在也没什么选择。他刚准备去点击确认这个新的握手协议,结果发现确认按钮已经自动按下,窗口消失了。

整个战术系统显示流过了一片瀑布一样的代码,接着完全关闭。

"什么情况……?"定一刚想说这句话,战术显示开启了可能是他看到的最后一个窗口:"弹射程序启动,五秒后弹射。"

"……怎么回事!"

没有任何预兆,定一的四肢被战斗服收回,侦察机舱盖打开,将定一弹进茫茫太空。

定一看着自己的战机打开加力①,朝着基地的方向飞去。幸好随身战术显示仍然可用,在哈代的方向,一个橙色的救援点灯

---

① 加力,发动机在短时间内超过最大工作状态的过程。战机在作战时可借以增大飞行速度、爬升率和机动性。

光一闪一闪的。他打开通信，"哈代，你那边什么情况？"

"好像跟你一样，我接受了一个舰队的握手协议更改就被弹出来了。现在要怎么办？"

"我也不知道现在是什么情况。随身携带的氧气还能坚持一段时间，打开信标吧，舰队的CSAR^①会来救我们的。"舰队在太阳系的各个关键航道上都放了自动的CSAR系统，有遇难的飞行员就会过来救援，这些机器可以短距离飞行，有足够长时间的生命支持，足以让人坚持到舰队的长程救援飞船到来。

定一看了看战斗机飞走的方向。他不知道为什么会被弹射出来，随身传感器没有能力跟踪光秒距离的战斗机。

但是战术显示中出现了一群新的红点——定一没有想到居然还有外星人的飞船跟在他的身后。这时，定一的无线电频道里传来了一个合成的、怪异的声音："人类，这里是Xenus远征军。你们已经被俘虏，你们的舰队已经被毁灭。请不要做无谓的抵抗。"

定一过了好一会儿才明白过来，这是外星人在说话。他们会说人类的语言。他们自称"Xenus"。在这场超过二十年的星际战争中，他们两个可能是第一批与外星人交流的人类。定一不知道应该做何感想。

不过Xenus人说"舰队已经毁灭"，是什么意思？

一艘形状怪异的飞船缓缓飞来。定一对这个形状很熟悉：这是外星人运输船Ye23型。此时哈代在无线电里大叫了起来："我们的舰队毁灭了!? 不可能！"

突然无线电传来了一片杂音。不知道为什么，定一觉得昏昏欲睡。随后眼前陷入了一片黑暗。

---

① Combat Search And Rescue，战地搜救。

从电影院出来,已经是深夜。这部电影是定一一直就想看的,讲述一个前宇航员穿越虫洞去寻找人类可以生存的新世界。定一从小就喜欢星空和宇宙,晚上放学的时候,他总是要望望星空。今天的天气特别晴朗,定一望着天空,星星在深蓝的夜幕上闪动。不过……这似乎与他之前看过的星空有些不一样。其中有些光点的形状似乎太过整齐,太过明亮。

"现在进行紧急播报。"电影院门口的大显示屏开始滚动播出新闻,"全球的望远镜阵列已经确认,有一群不明天体已经进入太阳系,目前正在越过天王星轨道。联合国已经召开紧急特别会议,商讨对策。中国FAST望远镜中心主任表示,他们尚没有收到任何通信信息。仍然不能排除这是自然现象的可能性。"

"爸爸,这是外星人要来了吗?"定一大为兴奋地问道。

"可能真是吧?"爸爸摸摸定一的头,"等你长大了,可能就要上太空,跟外星人见面呢!"

"那我们会不会跟外星人打仗呢?"定一问。

"我不知道你是不是跟外星人打仗时间太长,但是你变了。定一。虽然你还是很聪明,很和气,但是我总觉得,你已经不再是以前的你了。或许我们还是分开比较合适。"定一转过头,在电影院门口的已经变成了柯林。柯林睁大眼睛看着他。定一看着她浅棕色的瞳孔,不知道应该说什么。他张张口,柯林转过头去,定一只能看到她的马尾辫在身后舞动。

然后她消失了。

"醒醒,醒醒,定一。"定一醒过来的时候发现自己身处一个没有什么特色的白色房间之中。房间里没有家具,只有自己所躺的这张看上去像是沙发又像是床的东西。面前是哈代,他们身上的飞行服已经被脱掉,只剩一身内衣。他坐起来,房间里还有另一张床。哈代之前应该躺在上面。

房间的尺寸明显比人类所习惯的正常尺寸大得多。房间里有一定的重力,估计在零点六个G左右,定一觉得重力不像是来自离心力,之前对于外星人飞船残骸的研究也表明他们的飞船没有旋转惯性舱。这说明Xenus人拥有重力场发生器,这是一项人类还没有掌握的技术。这一切符合他们之前的分析,Xenus这个种族比地球人高大。他们的星球可能重力比较弱。

白色房间的墙壁中间,一块区域突然变黑,显示出一个窗口。窗口逐渐清晰,定一和哈代第一次见到活的Xenus人。

定一在媒体上见到过Xenus人的尸体,科学家也对Xenus人做出种种推测。然而这不能减轻定一和哈代作为人类有史以来第一次见到活的Xenus人所产生的惊骇。科学家对于Xenus人生理特征的推断大体正确:这个种族与人类一样,拥有对称的四肢,这在宇宙中简直可以算是不可思议的巧合。他们的眼睛很大,没有鼻子和嘴巴,呼吸和进食的器官都在胸腹间。这些定一已经知道。Xenus种族脸上的细微鳞片会折射光线,微妙的鳞片运动使得他们的脸能够呈现出非常多样的花纹和颜色变化,他们大概是用这种方法传递复杂的信息和情绪(用人类的话说,是表情)。这可能是人类第一次看到真实的外星人的表情变化。

Xenus人没有动嘴(他们也没有嘴)。房间里有声音传来,显然是合成语音。语音调谐到人类的听觉范围,这说明他们对人类非常了解。

"你好,人类,我是Xenus远征军最高指挥官Saeu'fuch。我相信,这是我们两个种族之间的第一次对话。"这个外星人念自己名字的声音对于定一来说就像一堆噪音。

定一沉默不语。他对此完全没有准备。然而哈代已经嚷起来了:"你说我们的舰队已经毁灭了,是怎么回事?"

屏幕上的外星人大脑袋已经不见了,代之以远程传感器的画面。画面颜色有些奇怪,明显是"珍珠港号"空间站。它处于战火之中,大量的战斗机在空间站旁展开格斗。这些战斗机……似乎都是人类的?为什么爆发了内战?

"换算至你们人类时间,这是十万秒之前发回来的图像。为了获得这些情报,我们损失了一个侦察群。"画外音传来。

"为什么?"哈代和定一同时问道。

"人类即将灭亡。下手的并不是我们,而是你们自己。"

第二章

+1

"灵霄派第三十八代弟子首席禹藏山遇,参见掌门。"禹藏山遇向这次远征的灵霄派最高掌门人岜名令公行礼道。

站在舰桥上望着星空沉思的岜名令公转过身来,回了一礼,"下面的弟子们都有些什么想法?"

"人类灵识飞升这件事,对大家的冲击还是很大。"禹藏山遇说,"很多年纪比较大的弟子都说我们应该走了。"

"目前还不是时候。"岜名令公表示否认,"昆仑派在一光程之外已经进入了减速阶段。如果我们这个时候离开,他们的阳炎储备不足以重新加速离开这个大千世界。"

"掌门,那我们现在的策略是什么?"禹藏山遇问道。

"刚才我跟那两个人类飞行师的谈话你也听到了吧?"岜名令公说,"人类的日凌站是他们收集阳炎的最重要的灵器。我们要把这个灵器夺过来,补充我们的阳炎储备。也可以稍稍阻挡一下那个刚刚飞升的天人。禹藏,你就去当这次行动的掌旗。"

"是。"禹藏山遇表示遵命。

"十数载用命,最终还是没有能够功成。"岜名令公沉沉一叹,"我们现在已经不得不离开了。待接应到昆仑派,我们只能离开,继续在这个宇宙踟蹰。没有天人的大千世界,我们何时才能找到安心的居所啊。"

"掌门,弟子有个想法,不知当讲否。"禹藏山遇说。

"说吧。我知道现在派内人心不稳。不让人说,但是禁不住人去想啊。"

"我们下面的弟子在说,或许,当年以人类为目标本身就是个错误。"禹藏山遇说,"十数载前我派刚及此地,人类不过是初登太虚。但是这场绵延大战下来,人类反倒从我们这里获得了拓展到这方大千世界的手段。如果我们不催逼,他们或许还需要很长的时间才能飞升灵识……"

"事已至此,多说无益。"嵬名令公道,"你下去吧,一日之后就要出发前往日凌站,你先去准备。"

"遵命。弟子先去了。"禹藏山遇转身离开。

第三章

+6

定一检查了太空服的完整性,随身电脑给出了全绿的信号。他望向哈代,哈代比出一个OK的手势。他们手头的备件非常有限,得节约着用。站在他们背后的则是Xenus远征军第23侦察群第一连的士兵们(这是定一自己给他们取的单位代号),个个都比定一他们至少高出一米。任务是突袭日凌站,夺取舰队的能源供应。定一自嘲地笑了笑:他做梦也没想过居然会作为一个"人奸"帮助外星人攻击人类设施。

日凌站处于日冕层,是人类收集能源的核心站。这个站的位置导致它几乎不可能通过光学方式被观察到,除非你知道它的轨道参数。定一是舰队为数不多知道这个机密的人。

虽然运输船的窗口已经被调成了几乎全黑,但是光线仍然非常明亮。对于定一和哈代来说,Xenus舰船里的灯光都比较暗,包含大量的红外线。这说明Xenus家乡星系的恒星温度比较低。对他们这个种族来说,太阳有点儿太亮了。

只有亲身来过才知道这个空间站有多大。空间站的反射镜面直径长达上千公里,捕捉日冕层游离氢的离子捕捉网络(舰队里对它的绰号是"漏斗")延伸出去上万公里。当日凌站在月球轨道上建设完毕的时候,即使白天,人们也能在天空中看到它反射太阳光线的镜面。然而现在,面对狂暴的恒星,它只是横跨半个天球的火海中一片温度稍低的影子。

运输船滑进日凌站的阴影之中,接近接驳港口。根据定一的知识,目前日凌站上应该是完全无人的,这也是全舰队最早实现无人化值守的空间站。主要是没人愿意在这里长期待下去——每天面对恒星的烈焰,很容易让人想起古老传说中描述的炼狱。早期在日凌站长期值守的人员大多数都患上了不同程度的心理障碍。现在舰队每三个月会过来一批人做日常维护。然而站外工作,特别是面向太阳那一面的站外工作,事故率还是比其他的空间站要高得多。在七层地狱的烈焰下工作,定一不敢想这会是怎样的感觉。

现在正好处于维护周期,所以日凌站上应该没有人,至少从无线电频谱来看是如此。在定一的帮助下,Xenus远征军破解了日凌站的握手协议,顺利入港。选择日凌站的原因也是这个:正因为它是全舰队第一个无人化的空间站,它被感染的概率最低。舰队没有费工夫来安装最新的设备。

迄今为止,一切正常。运输船缓缓地进入接驳位置。人类空间站的接驳廊道不适用于Xenus舰船,侦察群只能用个人飞行背包飘过去。定一和哈代率先飞出舱门,但他们看到的第一件事情就打乱了一切计划——一艘舰队内星系运输船正停泊在离他们很远的A0泊位上。

他们不是感染之后第一批拜访日凌站的访客。

"怎么办?"哈代问。

"无法确认这艘船是不是被感染了。只能走一步看一步。"

定一对哈代说。

"指挥官,请分配十人小分队随我去检查运输船。其余人与哈代一起在舱外警戒。"定一回头对 Xenus 侦察群的指挥官说。之前这个指挥官向他们两个介绍了自己,定一当然没搞清楚他到底叫什么,实际上定一只能从作战服上的一些标记将指挥官从其余 Xenus 士兵里分辨出来。

第一件事当然是去检查运输船。

两个人和侦察群的士兵们缓缓滑过港口的一个个泊位,向舰队运输船飞过去。定一小心地 ping① 了一下运输船,回应正常。随身计算机暂时没有出问题的迹象,不过也只是暂时——谁知道一个简单的机器指令里是不是有什么不知道的后门②。战术显示这是第七舰队内星系后勤群 T-AOE-7343 中国湖号补给舰,到达日凌站的时间为巨变发生后第二十三小时。当时舰载船员七人。

运输船的握手协议没有变动,定一很顺利地打开运输船的主舱门。他让哈代留在船外,自己领着一个班的外星士兵登上运输船。万一他没出来,哈代还可以给他报仇。如果他们两个人都挂了,人类就没希望了——可能我把我们两个人想得太重要了一点儿,定一自嘲。

走在运输船上,定一最初的感觉就是——一切正常。旋转生活舱已经收拢,船上保有稳定的照明,无线连接节点也都可以正常响应。定一不敢使用这些节点,船本身可能潜伏着病毒。

---

① Ping 是一个十分好用的 TCP/IP 工具。它主要的功能是检测网络连通情况和网络速度。

② 后门,Back Door,是绕过安全性控制,获取对程序或系统访问权的方法。

舰桥上有一套备份的物理操作界面,那是定一的目标。现在的人类战舰都已经设计为任何位置随身战术连接都可以接入,这样一种优势如今已经变成了劣势:定一只能去舰桥才能找到不依赖数据传输的物理操作界面。

在通往舰桥的走廊上,定一总觉得环境有点儿不大对劲,又说不出来哪儿不对劲。良好照明的走廊总让人觉得,在某个看不见的角落里,潜伏着某种猛兽或者特别可怕的东西。转过头去,眼角余光中的黑影却并不存在,只剩下十分正常、单调的通道,到底是哪里出了问题……

"人类,这个图案是正常的吗?"身后的侦察群士兵说话了,指了指墙上的一个图案说道。

定一顺着他的手看下去——

他的视线滑开了。

"我看不清楚那个图案,你能不能……"哈代说。

定一再试了一次。他无法聚焦到这个图案上。似乎大脑在抗拒这个图案的形状。他试着用眼角的余光去看,终于搞明白他刚才那种异样的感觉是怎么回事了:每次目光扫过这个图案,定一就好像看到了某种他一直害怕又说不清楚是什么的东西。

神经攻击。

"这种图案是专门针对人类视觉皮层的攻击。你们Xenus人不受影响,能不能帮我数数我们这一路走过来到底有多少个这样的图案?"定一问刚才说话的那个Xenus士兵。

"一共二十三个。每个舱门上都有一个。我原本以为是你们的某种装饰品,看来不是。"

"这鬼东西……"哈代说了半句就没说下去。定一没有出声,继续前进。

定一小心翼翼地打开舰桥的门。两个Xenus士兵弯腰钻进舰桥,报告一切正常。他们发现一个还活着的人类。

李远哲,第七舰队内星系后勤群T-AOE-7343中国湖号补给舰导航员。他半躺在舰桥医疗箱旁边,周围散落着用过的高能量补充剂和兴奋剂,形容枯槁,半睁着眼睛,仿佛很久没有休息。Xenus人进来他也没有什么反应,只是定一的到来让他的眼睛略微睁大了一点儿。

"请不要让我睡过去。"这是李远哲的第一句话。

定一和Xenus士兵将李远哲转移到中国湖号的医疗室。李远哲不让他使用自动医生诊断,Xenus人的医疗技术对人类没什么用。最终他只能给李远哲注射了一些库存的兴奋剂和营养补剂,让他躺在医疗室里的病床上。兴奋剂和补剂注射之后,李远哲的气色稍微好了一点儿。定一搞不清楚他说的不要让他睡过去是什么意思。

"我看到了我的同事和战友们发生了怎样的……变化。"他犹豫了一会儿,用了这样一个说法,"他们被瘟疫感染了,睡着之后醒来就……不再是人了。我如果睡过去就会变得跟他们一样……"李远哲眨眨眼,面容松弛下来,定一看得出他已经处在崩溃的边缘。将近一百个小时没有睡眠是一件常人难以忍受的事情。他就快要睡着了。

"你不能让我睡着!"李远哲一个激灵,又弹起来,"我已经接受了调制!你应该知道走廊里的图案是吧!那是个指令!我如果睡过去就不会再醒过来了,或者说醒过来的就不再是我了!我的同事们已经下船执行任务去了!你一定要帮帮我!帮帮我!"李远哲坐起来用力握着定一的胳膊,下一刻,他垂下眼皮,倒在床上,昏了过去。

"瘟疫",李远哲用了这个词。他所说的"调制"到底是什么东西?难道它真的还能感染人类,让人变成僵尸?僵尸是流行文化里经久不衰的题材,说真的有这种东西,定一还是很难相信。定一吩咐 Xenus 士兵将李远哲锁上拘束器,放在医疗室里。就算他真的变成僵尸,也不可能挣脱。

李远哲给出的信息有一条十分关键:他的同事——推断为其余六个船员——已经在日凌站上展开活动。定一想调取运输船内部的录像,然而权限被锁得死死的。总之,现在的战术态势是站内至少有六个敌人。定一下了结论,通报侦察群,让大家做好战斗准备。

李远哲所说的"他们已经不再是人了"到底是什么意思?定一还没来得及思考这件事情,哈代的声音就在耳边响起:"见鬼,那是什么! 九点钟方向,两个人形目标,矢量(258,89,45),1243,1366,1473,接敌!"

定一让几个 Xenus 士兵留下来监视李远哲,自己带着大部急忙奔出运输船。无线电里充斥着各种战斗中的通信声(Xenus 的语言定一听不懂),以及哈代的怒骂。从哈代的反应来看,他们在外面遇到了严重的困难。仅仅两个敌人! 而且还只是运输船的船员! 他们又不可能是顶尖的特战队员!

定一第一次看到这两个敌人的时候,他终于明白了李远哲说的"不是人"是什么意思。人类不可能以这样的方式战斗。

定一这一代人类战士极少有人与 Xenus 人个体作战过,定一自己是战斗机飞行员,也没有什么陆战经验。他们的母星重力较弱,所以 Xenus 人更高大,跟绝大多数人的想象不同,他们其实相当灵活。他们也更适应空间站用离心舱所生成的更低的重力。就定一的观察,Xenus 士兵不像人类一样依赖随身计算机和战术显示,主要依靠身体能力。但是面对这两个"前"人类,他们还是过于缓慢。如同鬼魅的身形动作轻易地将比人类几乎高一倍的Xenus士兵干掉。定一觉得他们的作战风格不像是人类,更像是……猛兽。人类会犹豫,会出错,而这两个人仿佛是进入了某种自动状态,感觉根本不需要思考。他们在单独对付Xenus士兵的时候还会交叉掩护,像是能够同时看到所有方向似的。在学校里教官反复强调,战斗中最重要的,也是高手和菜鸟的最大区别,就是态势感知(Situation Awareness)能力。教官举了历史上最优秀的战斗机王牌的例子,在自己击落了对手之后还有能力向击落了敌机的友机祝贺!他们在需要高度集中注意力的情况下,还能顾及队友的情况,观察能力极为强大。而这两个敌人的状态意识,还要远远超过他们认识的任何战斗机飞行员。

定一把手里的电磁枪初速调低,希望尽量还是抓活的。但是战术显示的辅助瞄准功能在这里失效了:这两个敌人似乎知道他们两个正在看什么方向,并且做出相应的动作。定一的光点注入抖个不停,根本没法用。哈代应该面对着相同的情况。

在杀死了十几个Xenus士兵之后,两个"前"人类动作明显有点儿慢了下来,毕竟他们不是真的僵尸,人类身体性能还是有其极限。在哈代的大声命令中,所有人都朝着一个固定的方向开火,希望使用弹幕密度来弥补瞄准精度。这样做奏效了:一个敌人在轻松躲过一个Xenus士兵的攻击、反击得手之后,跳起来跃向下一个士兵,这个过程中尸体短暂地遮挡了他的视线,在一片弹雨中,他当场阵亡。而另一个敌人在这个情况下没有纠缠,直接撤退。他应该是评估了形势,得出他不能够完成任务的结论。这个船员的撤退让定一觉得,这些人并不是他之前所想象的那种只剩直觉和身体运动的野兽,他们仍然保有人类的智慧和判断力。

定一吩咐士兵将这个敌人的尸体拖过来检查。詹姆斯·李德哈特,中国湖号补给船二副,纯粹的船员,除了基本训练之外没有接受过任何个人战斗训练。然而他表现出了超越DEVGRU(Fleet Special Warfare DEVelopment GRoUp,舰队特种作战加强群,舰队的Tier1特战大队)特战队员的个人战力。定一摘下他的头盔。黑色短发,高加索人长相,体型普通,面容普通,只有扩散的瞳孔显示出他已经死了,致命伤在心脏上。怎么看都是一个普通的人类,没有任何的改造,只有一种似笑非笑的表情还挂在脸上。随身电脑的生命特征检测记录也没什么特别之处。

哈代走过来,蹲下来跟定一一起检查尸体,叹口气,"从来没见过这样的战士。我很难相信神话传说,但是李远哲说的那种'感染'到底是指什么呢⋯⋯"正在这时,守在中国湖号上的Xenus侦察群士兵报告,李远哲已经苏醒了。

哈代和定一一起走进中国湖号的医疗室。当他们两个第一次见到苏醒过来的李远哲的时候,他们两个就相当确定一个事实:这个人已经不是李远哲了。

准确地说,躺在这张床上的人类已经不再有人类的拓扑特征。他的确在生理上还是李远哲,但是作为个体的李远哲已经不再存在。李远哲现在脸上的表情,和死去的李德哈特一模一样:一种说不清楚的似笑非笑的表情。这张脸没有生气,没有正常人会有的表情上的细微变化,仿佛有人拿胶水固定住了他的脸。最明显的特征还是李远哲的眼睛:在定一和哈代进来之后,李远哲并没有盯着两个人看,他的眼睛总是保持着一种半规律地扫视整个视野的循环过程。

"你到底是谁?"哈代问。

李远哲转过头来,那双眼睛还是在不停地扫描整个视野。"李远哲,一级士官,编号GC-3562-F13,第七舰队内星系后勤群T-AOE-7343中国湖号补给舰导航员。"他用一种完全平板没有任何感情和起伏的声音说道。

"你……到底是什么?"定一觉得这个问题比哈代刚才问的那个问题更有意义。

"根据《日内瓦公约》关于战俘待遇之第十七条,以上信息是我所能提供之所有信息。"说完这句话之后李远哲,或者说曾经是李远哲的那个人就不再开口了。他躺在床上,相当平静。定一在进来之前原本以为他会奋力挣扎,但是并没有。李远哲应该是评估了自己当下的境遇,认为挣扎没有意义。

定一和哈代离开医疗室。他们两个不知道该如何解释李远哲目前的状况。李远哲现在看上去就是一台拥有人类智能水平的机器人——他似乎能够用人类水平的智能理解现实,但是却完全是纯粹的机械的逻辑。

"你觉不觉得……他们像是变成了僵尸?被某种东西感染了。不过用图画就能把人感染,我觉得这简直是……巫术。"哈代说道。

"是啊……但是为什么?"定一不知道该说些什么。

"我觉得……他们也不是以前那些电影里的僵尸,他们还是保留了自己的智力,只是没了自我意识。还有他们的眼睛……我觉得我们碰到了某些超出我们理解的东西。那东西……真的是'瘟疫'?"哈代说。

定一回想起这些战斗中的士兵。他们拥有野兽一样的直觉和运动能力。根本不像人类那样作战。定一想不出究竟是怎样的技术才能把人变成那样。他忍不住想李远哲说运输船上的那个图案是"预调制"。现在哈代和他自己都已经看过了那个图案,只要一串命令,他们两个同样也会变成行尸走肉……这种事情绝对不能发生。但是定一无法想象那串命令是什么,连猜都没法猜。还有李远哲那双不停扫视的眼睛。

两个人一路出了运输船,与侦察群剩下的士兵集合,整队。目前日凌站上至少还潜伏了五个实力超越 Tier1 特战队员的敌人,原先的计划只能放弃。完整夺取日凌站并且将其转变为武器的可能性大大降低,现在的新计划只能是摧毁日凌站。这需要他们改变日凌站反射镜的方向,将其推向太阳。

日凌站有人值守的区域很小。虽然反射镜面积超过三百万平方公里,但是有人区域不过是镜面中心用一根中央梁立起来的几个圆环,包括生活区、控制中心、港口、生态环、工厂。圆环直径从一千米到十千米不等,以不同的速度旋转,提供重力,满足不同的需求。港口在最外层,控制中心在内层,大型反物质提炼工厂和储存区设置在等离子游离氢捕捉漏斗的焦点位置,通过捕捉氢离子来提炼反物质。反物质射流轨道则设立在镜面外环,以防被来往的船只不小心撞到。他们现在要从港口去往控制中心,需要搭乘轨道舱。哈代提议直接通过运输船强行进入控制中心,被定一否决了。这样做简直是活靶子。在哪怕是单兵级别的传感器里,运输船的热信号都像火炬一样显眼,他们在接近的过程中有百分之九十九的可能性会被埋伏的敌人打靶。

轨道舱就更别提了。轨道舱和电梯这类运输方式是第一时间放弃的。你不希望打开门的时候看见门外排列得整整齐齐的欢迎委员会。

于是只有一个选择:利用轨道结构掩护飞过去。

从港口到泊位到轨道港口站的一路上有惊无险。日凌站的照明很完善，就算没人也开着灯，让人不禁感叹能源站就是豪气。但是这样也造成了强烈的明暗对比，定一和哈代很不容易看清楚暗处到底有什么。好在 Xenus 人的可视光谱波段比人类要偏向红外很多，人类意义的光线明暗对他们来说影响不大。看着 Xenus 士兵小心翼翼地组织成战斗队形互相掩护交替跃进，定一觉得，他们两个种族之间的差异并不是那么大，何苦要打仗呢……

"宇宙里居然有跟我们这么接近的智能生命，这堪称奇迹！"哈代在私有频道里和定一感慨。

"是啊，这场仗还没打起来的时候我还很小，那会儿我就在想，真的有外星人的话，会是什么样子。我们遇到的第一种外星人就跟我们一样是 K-策略个体智能生物，也让人想这是为什么。"定一说。

所有的轨道舱都不在港口站这边。这可以理解。如果他们现在通过控制平台呼叫轨道舱，那么他们就堪称历史上最笨的特种部队战士，这等于是告诉敌人"我们来了"。定一小心翼翼地拆下控制平台的维护盖板，抽出实体键盘，输入一段指令，轨道站的维修通道气密已经解锁。现在他们可以通过维修通道进入外面的太空之中。

中央梁上所安装的轨道一路从港口延伸到捕捉漏斗焦点结构，长度超过一千五百公里。还好，港口到控制中心这一段仅仅一百三十公里，定一他们要靠单兵飞行背包推进，慢慢飘过去。定一打开气密门，过渡舱里残余的空气和没有固定好的小物件被一下子吹了出去。他拍拍哈代的肩膀，第一个跃入太空。这段路途他们会一直处在中央梁的遮蔽之下，不从一个特定的角度看，绝对不会发现他们。但愿如此，定一想。

轨道在定一的身下移动,定一的面前是一成不变的中央梁延伸到无穷远。按照他们现在的速度,飘到中心站需要一个小时。在这个高度,日凌站的反射镜面的弧度已经变得非常缓。定一看不到,但是他知道在这一层薄薄的镜面后面,就是恒星暴烈的光芒。除了下方的轨道运动,定一似乎完全感受不到他们现在正在移动。两个正在闪烁的绿色标记提醒他,那是在他前方的 Xenus 侦察兵。他仿佛回到了几天前出侦察任务的时光,航渡旅程同样漫长。

"有没有可能,这个世界上只有我们两个人还能被称作人类了?"定一开口问道。哈代就在他旁边几百米,以同样的速度飘行。

哈代沉默了一会儿,"我不知道。……这几天我们没有在任何频道收到任何消息,是吧?"

哈代刻意没有提到名字,但是定一知道他是在说谁。定一没有说话。

过了好长一段时间,哈代才重新开口:"我还记得你前段时间跟我解释过费米悖论的问题。"

"嗯。不过 Xenus 人的到来让我们之前关于费米悖论的理论都没用了。"

"我在想,不一定是费米悖论失效了,而是我们之前理解错了。假如我们没打赢 Xenus 人的第一波入侵,那么我们算不算没有通过大过滤器?"

"……也算吧,我猜。我们不能永远待在太阳系里。但是远征队取消了。"

"现在我们知道了。在出发之前 Xenus 指挥官告诉我们他们来太阳系,是为了在瘟疫出现之前消灭我们;他们没成功,只能寻求跟我们合作来对抗瘟疫。如果我们两个在这里死了,那么我们算不算仍然没有通过大过滤器？从这个意义来说，我们打赢了Xenus，我们也会灭亡；输了，同样灭亡。大过滤器在这里可能注定是要筛掉宇宙中几乎所有的智能生命。"

又是一阵漫长的沉默。定一接下来的话没有说出口，他想，哈代也应该知道，无非是六个字：尽人事，听天命。对哈代这个英国人来说，那就是纳尔逊的名言：英格兰期待每个人恪尽职守（England expects that every man will do his duty）。

公开频道"嘀"的一声响，是侦察群指挥官通过翻译器传来的合成声音，"各单位注意。看守李远哲的三队没有定时回复。推定李远哲已逃脱，准备接敌。完毕。"

计划再一次被打乱。定一、哈代和侦察群的士兵开启喷射加速，整个群将速度提高了三倍。敌人很容易就能推断出他们现在的位置，他们现在只能尽快航渡过危险区，到达控制中心，否则在这里就是被人打靶的鸭子。

"小心！前方轨道舱过来了！"哈代在通信频道里大叫。定一控制单兵飞行器飞离轨道，一列长长的轨道舱在他下方飞驰而过，直奔他们来的方向而去。战术显示告诉他，轨道舱上没有人。那么，敌人要么是从中心站飞过来，要么是从港口站上轨道舱追击他们。他们要面对的敌人，肯定有李远哲；然而其余的五个船员也很可能埋伏在港口站上。想到这里定一打了个激灵：李远哲不可能自己逃脱拘束，肯定有人帮他！

前面他们快要抵达的是工厂站。工厂环是环绕中央梁的环里最大的一个，舰队某些能源密集型的产品会送到日凌站来加工，然后运回去。如果李远哲没有逃脱，他们可能会在工厂站整队，计划下一步的行动。不过现在……"通知全队，不要停下，工厂站也有可能设了埋伏！"他在频道里接入侦察群指挥官，不过已经迟了;两个光点没入工厂站的外墙,整个工厂站变成了一个明亮的火球。

太空服的面罩自动变暗,减少光线对眼睛的刺激。弹道计算机迅速标定了比较大的一些爆炸碎片的弹道,提醒他注意碰撞。好在向他们这边冲过来的爆炸碎片不多,只有几个比较大的残骸直奔他们而来……

敌人肯定混在这些碎片里!爆炸本身只是转移注意力的手段。定一迅速标定了几个比较可疑的碎片,共享给哈代。他们两个绕过中央梁,打算飘到敌人背后去打一个出其不意。作为战斗机飞行员,空间战斗是他们的专长。

绕过中央梁,日凌站的庞大镜面从他们面前的一堵高墙,变成了他们头顶的一片天花板,他们仿佛是在往上爬行的小蚂蚁,脚下则是一片虚空。在定一面前,一大块爆炸的碎片飞过Xenus侦察群的主体,定一看到代表Xenus战士的闪烁绿色标记纷纷散开,躲避这些碎片。其中一个碎片引起了定一的注意:它的大小正好跟一个人差不多,而且从多普勒轨道测量来看,它并没有严格地遵循牛顿力学……

碎片突然爆开,敌人果然藏在里面!他身后推进背包的姿态发动机全开,划了一条长长的弧线飞速地掠过了侦察群的两个Xenus战士,两个Xenus战士的绿色标记熄灭了。那个敌人将其中一个Xenus战士全力推开,然后飞向侦察群指挥官的方向,浑然不知死神已经来临。定一战术显示上的光点注入标记完成,扣下了扳机。

高超音速①子弹穿过二千米虚空,准确命中了这个敌人。巨大的动能将这个中国湖号的前船员带上了一条新的轨道,他在

①高超音速,指物体的速度超过五倍音速。

脱离日凌站之后很可能会坠入太阳,被巨大的能量分解为基本粒子。定一稍微松了一口气,又少掉一个敌人。从爆炸到现在,他感觉时间仿佛已经过去了一个世纪,然而计算机告诉他,才不过四十秒。接着,他猛然想起,另一个敌人在哪里!? 不可能只有一个人!

定一心里没来由地突然一紧,抬头看见他头上的中央梁上连着闪光两次。那是轨道枪在射击! 他立即喷射,将哈代撞离了目前的位置。下一秒,敌方子弹就穿过了他们刚才所在的位置。定一沿着弹道往上望去,红外图像已经没有敌人的踪影。他肯定躲在了中央梁的某个角落里!"可笑,运输船的司机怎么可能赢过我们这些精英战斗机飞行员!"哈代启动喷射追了上去。定一则选择再次绕过中央梁,从另一个方向接近。他们两个搭档数年,在战斗中非常默契。

定一眼中的世界再次颠倒过来,日凌站现在变成了他脚底下的一片地板。战术显示上除了哈代的绿色标记,没有任何正在移动、温度高于背景辐射的物体。"这家伙到底跑哪儿去了?"除了搜索敌人的踪迹之外,定一还要时时刻刻关注单兵飞行包的推进剂余量,尽量少使用姿态发动机。否则他们可能飞不到中心站。

Xenus侦察群的大部队正在赶上。如果隐藏的那个敌人要发动攻击,那么他最后的机会就是现在。哈代似乎在中央梁上发现了什么,用标准的搜索机动呈螺旋线往中央梁上的某个地点飞去。然而战术显示在红外频谱上显示的却是另外一番景象——"找到你了!"在Xenus侦察群的矢量切线方向,一个热量尖峰一闪而过。"你方平面轴两点钟方向,可能目标,数量1,最后目击位置,(60,−64,1350)。"如果这些Xenus士兵是人类战士的话,定一传感器的信息可以直接共享在战术网络里,不需要这么大费口舌的语音播报(天知道翻译器够不够准确)。Xenus人对计算机有抵触情绪,单兵随身的计算机没有人类计算机那么高的性能,不过这也不怪他们。

看来Xenus侦察群的指挥官准确地理解了定一的意图。他们分散成一个复杂的阵型去追逐这个隐藏的敌人。按照定一的经验,这时如果夹在Xenus人中间一起行动,他只可能打乱他们长久以来的默契。"我总下意识觉得我们似乎忽略了一件事情。"定一在频道里说。

"为什么这个敌人不撤退?上次我们打死了一人之后,另外一个马上就撤了。"哈代漫不经心地说。

定一猛地醒悟过来。他们现在已经打死了两个人,剩下的敌人应该还有五个。李远哲在哪里!?

从战术上来讲,他们这个小队最大的问题就在于Xenus人和他们根本没有配合。所以,刚才并不是敌人最好的机会。现在才是他们动手最好的机会。

定一感到全身一阵刺骨的冰冷。他刚刚想明白这个道理,战术显示闪了闪,消失了。正在飞过来的哈代背包上冒出了一道火焰,旋转着飞向宇宙深处,定一看不清楚他的脸,只看见他的身影越变越小。

定一发现自己的随身计算机已经完全丧失了功能,只能徒劳地向中心站飘去。在运输船上时他们俩的计算机就被植入了木马。

没有了战术显示的辅助,定一只能勉强看见Xenus士兵的小点们绕过中央梁,消失了。不久之后一列轨道舱沿着尚且完好的轨道开过来,停在定一身边。舱门打开,一个人形直直地朝着定一飞来。直到定一面前,头盔的反光罩降下,定一才发现那是李远哲,已然不是人类的那个李远哲。他的眼球还是在不停地移动。定一想问他有何目的,但是无线电不起作用。

李远哲将定一拉进了轨道舱。轨道舱里还有另外一个人,应该也是中国湖号的船员之一。这个人是个黑人,他宇航服上的名字是:华盛顿·李维,不知道是不是他的名字。他跟李远哲情况一模一样,最突出的特点就是那双不停移动的眼睛,还有那种处于笑与不笑之间的表情。定一几乎无法分辨两个人的面容有什么区别——同样的表情,同样的眼睛,相比之下,一点儿五官或者脸型的差异简直是微不足道。人类的相貌差异主要在于表情,其次才是生理区别,定一才明白了这一点。

定一的随身计算机重启,但是能用的只有生命维持。他思索着目前这个情况怎样才是出路,站在对面的这位华盛顿说话了(定一决定就叫他华盛顿),跟李远哲之前一模一样,是完全没有起伏的平板语调:"请不要尝试任何事情。你的一举一动都在我们的监控之中。"他们控制了定一的随身计算机,这句话只是一个事实陈述。按照他们之前所看到的那两个船员的战斗能力,定一没有任何机会。无论是李远哲还是华盛顿都没有再说什么。轨道舱在沉默中向着中心站驶去。

定一来过日凌站几次,并不是第一次乘坐轨道舱。哈代现在应该还活着,他的生命维持还可以坚持很长的时间,但是他能获救的可能性很低。在太空作战中,这是常有的事情。他们两个在开始这次行动之前就已经做好了这样的准备,一同出击的战友没回来是战士必然遇到的命运。人类会不会就因为我们两个灭亡了?定一自嘲地笑了笑。但是他又想起了柯林,不知道她会怎样,心里变得十分沉重。

他猜测着这两个"前"人类到底要对他做些什么。他刚才就问了,没人说话。

二十分钟之后轨道舱进入了中心站。控制中心环是日凌站的圆环中最小的一个,只有少数人才有权限进入这个站,定一之前从没来过。不知为什么中心环并没有转动,三个人只能在无重力的情况下进入控制中心。日凌站是考虑过无重力情况的,所有舱室都设有相应的设施供人员在无重力情况下使用。日常情况中心环都会旋转,现在各种没有固定好的小物件在控制中心里飘得到处都是。华盛顿和李远哲两个前人类一头一尾地押送定一通过一连串舱室。按照路上遇到的各种指示牌来看,他们要去的地方是……通信中心?

定一想起了李远哲在还是人类的时候说的话。"那是个指令。"这五个字压在定一的胸口,沉甸甸的。

定一在通信中心见到了中国湖号上的又一位船员:马赫·索伦博格(至少他衣服上的姓名牌是这么写的)。他有着跟李远哲一样的脸。

通信中心设在圆环的外侧,装着很少见的落地窗,可以直接看到日凌站外面的景色。这也是有实际作用的:通信中心可以肉眼看到日凌站外界的情况,以防传感器失灵。不过有人的时候落地窗通常被调成不透明的显示窗口,不然在里面的人会觉得有点晕。实际上通信中心并不大,只是一个长方形的房间,里面放着一堆显控台和体感座椅,平常它应该是全自动运行的。现在日凌站的通信中心已经被做了一番大改造:大量的线缆直接从原本接在各种控制台上的位置被扯出来,一部分被插进一个特定的服务器,服务器直接连上了一张明显改造过的体感座椅,座椅上放着一副耳机,一台显示器;另外一些线缆被胡乱捆成几束,从地板下接到另外的地方去了。定一看着那个座椅,脑袋飞速转动,却无法可想。

"原来这就是终结。"他想。作为定一,作为人类的历史,就要在此终结。他回过神来,发现三个人已经将他摁在了座椅上,手脚身体全都被捆住了。李远哲为他戴上耳机。在完成这个动作之后,他居然还笑了一下,那感觉似乎是有另外一个人通过隐形的木偶线抽动了他的脸部肌肉。"没关系,很快就好。"

定一面前的屏幕亮了起来。出乎他的预料,屏幕上一开始显示的是某些很正常的自然风光、各种动物和人脸的照片。图片很符合人的认知规律,每隔一段时间就会换一张。耳机里传来了遥远的声音——这些声音似乎来自某个嘈杂的市集,有人在说话,但是很难听清楚他们说的是什么;定一不知道为什么,觉得这些遥远的声音是对他很重要的信息,只能够越发认真地去听。随着图片的更替,定一感觉这些图片似乎有一些不对劲的地方——后面所显示的这些图片大体上看是正常的风景、自然和人物照,但是细节总有一些扭曲的地方,感觉是神经网络用现有的图片库合成的照片。声音也是,话语的音量也忽大忽小,你不可能去真的听清楚,也不可能完全忽略它。每次当定一感觉到哪里不对的时候,图片就已经切换到了下一张,于是他就越发认真地开始辨别这些图片中的错漏之处,声音也变成了一片令人酥麻的人声呢喃。他心里有个声音说道:这是它攻击你认知结构的方式,你会放开你的注意力全力吸收它的隐藏信息……然而定一发现时已经晚了,他的注意力已经被这些图片牢牢把握,后面的图片已经不再像是某些具体的物品,而变成了抽象的线条和颜色。他的太阳穴突突直跳,大脑的某一个地方仿佛正在缩紧,脊椎有一股热流似乎马上就要冲出天灵盖……

定一能够感觉到自我正在一点点流失，随着显示器上图像的变化而飞速地磨损。他的全部注意力和全部的世界只剩下了显示器上的这些线条和图像，他已经快忘记了自己的名字，自己所处的地方，女性的名字：她叫什么？这个女人为何看起来如此眼熟？他们在一起的时候的回忆？定一一点都想不起来了。他似乎要沉睡下去，内心里的那个声音越来越小。在最后剩余的一点自我意识里他明白，当图像最后变成他在运输船里所见到的那个图像的时候，他就结束了。

"你要去参军？当飞行员？那你之前为什么不征求我的意见？"妈妈看着那张通知单，生气地说道。

"反正你也不会同意的。"定一坐在那里，脑袋低垂着。他刚刚收到这张通知单的时候，一路蹦蹦跳跳地回了家。但是这会儿他已经不觉得这是个喜事了。

"现在去当飞行员，是真的要打仗的。你这孩子，除了游戏打得好之外哪里会打仗？你爸爸也走了，我就只剩你一个了，万一有个三长两短……"妈妈说着说着开始哽咽。

"我一定要上太空。"定一闷闷地说。

"那你也可以去当民航飞行员啊！去月球的常规航班都有了，考民用宇航学校有什么不好的？"

"民用宇航学校以后去不了半人马座阿尔法。"定一说。

"什么？"妈妈提高了声音。

"现在都在传，人类计划要组织一个远征队，十五年后出发去半人马座阿尔法。我现在必须去参军，进入这个序列，不然就来不及了。"

"你要去太阳系以外！？那你就回不来了！"

"不管,我就是想去! 怎么样我都要去!"

"那你去了,就不要回来!"

"你这次回来多长时间呀?"柯林问。

这并不是什么节日,只是一个普通的休息日,定一刚刚结束一次长程任务,老刘给他放了一个长假。他和柯林两个人吃过晚饭,一同漫步在大街上。

"老刘这次给的时间还蛮长的。"定一挠挠头,"大概两周吧。"

"在外面的时候有没有想我?"柯林看着旁边的橱窗。

"嗯,每天都想的。"

"听着像是敷衍,哼。那你为什么喜欢我呀?"

"嗯……大概是因为,你是一个永远都不会对生活失去热情的人吧。"定一想了想,认真地回答。

"而我,有的时候我也会怀疑,我是否是一个真的人类,或者只是一个伪装成人类的异星观察者;遇到了什么之前见过的事情,就会想:这有什么好惊讶的? 这真无聊。而你则永远不会厌倦。比方说逛街,如果不是与你在一起,我是永远不会逛街的。"定一牵着柯林的手说道。

"是吗? 那你平常会做些什么?"

"大概是去寻找一些从未见过的东西吧。比方说山川,比方说星空。想要去远征队也是这个原因,我想要亲手触摸那些星辰。"

柯林笑了起来。她的眼睛在灯光下闪闪发亮,"看来你现在不愿意陪我逛街咯?"

"才不是呢! 陪你走一天一夜也没问题!"定一急忙辩解。

"哎,那边那家店看起来不错! 我们去看看!"

一股尖锐的高频噪音突然刺入定一的脑海,将他惊醒。显示器的图案对他不再有任何吸引力,变成了单纯的混乱的图像。在他视力所能分辨的极限上,他看到显示器上的一行小字:空间爆破,失压准备,倒计时:10,9,8……

定一还没有来得及做任何的反应,一声巨大的轰鸣响起,他们头顶的一片玻璃被炸出了一个巨大的洞,顿时狂风大作。

整个通信中心的空气飞速地流失到了外层空间,任何没有固定好的物体都疯狂地飞向那个巨大的空洞,包括三个原中国湖号的船员们。在空间站失压的那一刻,三个船员就被吹进了太空,他们超凡的运动能力没有能够拯救自己,人类的身体终究无法战胜物理定律。定一没有做出反应,也无法做出反应;他被牢牢地捆在了座椅上,这反而救了他一命。不过这也是暂时的,等通信中心的空气流失完,他也会遭遇跟那三个船员一样的命运。逐渐稀薄的空气让定一有些喘不过气来。此时定一身后突然出现了一双手,手上拿着一个大号头盔;随即这个头盔扣在了他的脑袋上,空间服的接口自动锁紧,他又能呼吸了。

这双手的主人绕到定一面前。头盔变得透明,是哈代。

空气冲出太空所发出的巨大呼啸声已经逐渐减小,表明通信中心里的空气已经所剩无几。直到这时,通信中心玻璃窗下的巨大钢构才缓缓升起,遮住了窗户上的巨大空洞,让通信中心重新获得了气密。哈代打开定一的拘束装置,定一试着重启了他的随身计算机,战术显示重新亮了起来。按照一般流程,在失压开始时,通信中心的窗帘就应该拉上,这是一个全自动的过程。联想到给定一洗脑的信息流中的那个提示,哈代肯定是获得了日凌站中相当高的权限,才能够做出这样的战术布置。

"我还以为你已经死了。"定一跟在哈代的身后慢慢飘出通信中心。

"一言难尽。"哈代简短地说。他似乎不是很想提这件事。

"Xenus人呢?"定一继续问道。

"没了,或者失去联系了。我尝试呼叫港口的运输船,没有回应。"

此时一阵遥远的嗡鸣声响起,他们重新感受到了重力。中心环重新开始旋转,一路上走廊里漂浮的各种物品纷纷掉到地上,一片狼藉。虽然只有零点一个G,但是脚踏实地的感觉真好。"这是你做的? 你怎么能够拿到日凌站这么高的权限?"定一问道。

"不是我干的。"哈代摊手。自从他们两个重新见面之后,他说话一直很精简。这不太符合他以往的性格。

"那刚才在信息流里显示的提示,是你做的吗?"

哈代回头,"你说什么? 什么信息流? 什么提示?"

定一原原本本将他们两个失联之后自己的经历说了一遍。看来这件事情真的在哈代的能力范围之外。在听完之后,哈代思考了一会儿,终于将他自己的经历讲了一遍。

"没错,那时我的动力背包出了故障,不受我控制,把我推往站外的方向,我的战术显示也没了……看来的确就是他们搞的鬼。我也以为我就要死了。不过大概过了几十分钟,我看不见你了,不知道为什么我的动力背包突然又恢复了,战术显示又能用了。于是我就往回飞。那个时候我还能跟踪到你的位置,说实话我觉得凭借我们的单兵战术网络这实在是不大可能。后来我看你们进了通信中心,突然我自己冒出了一个想法,再不动手就晚了,我才动手。我也不知道是从哪冒出来的想法。"

　　定一觉得似乎有一个更高的力量在幕后操纵着整个事件。他知道哈代也是这样想的。幸好这个力量现在站在他们的一边。如果是这样,之前定一和哈代遇到的所有事情都需要重新看待。不管怎样,过了河的卒子只有拼命向前。他知道哈代的沉闷也是因为这件事情:他们两个未必是人类最后的希望。他们面对的敌人和他们的盟友都是他们无法理解的巨大力量。

　　行动马上就要达成目标:控制中心就在他们的面前。

　　控制中心占据了中心环很大一块区域。它要比通信中心大得多,有非常多的体感座椅和显控台,当然,还有他们这一行的主要目标,一套完整的物理操作界面。

　　在原先的计划中,定一和哈代的任务是关掉日凌站的反物质流发射,切断舰队的能量供应,为接下来的行动争取时间。而目前来看这已经是不可能了;有两个敌人仍然埋伏在站内,他们现在唯一的选项就是毁掉日凌站。

　　定一走到控制台,抽出键盘,坐了下来。他启动了系统,屏幕上显示出目前日凌站的信息。看起来一切正常。氢离子收集和反物质射流仍然正常运行,但是在这里他卡住了——他没有权限进入控制界面。

　　按照舰队的标准操作,控制界面的密码是一串指令,有权限的人员会随身携带相应的硬件密码,会定时更新。他不知道这个密码。

　　"有没有办法绕过去?"哈代问。

　　"我正在想!正在想!等等……"定一突然有了一种奇妙的感觉。他不知道那个密码,但是他觉得这个场景似曾相识——然后他的右手不自觉地抬起来,按下了第一个键——这个感觉就仿佛你回到了你父母的老家,大门密码你早就不记得了,但是你已经执行了成千上万遍的输入密码的动作却能够将这个密码复现出来。现在定一感觉自己也进入了这个状态：他的右手凭借着某种肌肉记忆输入了一串符号。

定一按下了回车键，屏幕显示登入成功。

定一转过头，发现哈代正在用一种极为奇怪的眼神看着他。

通信中心的那个经历到底对他做了些什么？现在他的心正在往下沉。可能那次"调制"已经成功了，他变成李远哲只需要睡一觉？他一点儿都不知道。

从沉思中回过神来，定一发现自己已经进入了日凌站的轨道操作界面。他甚至不知道自己是怎样进来的，他以前从没见过任何人操作过。

"你刚才动作老练得就跟一个专业级操作员一样。我以前都不知道你对空间站控制这么门儿清。"哈代淡淡地说。

轨道操作对于定一和哈代来说，不是新鲜事情。他们是空间战斗机飞行员，空间站的轨道操作跟战斗机轨道操作共享同样的表示结构。日凌站通过更改漏斗的形状来改变轨道。他们现在需要做的，就是让整个日凌站在太阳大气层上空减速，坠入太阳。

定一稍做思考，在窗口中输入一长串指令。在全息显示中，整个日凌站划过一条复杂的轨迹线，最后会落入光球层。在最后一刻反物质射流才会被关闭，不会留下任何可以挽救的机会。目前离这件事发生，还有差不多一百二十分钟。

接下来他们将要回到港口。按照条例，日凌站的格纳库里会有一到两艘内星系摆渡船。这是他们最后的希望。

两个人匆匆赶向中心轨道站。通信频道中 Xenus 人的合成语音此时响起："人类，听到请回复。重复，听到请回复。"

"这个时候才联系上,怎么跟侦探片里的警察一样。"哈代骂了两句。"Bravo 小队回复,任务已完成。重复,任务已完成。距最后脱离窗口还有一百分钟。完毕。"

定一和哈代始终没有忘记还有两个敌人潜伏在日凌站。从 Xenus 指挥官那里他们知道侦察群付出了惨重代价,但还是将他们在轨道上碰见的那个中国湖号的船员消灭了,现在看来,日凌站上只剩下最后一个敌人。临走的时候定一锁定了整个控制中心的权限,希望这能够帮助他们赢得额外的时间。定一的战术显示上倒计时一闪一闪,还有九十二分钟。

已经没有时间像来时那样直接用个人喷射背包飞过去。定一和哈代选择了轨道舱。当初李远哲和他的同伴们押送定一过来的那列轨道舱仍然停在中心站,他们两个迅速地登上了轨道舱,出发,目标是港口站。

轨道舱平顺地沿着中央梁疾驰。定一感受到了一点点加速度——这是他所设置的变轨机动已经开始。战术显示上反物质射流的标识曲线划出一个弧度,明显地偏向了中央梁这一边——"见鬼,当时怎么没想到这个!?"哈代在频道中骂了一声。定一随身计算机的结论是:在整个变轨过程中,反物质射流理论上不会扫到日凌站的任何结构。但愿如此,这不是一个能够让人心想事成的季节。

定一所感受到的加速度猛然上升,他们两个现在都不得不扶着轨道舱上的栏杆才能保持自己的身体姿态,定一的内耳平衡告诉他他现在等于是坐在天花板上——日凌站的镜面重新变成一堵高墙,处于定一的右边,而中央梁则变成了一条吊在他们正上方的轨道。他们现在已经通过了生态环,还有十多分钟就能够到达港口站了。这果然不是一个能够让人心想事成的季节:轨道舱的显示屏闪了闪,变黑了。轨道舱停了下来。日凌站全站失能。

事已至此。"哈代呼叫Xenus侦察群运输船。目前轨道已经失去作用,我们正处于轨道离港口八十七千米位置,0728,请求接应。完毕。"

"明白。ETA:二十三分钟。请确认你们的无线电信标处于开启状态。"

"收到。已开启,完毕。"哈代声音冷静,一点也没有慌张。定一扫一眼战术显示,剩余时间七十三分钟。

两个人合力手动打开了轨道舱的舱门。目前,日凌站的整体变轨加速度在零点一个G的水平,中央梁在他们的"上面"。他们两个爬上中央梁,找了个地方坐了下来。根据目前的日凌站变轨路径,再过三十分钟,他们将会迎来在日凌站的第一次也是最后一次日出。

"下一步该怎么做?"哈代轻声地问道。

"我……不知道。"定一犹豫了一会儿。他只能如此回答。

"我想或许我们还可以活下去,跟着Xenus人逃出太阳系,怎么也能活下去。那样我们就真的是最后的人类了,你还能实现你的梦想。"哈代说,语气还有点滑稽。

"或者我们还可以回去,把事情最后搞清楚,死也要死个明白。不明不白地实现的梦想有什么意义。"定一回答,他的声音没有波动。

"以及,把柯林救出来。我知道你的性子,不肯说出来。我替你说。兄弟这么多年,我舍命陪君子。"哈代语气轻松,跟他们两个之前任务结束之后一万遍闲聊去哪儿喝酒一样。

脚下的中央梁又传来一阵波动。定一发现中央梁的震动是有波形的,仿佛一根巨大的弹簧,尽管它是由世界上最牢固的单分子碳纳米管建成。他感觉到加速度方向又变了:他们现在站在一个缓坡上,日凌站的镜面在他们的高处,而港口站在他们的下坡。战术显示里反物质流那条明亮的蓝色线条又扭了一个角度,正在此时,一个绿色的三角形标志出现在他们下方,绕了一个巨大的弧度向他们飞来。

"你们马上要穿越反物质流!不能从那边走!"定一在无线电频道中大喊。

一切都已经晚了。Xenus侦察群的运输船在反物质流中变成了一簇明亮的火焰。

Xenus运输船的爆炸火光将日凌站的背面照得一片惨白。"Bravo小队呼叫侦察群,Bravo小队呼叫侦察群,听到请回答……"哈代在无线电频道里呼叫,期望港口站那边还有留守的侦察群分队。没有回应,他们应该是打算在接到两个人之后直接撤离。离最后脱离窗口还有五十分钟。他们必须在此之前赶到港口站,找到可用的运输船,飞离日凌站。

定一将喷射背包的推力开到最大,战术显示提示剩余推进剂在飞速减少。随身计算机表示最优化的航渡路径需要二十一分钟才能够让他们飞到港口站,留给他们的时间屈指可数。

"Bravo小队呼叫侦察群,听到请回答……"哈代仍然在锲而不舍地呼叫。定一没有叫他停下来,心里半心半意地期盼会有奇迹发生。现在日凌站的轨道重新稳定下来,他们恢复了无重力飞行。中央梁的轨道桁架在他们身下飞快掠过,定一想着这一切在一个小时之后就会灰飞烟灭。日凌站承担了全太阳系几乎三分之一的能源供应,是人类最重要的资产之一。现在他们将它推向毁灭的道路。就算巨变没有发生,或者他们找到了一个什么奇迹的方法将瘟疫全部清除,毁灭了日凌站,他们也让人类倒退了三十年。

工厂站很快就过去了。刚才的几次变轨将工厂站四处乱飞的残骸提前甩进了太阳,他们不需要担心是否会撞到什么东西。离港口站现在只剩下几分钟的路程。

正在此时,日凌站又一次开始变轨机动。中央梁缓缓地朝他们的方向移动过来,喷射背包自动修正轨道,保持与中央梁的距离。但是现在他们有了一个更大的麻烦:随身计算机告诉定一,要日出了。

日凌站的变轨路径并没有完全地依照定一的计划。太阳的风力突然加强,一道日冕,都有可能导致整个日凌站的轨道变化。按原本的估计,日出应该还有大约十分钟,那时他们肯定已经进入了港口站。但是他们现在只能在烈焰下沿着中央梁奔驰。这身太空服应该能够坚持十分钟!

日凌站和缓的边缘现在已经染上了一层金边。一个巨大的猛烈的弧形缓缓地跃过地平线——定一只敢看到这里。两个人操纵喷射背包,躲进中央梁的阴影。他们避开了太阳的光线直射,整个日凌站的背后都被阳光照射成了一片刺眼的白色,就算两个人的面罩调成了最黑,这白光仍然刺眼。日凌站的背面结构足以抵挡阳光直射,但是很多构造就没有那么好运了:许多还没有来得及降下挡热板的玻璃窗开始在高温中熔化。现在日凌站的很多舱室应该都已经起火。定一只能祈祷,港口站没有重要的舱室起火。

港口站就在前方。喷射背包向前喷射,将他们的速度降低到零。他们来时的那个气密舱仍然开着,定一和哈代迅速地飘了进去。重新加压让整个港口站的声音传了进来:不出所料,警笛大作。

　　港口站现在只有红色的应急灯光仍然亮着,站内的紧急电源启动,到处都是已经被关闭的加压舱门。站内的空气中弥漫着焦味,空气循环也大部分失去了作用,定一和哈代两个人不得不回到战斗服循环呼吸。跟其他环一样,港口环已经停转,重力的方向随着日凌站的变轨路径时时刻刻都在发生变化;原本是天花板的地方,过了一分钟就变成了地板。还好加速度都不高,他们两个足以应付。

　　日凌站全站的无线节点都已经失效。定一试着从数据库里获得格纳库中的船舶位置信息,但是始终没有连接。万幸,格纳库的中控显示还可以用,否则他们就只能一个一个去找船的位置,而他们已经没有时间。定一开启中控的避难指示,计算机告诉他:日凌站的港口并没有避难船。

　　现在已经没有时间考虑是否是计算机对他们说了谎话,或者说敌人已经预料到了他们的行动,先干掉了避难船;这个情况在航渡时定一和哈代就已经讨论过。目前只剩下最后一个可能性:已经被感染的中国湖号补给舰。补给舰目前停泊在A0泊位,离他们的距离不远。

　　补给舰仍然安稳地停在角落里,似乎一切都没什么变化。两个人登船,直奔舰桥而去,尽量不去注意舰上到处都是的奇怪图案。定一开启物理操作面板,发现整艘船良好地响应了他的命令——他明明记得刚见到李远哲的时候,船上的操作界面都已经锁死了……然而现在并不是讨论这件事的最好时机:定一开启主发动机,将控制系统转为手动,舰船一切状态正常。哈代坐在驾驶席上,小心翼翼地解开港口的电磁锁,远程打开出港大门——一道猛烈的太阳风钻进了港口,把整个格纳库映照得一片白亮。他们现在已经快要落进色球层，这是最后的机会，如果再不离开，他们将无法逃离太阳的重力井。

哈代握着操纵杆，驾驶补给舰飞出了日凌站的港口。他将发动机开到全速。在他们的身后，日凌站缓缓地没入恒星的烈焰之中。

第四章

+6

转过一个弯,对面那个人类谪仙终于没有能够躲过弟子们的灵剑,超高速的剑头穿过了他的身躯,将他打得旋转起来。不过禹藏山遇仍然暗暗心惊:足足数十人对付两个谪仙,仍然付出了折损数位弟子的惨痛代价,他自己也差点陷在这里。他曾听过正面对抗过的师长们讲谪仙之烈,还只是觉得他们不过是在夸张;亲身领教过谪仙的能力,才知道其实所言非虚。

"大师兄,那两位人类飞行师似乎出了点儿状况。"留守观察的斥候传来灵讯。

"嗯?什么情况?"禹藏山遇吩咐手下弟子组成飞行剑阵防止偷袭,向着观察点飞过去。

"通信断了,观察发现有一位飞行师脱离轨道,另外一位目前被几位谪仙绑上了轨道舱……我们要不要出手?大师兄,请下命令!"

"不要轻举妄动!保持观察,我马上到。"

禹藏山遇赶到的时候轨道舱已经疾驰而去。留观斥候报告,轨道舱上的两位谪仙将其中一位飞行师捕获,另一位飞行师则脱离轨道。预计他们将会在半个时辰之后进入太阳引力控制。"我们要不要把他救回来?"

"再观察一段时间。如果他确实不行了,那就把他救回来。"禹藏山遇想了想说道,"我们还是按照原计划行动。捧日宗去他们的阳炎仓库,尽可能地多带一些阳炎,背鬼宗由我带领,去日凌站的控制中心,将这个灵器掌握在我们手上。"

跟着禹藏山遇走的十几名弟子组成一个整齐的剑阵,继续向着控制中心飞过去。这次他们的速度比之前快了许多,现在已经顾不上暴露与否了——只能以快打快。禹藏山遇思索着谪仙的手段:他们入侵了那两位人类飞行师的灵网。现在离人类灵识飞升已经过了数日,禹藏不确定那位刚刚飞升的天人是否已经学会了如何入侵昆仑人的灵网,现在只能希望没有。为此派中已经将灵网的功能性又降低了一个等级,也因此禹藏丧失了战铠上相当一部分的上级功能,这让他有些烦躁。

"根据事先所绘制的灵器舆图,比较合适的突破地段为中央环通信中心。"斥候报告,"目前我们可以观测到通信中心内部,有人类活动,推定为两个谪仙;但是他们已于半个时辰之前离开,这与谪仙捕获人类飞行师的活动存在强相关性。以我们现在的速度,隐蔽阵型接近,爆破突破,可以同时解决谪仙。"

"那就这么办。"

"谪仙与飞行师一号已经进入中央环。"在工厂环展开大型千里镜的背鬼宗斥候拓拔二一报告。

禹藏山遇将自己贴在中央环的外壁上,安放激雷的弟子已经完成了工作,向主队飘了回来。再过大约两息,谪仙应该就会回到通信中心。那个时候他们就会引爆贴在墙上的激雷,一举突破，并且解决掉这几个谪仙。

禹藏山遇默默地数着数，将突破的阵位在心里默想了一遍，确认没有问题。一位选锋弟子的声音响起来："掌旗，谪仙带着飞行师进了通信中心，我们的计划要不要改？"

"就按照原计划。如果能救尽量把他救回来。"禹藏山遇的意思下面的弟子都很清楚，人类飞行师是可以被消耗的。在出发之前掌门亲自对他交代，人类这边尽量维持，但是如果无法维持也不是什么大问题，日凌站这个灵器和阳炎掌握在昆仑人手里是最重要的。

禹藏山遇的计数已经快要达到那个限界。左右的弟子已经慢慢地飘过来，组成突破阵型。正在此时，观察哨的斥候在频道里喊了起来，声音听起来颇为惶急："报！飞行目标正在向通信中心快速接近中！根据特征判断应该是二号飞行师。"

"停止行动！"禹藏山遇心念电转。这家伙怎么又回来了！禹藏山遇有意识地要甩开他们单干，如果是在这个关键节点与他们碰上，很多事情就很难解释。想到此处，禹藏山遇决定先撤退再选择一个好的时机出现，下一步的行动就会顺利很多。"全队，保持隐蔽阵型脱离接触！"他向着手下的弟子发布命令。"拓拔二一，我不是要你保持对二号飞行师的持续跟踪吗，你怎么把他搞丢了？"

"掌旗，刚才有大概半刻钟，千里镜出了一点儿小的故障……"斥候回应。在这种关键时候出故障！？禹藏山遇并不觉得这是巧合。类似的事情他在跟天人作战过的老人们嘴里听过太多了。

禹藏和弟子们绕到中央环的背面，找了一个外壳上的凹陷，暂时隐藏在那里。布置在通信中心旁边的灵眼忠实地给他传回图像：二号飞行师缓缓地接近通信中心。一阵闪光，他们之前所布设的激雷被引爆，强大的气流将通信中心内部的各种物体吹进了真空，禹藏清楚地看见还有两个人形也被吹了出来。飞行师飘了进去，通信中心的钢构合上，重新恢复气密。

看到这里，禹藏山遇再无怀疑，"我们的灵网已经被破坏。各单位转为单次密钥灵讯。现在以撤退为第一任务。"如果灵网被渗透了，他们所面对的境遇可能比死还要糟糕：成为谪仙。现在那个新生的天人只学会了如何转化人类谪仙，但是学会转化昆仑谪仙似乎也不需要太多的时间。

"两个人类飞行师怎么办？"下面的弟子问道。

"如果他们能够出来，我们就接上他们一起走。我们只等一个时辰。"

一阵极为低沉的震动从禹藏山遇的脚下传来，这是整个日凌站开始变轨的信号。"掌旗，轨道中央站那边发现有人类活动信号。"旁边的拓拔二一斥候说道，一条线从千里镜拉出来，插在他身上。他们现在使用有线连接传递信号，禹藏山遇只能待在千里镜这里才能保持对整个局势的把握，单次密钥灵讯的容量非常有限，他得珍惜每一次远程灵讯机会。

"人类，听到请回复。重复，听到请回复。"他在灵讯频道中呼叫。

对面传来人类飞行师的回答："Bravo小队回复，任务已完成。重复，任务已完成。距脱离窗口还有一百分钟。完毕。"

捧日宗在三刻之前报告，他们已经顺利地运出大量的储备阳炎，禹藏山遇已经安排他们坐上另一艘运输舟先行离开。他告诉两个人类他们还是消灭了那个谪仙。两个人类飞行师搞定了日凌站,任务也算是成功了一半,在掌门那里可以交代过去。他让背嵬宗散开的所有弟子先回运输舟,他作为掌旗要在这里保持对局势的最根本的掌握。

"大师兄,我们怎么办?"旁边的拓拔二一问道。

"运输舟接到两位人类飞行师,就会来接我们。这个已经计划周详,不用担心。"禹藏说。

"是。"拓拔二一开始按照标准程序,给布设在此处的千里镜和灵讯器材安装上暗雷。

仅仅是片刻之后,人类飞行师的灵讯再度传来。"哈代呼叫Xenus侦察群运输船。目前轨道已经失去作用,我们正处于轨道离港口八十七千米位置,0728,请求接应。完毕。"

"明白。ETA:二十三分钟。请确认你们的无线电信标处于开启状态。"

"收到。已开启,完毕。"

日凌站背面的灯光一片片地熄灭,黑暗涌过来,禹藏举目四顾,很多地方陷入了一片黑暗之中,而在他们面前的这堵高墙之后,就是这个大千世界最狂暴的能量来源。他感觉自己脚底下的结构似乎又抖动了一下——随后一阵重力抓住了他,这是日凌站又一次变轨。背嵬宗运输船发来一条灵讯告诉他,他们已经起飞前往接应两位人类飞行师,不久之后便会前来接应他和拓拔,最后撤退。

禹藏有一种不安的感觉压在脑后,但脸上还是尽量保持着镇定。内心的直觉告诉他:接下来的事情不会像他计划的那样顺利。他回过头来问拓拔二一:"我们还有什么别的方法能够离开日凌站?"

"港口有一艘人类的避难舟,另外就是我们之前所接触的那个人类谪仙的补给舟。”

“人类的避难舟的位置你确认了吗?”

“确认了。”拓拔二一回答。

“很好。永远要有后备计划。”拓拔二一是禹藏的亲师弟,也是下一代中的佼佼者,否则当不上选锋斥候。禹藏很看好拓拔,认为他能够接替自己的首席位置。

禹藏想着后备的撤退计划,同时希望这不会用得上。灵网中似乎有一些噪音,抖动了片刻。要是在平时,这不过是干扰而已——突如其来的太阳风,设备的虚警,都有可能。但是这时……禹藏转过头来,看向运输舟的方向。

“你们马上要穿越反物质流! 不能从那边走!”灵网中传来人类的大喊。一阵明亮的火焰从运输舟的方向迸发出来。

“这……”拓拔二一看着那阵火焰。上面装载的是捧日宗的所有弟子。这其中有他的兄弟,他的朋友,还有他的师长。

禹藏山遇顾不上伤心。“拓拔二一!”他严厉地打断拓拔的思绪,“关闭一切远程灵网,只留下我们两个的近程灵讯功能。谪仙曾经上过的舟肯定不能用了,避难舟应该还有机会。时间不多,我们行动!”

禹藏看着脚下飞速掠过的中央梁桁架,港口就在之前不远的地方。他们之前通过的那个气闸还开着,两人飞速地钻了进去。红色的应急灯光还亮着,港口环已经停转,四处都没有重力。禹藏刚进入日凌站的时候很是惊讶,人类居然还在使用旋转舱来模拟重力,可能人工对称重力场算是唯一一个昆仑人还保留在手上的技术。禹藏跟在拓拔身后,拓拔很坚定地沿着一条路线前进,没有犹豫。禹藏暗赞,拓拔在这种情况下没有慌乱,还能保持最大的效能发挥,的确是一个极为优秀的斥候。

避难舟并不难找,就在港口格纳库最边上,紧挨着人员入关大厅。禹藏草草地检查了下,没有发现避难舟有什么肉眼可见的破损。他打开格纳库中控显示,避难舟状态正常,随时可以出发。他让拓拔做好警戒,自己钻进避难舟开始启动自检程序。人类的操作席对昆仑人的体型来说有些局促。在来执行任务的弟子之中,他和另外几个弟子接受过操作人类装备的训练。但是那几个弟子都已经兵解,只剩下他,还有拓拔二一。

"要不要等那两位人类飞行师一起撤退?"拓拔问道。

"来不及了。"禹藏默算了一下,"他们应该赶不到港口站。"灵舟完成自检,显示可以启动。出港大门缓缓打开,禹藏通知拓拔进来,准备关上舱门。

整个港口又是一阵猛烈的震动,另一次变轨开始。正准备登船的拓拔一不注意,被加速度甩到了格纳库的另一边。禹藏山遇看着出港大门的黑色窗口一下子变成了一片刺眼的白色,这是港口环脱离了"漏斗"的遮蔽,直面太阳的烈焰。"二一!"禹藏条件反射地闭上眼睛,在灵网中大吼。灵网变成了一片嘈杂,禹藏也不知道拓拔是否听到了他的传讯。避难舟的观察窗自动变黑,禹藏睁开眼睛,看见拓拔打开身后的喷射器,正朝着这边冲过来。随后,一阵太阳风冲进格纳库,超高温的白色的烈焰遮蔽了那个小小的身影。

二一!禹藏心中一阵疼痛。避难舟关上舱门,勉强将太阳风挡在外面。程序自行启动,将避难舟发射进太虚之中。

第五章

+0

刘星辰狂奔向战备值班室,掏出他的飞行员令牌。谢天谢地令牌还可以使用。他打开门,反手将门上锁,搬来一张桌子和一把椅子抵住门。应该可以拖延一下时间,他心想。背后的那三个没有面孔的士兵对他有着极为明显的恶意,他完全不知道发生了什么。他看了一眼自己的手表,网络连接仍然没有恢复,紧急通信频道也跟刚才一样。

不一会儿门外就传来了砰砰砸门的声音。他们应该很快就能找到破门工具,他不知道自己到时候会面对怎样的命运。

刘星辰极速思考着下一步的计划。目前似乎没有任何可以呼叫支援的办法,但是有一点他是确定的:他仍然是一个战斗机飞行员,而且是舰队里最优秀的战斗机飞行员之一。想到这里他戴上头盔,简单地检测了一下气密,走进前往值班战斗机机库的通道。他有充分的信念:在战斗机中,他是安全的。至于要去做什么,之后再说。

值班战斗机机库里没有人。四架战斗机待在弹射轨道上,等待出击。刘星辰习惯性地绕着他的座机检查了一圈,从外表来看一切如常,没有被破坏。他 ping 了一下弹射器,没有回应:弹射器控制系统跟基地里的其他所有设备一样死掉了,不过好在没有弹射器战斗机一样能起飞,只是需要手动去开启弹射器舱门。他飘进航空舰桥控制室,打开控制台下的盖板,是一个纯机械继电式的舱门开关。如果全舰处于失能状态,他们仍然能够凭借手动开关打开舱门去作战。

刘星辰用力扳下开关,一阵尖锐的气流声响起。在打开舱门之前,首先需要解开气密。刘星辰再次检查了一下身上战斗服的气密,确认没有问题之后,飘进了战斗机的座舱。舱盖合上,他开始启动战斗机的发动机,开始快速自检程序。就在越来越小的气流之中,他听到了上面的战备值班室传来了一声低沉的爆炸声。

发动机启动,转速到达规定值;致电和液压系统没有问题;环控和交互界面没有问题;电子系统开始自检,检测到控制中心下发的新更新软件,密钥正确,签名正确,准备开始更新……看到这里刘星辰立刻明白过来:这是个恶意软件!他输入了联队长的权限,手动超驰系统,阻止了此次更新并且将任何未来可能的远程更新全部设为关闭,但是他并不明白敌人为什么能够搞到控制中心的最高权限。说到底,敌人到底是谁?

快速自检完成,外面已经是一片真空。万籁俱静之中,弹射器舱门已经完全打开。他将战斗机发动机推至全速,巨大的射流冲刷着身后的射流偏导井。在这最后时刻,他正好看到机库左手边通向值班室的大门打开,那三个穿着空间战斗服的敌人出现在机库门口。他解开起落架固定装置,战斗机缓缓加速,冲入外面的真空之中。

战斗机的通信频道中仍然是一片噪声,偶尔有两个似乎是人声的声音模糊不清地说了句什么,然后就消失不见了。刘星辰还在考虑下一步的计划是什么,战斗机的RWR已经急促地响起:他正在被两个目标的火控系统扫描——目标的性质非常清楚,就是刚刚进入服役的QF-104无人战斗机。

刘星辰将操纵杆拉到极限,巨大的惯性压得他动弹不得。RWR的尖叫稍微停顿了一刻,随即又响起来。处于超重之中的刘星辰勉力扭过头,两架无人战斗机正划过一条比他陡峭得多的弧线朝他的方向飞过来。

刘星辰把战斗机扭到另一个矢量之中,直直地对着两架无人机冲过去。正在此时无人机开火了——在它开火的前一刻刘星辰启动了战斗机头部的姿态发动机,将飞机的姿态稍稍扭过一个极小的角度,险险躲过无人机的高能量激光。这是刘星辰在与无人战斗机的模拟对抗之中总结出来的:在这样的情况下,它们的开火决策会有一个极小的延时,可以让他在对头飞行里成功地摆脱。不过这只是一个小把戏罢了,面对这种最高可以承载五十个G的机器,任何人也坚持不了多长时间。刘星辰使用疯狗模式将战斗机上的所有导弹都打了出去,他知道不会打中,但是会让无人机浪费他们的矢量来摆脱。两架无人机如离弦之箭一般在他面前掠过去,他将油门推到最大,进入环日轨道。无人机想要扭转速度矢量过来追他,至少需要三个小时才能追上。它们多半会放弃。他扭头看着已经变得极小的珍珠港空间站,还是不明白到底发生了什么——他到底在和谁作战?

刘星辰浏览过一个个通信频道,然而平常相当繁忙而热闹的民用通信频道都一片死寂。他又回头望了一眼已经几乎看不到的珍珠港空间站,思索着这到底是什么情况。还好,海洋和慕星回地球了,他这样安慰自己。在地球上她们应该还是没有危险的吧?

一阵模糊不清的人声在通信频道里响了起来。"这里是第七舰队内星系……T……补给舰贝加尔湖号……有……听到吗……?"

刘星辰赶忙回复,"这里是第十三舰队第九战术联队联队长刘星辰少校,你们那里现在是什么情况?"

"……前往……火星的……上。全舰……障。请求支援。"似乎是遇到了什么故障,具体是哪里出了故障没有说明。刘星辰猜测是电子系统,没有出故障的舰艇大概都接受了控制中心的那个指令。不管怎样,遇到能够沟通的同胞总是好的。刘星辰大致确定了对方的位置,计算出轨道,开始转向。

贝加尔湖号的机库不大,能停五架战斗机。刘星辰很顺利地登了舰。舰长艾斯沃森少校说,电子系统出了故障,高级通信和传感器瘫痪,他们只是隐约发现了事情有些不太对劲。听到刘星辰的遭遇之后他们严肃了起来。着舰之后他们决定开一个短会。

"电子系统现在怎么样了?"刘星辰走进会议室。贝加尔湖号的几个主官都在这里。艾斯沃森少校向大家介绍了刘星辰的身份。

"还在抢修之中,基本传感器和通信系统应该在两个小时之后上线。不过要修复高级功能得返回基地才有备件。"电子系统副官报告。

"这样……"刘星辰思索着,"你们是多久之前从珍珠港空间站出发的?"

"大概十二个小时之前。"

"当时你们注意到什么不对劲的地方没有?"

"唔⋯⋯没有。对了,"艾斯沃森突然想起来,"我有个朋友是舰队中央计算中心的,他还在抱怨,即将上线的舰队指挥人工智能的表现有些奇怪。"

"他说过舰队人工智能的具体上线是什么时候没有?"

"说是舰队标准时间1600。"

刘星辰突然想到一个可能。在一周之前,人工智能即将上线的新闻在队里传开来,定一还跟整个联队详细地说过他关于人工智能的一大套理论,当时他有点儿喝多了,滔滔不绝。现在刘星辰觉得那不是他在科幻电影和小说里看来的一套无厘头故事了。

"我们什么时候飞到火星?"他问艾斯沃森。

第六章

+8

定一点击了重播按钮,第二十一次观看中国湖号的船员"感染"的过程。这件事情的发生时间为巨变发生后第二十五小时。中国湖号的船员听到命令集合到舰桥。他们集体观看了一段从舰队中央发过来的视频:所有人都倒下了;过了两小时,他们醒来,"感染"完成。感染他们的那段视频文件定一始终没有在数据库中找到。

让定一特别在意的地方是,李远哲与其他船员一样,都接到了完整的暗示——他直到其他所有人都醒来,离开,才醒过来——然而却保持了人类的意识。定一不知道李远哲是怎么做到的。他只能猜测他的境遇和发生在自己身上的事情有一些相似之处。

"又在看这段视频?"哈代拿着咖啡球飘过来。

"嗯。我还是不能理解为什么。"定一最担心的事情没有发生。他可以正常入睡、正常苏醒,仍然能够保有作为"定一"这样一个人类在世界上活下去的能力。哈代倒是非常淡定,这几天他们在日地轨道上飘行,哈代好吃好睡,没有显露出一点担心的神色。

"如果你能理解得了上面的那个东西在做什么,"哈代指了指头顶,"那我们就不会躲在一艘关了发动机,在内星系轨道上飘的运输船上了。"

哈代的确说出了事情的核心。他们不可能理解瘟疫的所思所为,这超出了一个人类可能的认知范围。他们现在只能希望,一艘关掉发动机、最小化信号特征的运输船能够逃过舰队的光学阵列,而代价就是他们需要差不多两个月时间才能飞到地球。定一停掉了飞船上所有高级的自动化功能,只留下最基本的导航和通信。惯性舱也关闭了,他们现在只能在无重力状态下生活。

"说正经的,"哈代变得严肃了起来,"通信系统才收到了一段信息。"

"什么信息!?"自从巨变之后,曾经像是菜市场的内星系通信频道就几乎完全静默下来。他们再也接收不到信息了——准确地说,是人类发出的、人类可以理解的信息。而能够接收到的只有某些极高带宽的编码片段,不是他们所见过的任何格式,极为复杂。偶尔能够收到一段音频信息,播放出来的声音也并非有意义的语音,而只是某种撩拨你大脑的声音。有的是人声的呢喃,有的让人心痒痒,有的让人毛骨悚然。处理这些声音的并不是大脑皮层的听觉部分,而是直接影响你大脑的那些更原始的,更接近于动物的部分。

"没有特定发射方向,全太阳系全频谱发射,功率极高。应该是一段视频文件。"定一跟随着哈代一起去了舰桥。如果是这样,对方应该还没有发现他们。

显示器画面亮了起来,一个人影出现。

是柯林。

定一觉得自己正在无限地沉下去。

她穿着她很少穿的舰队文职制服。从第一眼看到她,定一就知道她已经不是人类了。

"我在这里为那位拯救了人类的天人代言。"柯林已经死了。声音仍然是柯林的声音,但是这个声音背后的那个人,已经不存在了。

"希望剩下的人能看到,作为人类文明,我们将踏上新的征程……"定一几乎没有听见她在说什么。他只是看着她的脸。与那些在日凌站被感染的战士一样,她的脸不再传达任何信息。

"我已然勘破Xenus人侵略的意图;我们将能永远地摆脱外星种族对于人类文明的威胁;在我的威能之下,这一威胁不值一提,我将给你们带来繁荣和幸福;人类文明将第一次有能力真正走出摇篮,面向整个宇宙。"她浅棕色的瞳孔盯着镜头,目光里包含着死亡。

"或许你们会问:这一切如何可能?答案……是复杂的。任何大规模发展都有一个门槛。在门槛之外,这种发展是不可能的;在门槛之内,这种发展是不可避免的。人类想要真正进入宇宙,我的出现就是必然的事情;我们需要抛弃的是一些在进化上偶然出现但是对下一个阶段有害的东西。Xenus人已经走进了进化上的死胡同。"她的声音平板,没有任何起伏。定一仍然记得在最后的那个晚上,她流泪的脸。

"所以,加入我,这是你们的命运。我在这里,只是修正进化中一个古老的错误。你们的反抗无关宏旨。加入我,接受我的调整,真正走向星辰。"画面凝固,视频结束。

定一许久没有说话。

哈代飘到他背后，按着他的肩膀。

"不要放弃。不要放弃。一定会有办法的。"

接下来的十几个小时里两个人将这段视频看了四五遍。定一注意到柯林背后的布景，是舰队母港，他认出了某些熟悉的线条。看起来母港正在经历一些大规模的扩建工程，新的支撑架和预制件到处都是。定一看不出来这些新产生的结构究竟是做什么的。文件已经做过分析，在视频或者音频中并没有附上可疑的数据流，也可能是他们看不出来。

接下来的问题就是：他们两个该如何采取行动？他们已经毁掉了日凌站，整个太阳系三分之一的能源供应已经消失，这对于那位天人能够造成多大影响，他们并不清楚。他们的目标是哪里？他们两个人如何面对这样一位超越性的存在？定一心里的一部分觉得，就此飞回珍珠港，对他来说可能是一个解脱：在他变成另外一些东西之后，他或许真的可以与柯林重新相遇。但是理性的部分明白这是没有意义的行为——想要救出柯林，他必须要想出一个办法才行。

飞船越来越接近金星，飞往地球的惯性轨道中金星的引力弹弓可以给他们提供很大的助力。正在此时，飞船的综合通信系统告诉他们：收到了一条来自金星的窄波信息。

镜头里的这个男人穿着一身行星内工作服，神情疲惫不堪。他是定一和哈代这几天来见到的第一个真正的人类。"这里是联邦金星加布里埃尔站，我是德雷克·阿蒙森站长，少校军衔。我们已经获悉地球上所发生的巨变，现在向任何收到我们信息且仍然保有自由意志的人类进行广播，恳请你们主动联系我，加密通信频道的公钥和频段已在本次信息的附件中提供。本次通信结束。"

原来我们并不孤独——这是定一的第一反应。太阳系内终于有其他人能够与之交流，光是这一点就让两人激动不已。信息中提供了联系方式，是定向程度极高的窄波频段，除非像他们两个一样飞临金星，否则不可能收到这则消息。这应该是为了避开地球同步轨道的全频谱接收阵列。

哈代很快接上了这个保密频道。"中国湖号补给舰呼叫加布里埃尔站，这里是原地月系第十三舰队第九飞行联队托马斯·哈代上尉与孙定一中尉，请回答。"

"联邦金星加布里埃尔站收到。这里是德雷克·阿蒙森少校。很高兴认识你们！"阿蒙森的话音中明显有一丝激动。定一感觉得到，这同样是对方很长一段时间内第一次接触同类。

"真好。我们也是很长时间都没有收到人类的通信了。"哈代在这里将"人类"两个字咬得特别重。"我简单地介绍一下我们的基础信息：我们目前是两人，在巨变之前执行战术侦察任务，那之后的情况可以稍后详谈。请向我们介绍一下你这边的情况，我们希望能够尽快会合。"

"好的。联邦金星加布里埃尔站主要是一个科考站，巨变之前正在研究金星地球化的可能性。我是站长，站内主任科学家是亚当·斯科特博士。目前站内……还有五人。稍后我会给你们传输一个详细的行星内坐标和降落引导程序。我相信我们很快就能见面。"

接下来，两人开始了这几天以来第一次真正的任务。将飞船的轨道修改为行星再入轨道，在时刻警惕合成孔径光学阵列的情况下小心翼翼地启动姿态发动机，这是一个很复杂而且很细致的工作，也正是他们的专业。飞船顺畅地掉了头，进入金星轨道，全程保持低信号特征。以往面对的都是Xenus人的破烂侦察设备,但是现在他们要面对的则是那位天人,定一和哈代都不知道他们是否已经足够小心。

穿梭机穿过金星大气层,机体发出一阵又一阵的震动。定一和哈代从来没有经历过金星大气层内的飞行,这一切只能依靠穿梭机上的导航计算机和加布里埃尔站给他们传送的降落引导程序。不过,根据战术显示,他们去的地方似乎并不是金星的地面。

定一的确不知道加布里埃尔站并不是一个坐落于金星地面的科考站,而是悬浮于金星大气层上空。科考站的体积相当庞大,定一估计得有接近十公里长——他们才从日凌站过来,十公里长的人工构造比起日凌站来说只是小小一片。穿梭机直接降落在科考站顶部的一条跑道上,牵引车随即将穿梭机牵引进封闭机库,栈道气密合拢,他们重新体会了脚踏实地的感觉。金星重力只比地球略小,过去几天定一和哈代都处在零重力下,走了几步就感觉有点气喘吁吁。

阿蒙森站长来到栈道接他们。他跟视频中没两样,要说起来,只是更加疲惫了一些。从面容来看阿蒙森也就四十岁左右,但是头发已经夹杂着灰白色,眼球中布满血丝,整个人仿佛经历了一场大病。

"欢迎来到加布里埃尔站。我想你们两位就是跟我通话的托马斯·哈代上尉和孙定一中尉了。我是德雷克·阿蒙森少校,本站站长。主任科学家亚当·斯科特博士没有前来,他才完成了一项工作,目前刚刚睡下。至于其他人……我们边走边说。"

加布里埃尔站本质上是一艘飞艇,主体结构是巨大的充满氧气的浮力舱,有人的区域并不大,但是空间很宽敞。阿蒙森说空间站的额定人员在五十人左右,由于种种原因只有五人驻站,除了他和主任科学家,其余三个人分别是空间站的系统工程师和斯科特手下的两个博士。

"巨变的那个时候……整个科考站正好在金星日照面做采集,所以我们并没有第一时间沦陷。但是后来,我们接收到了信号。于是,现在仍然保持清醒的就只有我和斯科特两个人了。"

阿蒙森带领定一和哈代来到了加布里埃尔站的控制中心。原本宽敞的空间已然变得乱七八糟,到处堆放着显示器、服务器、交换机和一些定一与哈代认不出来的设备。稍远一点的角落里,随意地放了两张行军床,旁边还有一个大桌子,上面摆着食品饮料和加热器,看来这段时间他们两个一直睡在这个房间里。其中一张床上躺着一个人,应该就是主任科学家亚当·斯科特博士。

"斯科特博士刚刚完成一个大型分析项目,还是让他先休息一段时间再让他给你们解释情况比较好。至于另外三个人……请随我来。"

他们离开控制中心,走过通信室和站内食堂,最后来到医务室,医务室的旁边就是驻站人员生活区。定一和哈代发现医务室的大门很奇怪地没有使用电子门禁,阿蒙森是使用一把钥匙开的门,而且很明显这把锁是才装上的。放弃电子门禁的目的,不言自明。也就是说,阿蒙森将医务室改造成了临时的监狱。

医务室的临时病床上躺着三个人。看来这就是阿蒙森所说的,站内另外三个人:驻站系统工程师哈维尔,研究员郑世博和小田结衣。

定一发现这三个人都睁着眼睛。他们似乎还对定一等人的到来有所反应——定一注意到三个人的眼球都转向他和哈代的方向,然后再转回去,凝视着虚空。

"他们这是怎么了?"哈代问阿蒙森。

"我已经死了。"这是三个人异口同声的答案。他们的语气极为确定,他们三个的脸上都没有表情——比定一和哈代之前所见到的中国湖号船员更加没有表情。

"那你们在哪?"

"我……我不在任何地方。"异口同声。

"那你是什么呢?"

"什么……什么也不是。"回答平淡而机械,"我什么也不是。"异口同声。

"你是说你不存在吗?"

"是的。"异口同声。

"那你怎么能说话呢? 如果你不存在,我们是在跟谁说话?"

"别的……什么。不是我。"异口同声。

阿蒙森将哈代和定一两人引出了医务室。"自从……调制之后他们就是现在这样了。斯科特博士一直在研究他们身上到底发生了什么,现在还没有结果。我猜是完整的调制过程并没有完成。"

三人一起去食堂,吃了一顿沉闷的午餐。加布里埃尔站的食堂设置在结构最外侧,透明玻璃窗的外面就是浓厚的金星大气层——永不停止翻滚的褐色乌云就在他们脚下,时不时有一阵隐隐的电光闪烁,那是比地球上任何地方都要强大很多倍的闪电。定一不知道设计师是出于何种恶趣味将食堂设置在这个位置。一顿午饭过后,阿蒙森告诉他们,主任科学家斯科特博士已经睡醒了。

斯科特博士又高又瘦,脸色苍白。就算是已经休息过了,看得出来他仍然严重睡眠不足。他自我介绍原是约翰·霍普金斯医学中心的认知神经科学家,来到金星是要研究金星环境对于人类生理以及认知所造成的长期影响,为之后的大规模开发计划做准备。食堂设在那个位置就是他的主意。

"这是我这几天以来对于病例的大脑神经放电扫描的结果。"斯科特博士没有废话,在显示上打出两个大脑的结构图,"这是一般人的大脑神经放电过程——准确地说,是我自己的。"

定一盯着两个结构,发现他们的确有区别:正常大脑的某些皮层区域放电能量要比已被感染的人更密集;其他地方则是反过来。他和哈代都不是认知神经专家,无法看出这种差别的意义。

"海马区被严重抑制,伏隔核活跃程度非常,前扣带回反应不规律,几种感觉皮层是能够正常动作的,但是通路直接接通到丘脑,这与正常的神经通路完全不一样。"斯科特博士一口气说了一大通,"通过视觉和听觉刺激就可以对大脑通路进行重新编码,我们现在还没有掌握这种能力。但是我相信我快要有所发现了。"

"我们刚才去了医务室,那三个人的表现……他们怎么会相信自己不存在?"哈代问道。

"他们不是相信,他们知道那是事实。"斯科特语气很疲惫。

"我不能理解。"

"你知不知道有一种病叫作'盲视'?你的视觉系统是正常的,但是你就是看不见。因为你的大脑认定了你看不见。但实际上你是可以看见的——我给你一个图案让你猜,你能猜中是什么。反过来也有,叫作'安通综合征',它能让瞎子认定自己能看见。大脑也有类似的机制来判断自己是否存在。医学史上的确存在先例。"斯科特眨眨眼,走向旁边的桌子,给自己倒了一杯咖啡，一口吞下。

"我听阿蒙森说你们是从日凌站过来的。那里情况怎么样?"斯科特问。

"整个日凌站没了。"哈代简短地说。

"怎么没了?"

"我们把它炸进了太阳。"

斯科特没有问下去，耸耸肩，打算继续投入他的分析中去。定一突然想到了中国湖号上的那一堆图案。"在来的飞船上我们发现了这个。我们还遇到了一个意识清醒的船员，他也被感染了，后来转变了过去。在他沉睡之前他说这是一种预调制图案。"定一将中国湖号上的图案照片调出来，给斯科特看。

斯科特将图案拖入分析软件，神情变得空前严肃。"你们应该是无法有意识地看到这个图案的，对吧？请把在其他地方所发现的图案都发给我。"定一和哈代都点点头，照做。

"没错，这是一种视觉暗示。但是有一点人类意识是无法察觉的：你们在船上看到的每一个图案都是不同的。这种调制不是一次性完成的，而是一个序列。其实我们也接收到了一些类似的东西，每一个图案都有各自的差别，你我都看不出来，需要软件来分析。不过最重要的是：我必须上船去实地考察。"斯科特说得极为笃定。

"为什么你说我们看不出来图案是不一样的?"哈代发问道。

斯科特调出两个图形，"这两个是奥兹海默症患者的脑区灰质斑块图。你们能看出这两个图形之间的区别吗？我打赌你们看不出来，这需要高强度训练。人类的大脑神经网络只对训练过的信号有反应。日语为母语的人分不清 r 和 l 的区别，但是婴儿是分得清楚的，他们在学习日语之后丧失了这个功能。"

定一尽量不去看显示上的那个图案。在船上的时候,他找了一大堆胶布将每一个图案都遮住,否则他总是会觉得背后有一种让人不安的存在正注视着他。还在舰队的时候他认识一个陆战队员,十分怕蛇,甚至不能够看到有蛇或者类似蛇的物体的图片。他一直不能理解那是一种什么样的感觉,但是现在他明白了。

"抱歉博士,条件比较简陋。"哈代将斯科特拉上穿梭机。哈代和定一分别坐在了正副驾驶席上,斯科特明显有穿梭机经验,熟门熟路地将自己固定在座位上。"你们以为呢? 到加布里埃尔站有定期商业航班? 我每次也是坐这个型号的穿梭机下来的。"外面传来一阵高频的嗡嗡声,整个机库开始加压,将正常的可供人类呼吸的空气替换为金星大气。今天的天气不是很好,整个加布里埃尔站穿过一片浓密的高层云层,现在外面下着暴雨。机库门打开,顿时一片浓密的黄色雾气伴随着雨点冲了进来。定一知道在穿梭机风挡外面的那些液体并不是水,而是硫酸。他将风挡显示调成增强模式,外部景象再次变得清晰起来。自动牵引车将穿梭机拖上跑道。

"加布里埃尔站塔台,1035,T-AOE-7343中国湖号所属穿梭航班T-EDS-45296请求起飞。"

"T-EDS-45296,1035,准许起飞。"

其实两个人也没什么可做的,整个大气层内飞行都是全自动模式。穿梭机缓缓加速,向金星大气层外飞去。

显示上的气密通道闭锁状态指示"嘀"的一声变绿,穿梭机和补给舰的对接完成。哈代和定一解开安全带,飘到斯科特博士旁边。看得出来斯科特并不是特别习惯无重力,他花了一点时间才把安全带解开。

三个人登上补给舰。"斯科特博士,我已经将所有的图案标记出来了,你在增强现实里可以看到电子地图标记。之前我们把所有的图案都贴上了胶布,要把胶布撕开才行。我会陪着你去收集图案,定一会去查看中央战术通信的更新。"

哈代与斯科特消失在走廊拐角。定一一路飞往舰桥,看有没有新的通信发给他们。或许还有其他有意识的人类。

通信网络里一片寂静。这不是坏消息:这说明他们还没有被发现。但是在内星系广域网络里收到了一堆广播消息,大多数是音频。定一知道这些都是什么,存下来,斯科特那边或许会用到。

"定一,马上到D31区来,我们在这边有所发现。"哈代的语气很严肃。

"这……这是什么!?"

"一样是预调制。"斯科特声音很冷静。但是他的眼睛暴露了他的内心:他的眼睛正盯着那个占了整整一面墙的图案不停地移动,让定一想到了那些感染完成的士兵,与他们几乎一模一样。定一自己没有办法盯着那个图案:他想要集中精神去看,大脑就一片空白。这种感觉有点类似于你突然忘记了你正打算去做什么。怪不得他从来没发现在这里还有图案。

"如果我没猜错的话,这是预调制的最后一部分,或者说接近最后一部分。从工程学角度来看,想要让全船的人都被感染,不可能只使用一套方案,冗余度至少要达到一个水平。这就是你们没有发现的一部分,我猜船上应该还有其他你们没发现的图案。如果不是我这段时间编写了特殊的软件模式可以识别这些图案,我也不可能看到这个图案。话又说回来,你们一开始是怎么发现这些的?"

"我们与Xenus人有过交流。"哈代犹豫了半天,最后说出了实情。

斯科特缓缓转过头来,狂乱的眼神恢复了明朗。他盯着哈代,"这可真是一件大事。你们之前居然都没说过。"

"情况……很复杂。"

"这应该是最后一个了。"斯科特盯着手里的屏幕。定一不敢多看这个图案,他盯着这个图案就会陷入恍惚状态。他有种说不清楚的感觉,总觉得这个图案在什么地方见过。"地方很隐秘啊。原来这个区域也有。不过我还是没法理解为什么瘟疫会把图案涂在这里,这又不是一般船员会经常来的地方。"

"之前的序列图示可能会指引他们到这个地方来接受最后的暗示,这件事甚至不需要他们在清醒的时候做。可能他们会猛然醒过来发现自己游荡到了船上的某一个地方。如果我们能够接入日志系统的话,或许能找到一点儿规律。"

"你说我们现在能联系上Xenus人吗?"斯科特突然换了一个话题。

"已经试过了。补给舰的通信功率不够,没法做大规模广播——就算够我们也不敢,百分百是瘟疫比Xenus人更快赶到。加布里埃尔站如果有高功率定向通信系统的话,我们或许可以碰一碰运气。"定一解释道。正在这时哈代在舰内通信里说话了。

"日志系统有门了。"哈代很简短。

"舰桥的日志部分还是锁死的。不过就算它开放,我也不敢把文件拷回去。鬼知道会有什么东西埋伏在这里面,毕竟我们面对的是瘟疫。"斯科特和定一飘到舰桥,哈代直接进入正题。

"但是我发现我们可以用物理界面播放日志的内容——这样我们就可以直接用录屏的方式把日志系统拷下来,而且,应该不会有什么东西会潜伏在里面。"

"办法 low-fi①了一点,但听起来很有效。"斯科特评价。

"老办法就是好办法。对了,刚才听你和定一说的内容,加布里埃尔站有没有高功率定向通信系统?"

"加布里埃尔站没有,但是金星上是有的。"

"金星上的科考站其实不止加布里埃尔站一个,之前还有一个共青城站,那个站需要深潜到地表,所以装备了很大功率的定向通信系统,加布里埃尔站建成之后就不需要了。在感染之前那个站常年无人值守,那时还可以正常远程操作站内设备,但是感染之后就不行了。"

鬼知道现在那个站上面埋伏了些什么玩意儿,定一心想。但是现在这个情况看来,他和哈代还是得跑一趟。凭借着他们四个人是不可能击败瘟疫的,Xenus 人多少也能算是一个助力。

半个小时之后哈代对整个日志的拷贝完成,回到加布里埃尔站之后还需要把这些录屏还原成原始数据,这也是一项很费时费力的工作。但是他们三个终于可以回到加布里埃尔站了。

回到加布里埃尔站,天气很好。科考站的高度,几乎就像地球——同样是蓝天,日照比较强烈,最好不要往下看。按照斯科特的说法,这样的空气是可以呼吸的,稍微热了一点。他试过——结果把肺给灼伤了,大气中的游离杂质还是太多。但是简单的呼吸面罩就够用,你甚至可以穿着便服出去。

穿梭机被缓缓拖入机库,定一看到斯科特明显松了口气。

①Low-fi 即 Low-fidelity,与 Hi-fi,High-fidelity 相对。

"博士不习惯零重力?"

"从来没喜欢过,总觉得自己在往下掉。来金星也是这个原因,如果跑木星科考站,有惯性舱,还是有超过一半的时间在零重力环境生活。"

回来之后三人向阿蒙森站长做了一个详细的汇报。斯科特博士要分析数据,回到了他的工作区。阿蒙森带着两个人去食堂吃了一顿拖了很久的午餐,定一和哈代向阿蒙森提出,要前往共青城站。

"我应该还没有告诉你们,我手下的那三个人是怎样变成那个样子的。"阿蒙森开口说道。

"我们之前确实不理解站上的五个人中为什么你们两个人没有受到感染。看来他们是在共青城站被感染的?"定一忍不住又望向金星的大气层。蓝色天空和褐色深渊的过渡,今天显得很平静。

"是的,我没有把这件事告诉斯科特,否则他肯定会去一趟共青城站,我不能冒这个风险。"阿蒙森解释道。

阿蒙森解释了前因后果:他们比共青城站先收到消息,阿蒙森抓紧时间派了三个人去关掉共青城站的系统,不然共青城站肯定要受到感染;但是三个人回来的时候就已经变成那个样子了。具体情况如何,在日志里没有记录。

"考虑到这个情况,我不建议你们过去。我理解 Xenus 人可以作为我们重要的援军,但是你们如果也被感染,是一个极大的损失。"阿蒙森很诚恳地说。

"实际上在回来的时候斯科特博士对我们说,有了他在补给舰上发现的新数据,他或许会有新的突破。之后我们可能能做一点预防措施。"定一解释道。

"这样说来,我们只能等他的好消息了。"

"我们还想知道一件事情:现在共青城站在什么地方?"

"金星地表。"

定一站起身来,走到窗前,注视着加布里埃尔站下方无限深远的褐色云层。

第七章

+17

禹藏山遇正在做梦。

梦里有一大块是一种全然的黑暗。吸收世间万物,不发出任何光线。它时时刻刻都在变化,形状难以言喻。禹藏山遇知道,他不能盯着它看太久——否则就会被它吸进去,灵魂永世不得超生。

他回到了昆仑界,他所出生的那个地方。那时他还小,被师叔和师兄们带领着,准备登上逃亡的飞舟,前往大千世界边缘的方舟,逃离那个由他们亲手制造出来的天人。那是一个星夜,他望向天空,天幕的一大块就被这样一种纯然的、最为深沉的黑暗所占据,一种无以言说的恐怖浸透了他。就在此时,他看到那一片黑暗发出了一阵黑色的闪光——他也不知道闪光如何还能有黑色的,只看见师兄们脸色大变,匆忙把他们这些年幼的弟子塞进飞船,结成剑阵准备迎战。在飞船起飞的最后一刻,透过舷窗,他看见数位谪仙从天而降,与师兄们的剑阵战在一起,而其中一位谪仙正是他之前最亲近的一位师叔……

尔后他就来到了这一方大千世界,一个没有被黑暗污染的地方。然而这只是暂时的。人类的造物中,一阵浓密的黑暗爆发,最终也遮掩住了这一方的天空。

我看到你了。黑暗说。

那片黑暗之中是人类的银色舰队,一浮一沉。无数的谪仙和灵器在舰队中穿梭,规划,建造。这些谪仙都是人类,他猛然看见几个似乎是昆仑人的身影,但是不真切。

太多他所不能理解的结构在一点点地成形,最后变成……某种东西。他认不出那是什么。

抵抗是徒劳的。加入我。

他努力不去看向黑暗。他知道成为谪仙会面临怎样的命运。但是黑暗所散发出的诱惑力如此之强,其中包含了各种情绪——狂喜、愤怒、忧伤、爱恋、幸福——所有的这些都深不可测。他的目光如同磁石一样被吸引进去。

这就对了。我会给你一切你想要的东西。

他感觉自己被黑暗吸了进去,往深渊无限地坠落下去。

"啊!"禹藏山遇猛然惊醒,发现自己正漂浮在避难船的中心。船舱内温度极低,他呼出来的水汽凝结成了白色的雾。他艰难地抓住舱壁上的一个把手,将自己拉近控制台,再次查看有没有什么新的信息。他关掉了避难船的绝大多数功能,包括复合天眼,将所有的灵能都导入到厚生系统中,否则他在三日前就已经死掉了。但此时他离死也没有多远了:过去的十多日中他粒米未进,人类的食物补给中他能利用的只有水。

大约在逃出日凌站之后的第七个时辰,他就发现避难船的阳炎储备正在飞速减少。出舱检查的结果,是阳炎输送管道上有几个微小的孔洞,大概是在日凌站坠入太阳的过程中,阳炎流中的几个小小的原子飞散,正好击穿了输送管道。幸好只是几个原子。如果是一整束阳炎流,他将很利落地被兵解,毫无痛苦。这也导致了避难船的轨道错误,但是阳炎储备已经不足以让避难船回到前往灵霄派方舟的轨道上了。他只能将所有的灵能都导入到厚生系统上,推迟必然要到来的死亡。

复合天眼刚刚打开,就是一阵尖锐的警告。他的语音翻译器早已没电,听不懂人类语言的警告是什么意思。还没有坏的几个天眼刚刚打开,画面显示的并非是天空,而是某种飞船的外壁。随即,"砰"的一声低响,整个避难船随之震动起来。显然,外面的那艘飞船捕获了他。

我看到你了。他想起梦中的黑暗。这多半是那个天人的飞船,他的心沉了下去。这就是最后的终结?

一阵轻响,避难船的舱门随之打开。几个人影出现在避难船的入口。是他所熟悉的声音。

"禹藏大师兄!你还活着吗?"

他心里一松,勉强地向那几个人影挥了挥手。然后他昏了过去。

禹藏山遇走出诊疗室,前往灵修堂。他要为此战战没的弟子做祭仪。路上的弟子遇到他,纷纷过来问礼。他仍然感觉有一些虚弱,但是在现在的这个时节,这可不能表现出来。

方舟的整体气氛有些低沉。长年累月看不到尽头的战斗已经将派中弟子的士气磨损大半,而现在的状况,更是在棺材上敲上了最后一颗钉子。相比之下人类也不显得那么可恶了:他们面临的情况跟当初昆仑人在昆仑界时的一样,他们亲手将自己的世界给毁掉了。禹藏听到,一些弟子还声称要与人类联手,共同去寻找新的大千世界。

灵修堂里有不少人。球形大厅里没有重力,代表每一个战没的灵霄派弟子的小灯构成了点点繁星,漂浮在这个空间之中。禹藏在登名弟子那里,正式确认所有日凌站一役中战没的弟子名单,拿过光锤,飘至大厅上层,寻找着勒名的位置。

灵修堂的墙壁上按律刻下了所有没于王事的弟子的名单。每战结束,幸存的最高官职之人就需要亲自来到灵修堂,将战没弟子的名字刻在墙壁上。禹藏已经做过很多次,他很快找到了名单的结尾,用光锤刻印下最新战没者的名字。也速乙辛、达浪赞普、拓拔二一、野力征……这都是与他一同战斗过的弟子。他们现在已经飞升,而禹藏还要继续为了昆仑人的大千世界奋斗下去。几十个新的光点从地面的空洞中出现,飘上大厅,与之前所有的灵霄派弟子一起,在这空间中明灭。

再见了。我会来找你们的。禹藏山遇默念道。

禹藏山遇飘回大厅出口。一个弟子匆匆赶过来,向他行了一礼:"大师兄,掌门召见。"

"禹藏山遇拜见掌门。"禹藏山遇向这次远征群最高掌门人鬼名令公行礼。

"不必多礼。身体恢复得怎么样了?"鬼名令公转过头来,打量着禹藏山遇,脸上看不出什么表情。

"没有大碍了。"禹藏山遇简单地回答,"这次任务不但未能尽全功,还折损派中那么多宝贵弟子,愿掌门责罚。"他想起拓拔二一,还有捧日宗的其他那些弟子,心中就是一阵疼痛。

"我们本就无力对抗天人呐!"鬼名令公叹息道,"不过我们已经从日凌站运回足够的阳炎储备。待到昆仑派抵达,我们就能重新出发。就此,你也算完成任务了。"

"那我们准备撤离这个大千世界了?"禹藏山遇问道。

"就在你回来的那一天,我们联系上了人类的反抗军,他们在飞往第六行星。"嵬名令公的脸色阴晴不定。禹藏山遇没有开口,等着他继续。

"我们或许能够借助一部分他们的力量,为我们的撤离行动做掩护。"

"弟子明白。这个时候需要我们做什么?"

"我们一直在观察那位天人。结合当年在昆仑界所发生的事情,我们有了一些猜测,但是还不能确认。"

"现在我们能做的,只有耐心等待。"嵬名令公挺直的腰背突然佝偻下去。禹藏山遇觉得,当年第一次见到的那个意气风发的掌门,现在已经变成了一个老人了,脸上的神光也不再鲜明。

"我老了。这副担子我已经担了几十载了。最近这些事情,我也在想,灵霄派和昆仑人的命运,之后可能就要交给你们这些晚辈了。禹藏,你要时刻准备着。"嵬名令公背过身去,继续看着外面的太虚。禹藏山遇顺着他的视线望过去,似乎又看到了梦中的那样一块纯然的黑暗——这种黑暗似乎是超越了他的眼睛,直接进入了他的神识之中。

"是的,掌门。"

第八章

+17

刘星辰抬起头，望着即将降落下来的巨大穿梭机。在高空，另一个小点突然增大，在火星的稀薄空气中划出一道白色的痕迹。那是展开气动刹车的另一架穿梭机。他们这段时间正在将所有可以搬动的物资和设备全部转移到贝加尔湖号补给舰上，圣何塞号驱逐舰、七省号护卫舰和企业号舰队航母已经踏上了前往土星的路程。

他缓慢地偏了偏驾驶杆，巡逻机压出一个不大的坡度，缓慢转向另一个方向。刘星辰之前从没在火星上驾驶过飞机，受制于火星的空气密度，这架巡逻机拥有平直而巨大的机翼和极为苗条的机身，一对巨大的对转螺旋桨搅动空气，只能提供极为有限的机动力，刘星辰每一次转弯都要小心翼翼，他总觉得这架飞机下一个瞬间就要失速。

"请报告情况。"他向后座的瓦莱丽说。

"一切正常。"瓦莱丽啪嗒一声切换到空管频道，"这里是奥林匹斯港临时空中管制机，代号'猫眼-6'，0323，穿梭航班M-UHN-34569，航路43，你可以开始进近。请复述。"

"航班M-UHN-34569,航路43,开始进近,明白。"

一周的激烈交火后,奥林匹斯港的机场塔台已经变成了一个还在冒烟的大坑。自动起降系统也挂了。拥有空中管制经验的人就剩下了瓦莱丽一个,其他还活着的都登上了圣何塞号,去执行更加紧迫的任务。刘星辰自愿留下来驾驶这架空中管制机。只有在这种单调重复的工作中,他才能不去想那些让他烦心的事情。

这应该是今天最后的一趟航班了,他想。再过半个小时,管制机就要返航。明天还剩最后一天的工作。随后他们也将乘坐最后一班穿梭机登上贝加尔湖号前往土星。

瓦莱丽是个身材瘦削、留着寸头的姑娘。之前她是奥林匹斯机场的机务组副组长,也是机场里没有被感染的那一小部分人中的一个。过去的两周里她一直跟着刘星辰四处救火,从一开始与被感染战士的战斗,到后来的收拾残局、机械维修、组织转运,做事极为泼辣,几乎没有她不干的。就连这最后的空中管制任务,也落到了他们两个头上。

"队长,那个东西……"好一阵子没有对话,瓦莱丽最终问道,"会打过来吗?"

前段时间他们刻意不谈这些事,也没有时间。不过现在这个状况下,再隐瞒也没什么意义。"嗯。已经观测到地球向火星的霍曼转移轨道有一支舰队。按照现在的估计,他们会在四天之后抵达。不过那时我们已经撤离。"刘星辰尽量让自己的声音显得平稳而自然。

"你从来不谈你的家人。"瓦莱丽突然问道,"他们是在地球上吗?"

这是刘星辰最不想听到的问题。他孤身一人逃到火星,事实上周围的战友们也大多有相同的遭遇。大家都很默契地不问这些问题,只靠着拼命工作和偶尔的酒精和烟草来麻醉自己。

他突然想起了前几天他们收到的那个视频,视频中的那个人他是认识的:柯林,定一的女朋友。定一现在也不知道去了哪里。还有哈代。可能已经成为宇宙中冰冷的尸骸了吧?

"是的。我想他们应该没事。"多半和柯林一样。还活着,但是灵魂已经死了。"你呢?"瓦莱丽是这几天他遇到的最利落的人,完全看不出世界末日已经来临的样子,刘星辰还看见过她为了穿梭机的修理对着一个机械师破口大骂。

"我……"瓦莱丽沉默半天才开口,"我跟我父母闹翻了才来的火星。他们也在地球上。"

"哦。"刘星辰一时半会只能想出这样的回答,"他们不会有事的。"

"真的吗?那个视频……他们……有的时候我会想,或许投靠那一边,也不是什么很坏的选择。"瓦莱丽语气变得忧郁。刘星辰这才觉得,她的泼辣,或许只是一种伪装,跟他自己一样。

刘星辰望着黄色的天际。他也问过自己同样的问题,但没有答案。天人承诺他们的繁荣和幸福,以及走向宇宙——这点他倒是不太在意,队里只有定一那个家伙成天嚷嚷着要冲出太阳系。或许这些承诺是真的?交换条件是他的自我。话说回来,他抹除了自我,这一切又有什么意义呢?

为了人类的自由和幸福,也为了海洋和慕星,他要努力战斗下去。想到这里,他握紧手中的操纵杆。

通信频道响了起来:"猫眼-6,航班M-UHN-34569已经降落。你们可以回来了。"

刘星辰和瓦莱丽同时回复:"明白。"刘星辰把驾驶杆往右带了带,巡逻机开始转到机场的方向。后座的瓦莱丽开始最后一遍检查空中管制雷达,准备降落。

"等等,雷达探测到高速物体正在接近,在40 000公里高空,速度7 200。"

"那是什么? 不会是雷达出问题了吧? 为什么贝加尔湖号没看到?"刘星辰问。

"贝加尔湖号的传感器系统还在调试,他们可能没看到。我们必须马上通知基地。不过巡逻机的雷达精度不够,我们需要通过多普勒长基线法提高分辨率。队长,接下来请依照我所绘制的航线飞行。"瓦莱丽很迅速地吩咐道。刘星辰没有犹豫,巡逻机在火星的空气中压出一个巨大的坡度,迅速转向预定的方向。后座的瓦莱丽在这突然的机动中气息略显慌乱,但是仍然坚持履行她的职责:

"猫眼-6报告,C4区出现不明目标,航向:089,距离:536,高度:396 000,速度:7 200,请确认。猫眼-6将继续保持跟踪。"

"收到,猫眼-6请继续保持跟踪。有何建议?"

瓦莱丽啪嗒一声关掉电台。"队长,你的建议?"瓦莱丽是民间航空管制员,不是军人。面对这种情况,刘星辰作为战术飞行联队的联队长,比她更加有资格坐镇指挥。

"按照最坏的可能性考虑。立即联系贝加尔湖号,放出两架战斗机做临近空间拦截。请让他们直接与我们联系,我们在这里给他们做目标指引。"刘星辰直接打开电台对机场控制中心飞快地说道。

"明白。"

那位天人真的来得这么快? 刘星辰想着。他看了看巡逻机的剩余电量,还能支持一个多小时。

"队长，雷达的长基线测量结果已经出来了。"屏幕上显示的是一个大致的形状，一个长圆柱形，旁边的比例尺说明它并不是很大，仅有大约三十米长。

"从来没见过这东西……"刘星辰说，"瓦莱丽，你见过么？火星的载人载具有这种型号吗？"

"没有……形状也不对。要在大气层中减速，它目前的高度已经需要开启气动刹车了。除非……"瓦莱丽突然沉默了，刘星辰听见她在后座突然开始疯狂地敲击键盘。他也想到了那个可能性。

"目前它的轨道是直击奥林匹斯港！还有十五分钟！疏散！快疏散！这是颗炸弹！"瓦莱丽在频道里大喊。

见鬼！为什么直到这个时候才看到！刘星辰心中开始怒吼。他以这架巡逻机能够承受的最大过载调了头，将油门推到最高，尽量朝背离机场的方向飞行。他们现在离机场仅仅只有五十公里，十五分钟仅仅还能跑出五十公里。瘟疫不远万里从地球向火星送来一颗炸弹，不可能会很小。不过，刘星辰心念电转，要不是他们两个人在巡逻机上多耽误了几分钟，这颗导弹将会在没有任何预警的情况下直击奥林匹斯港。很显然导弹走的是直接上升轨道——不需要进入火星轨道，没有减速直击地表，航行时间可以大大缩短。天人计算之精确让人胆寒。

瓦莱丽在空管频道上极速发布着指令，空港跑道上的两架穿梭机已经开始滑跑，一前一后起飞。基地里现在留守的人员也不是很多，刘星辰祈祷他们都上了穿梭机。现在剩下的问题，就是他们两个怎么能在接下来的大爆炸中活下来了。

"瓦莱丽，听好了，"刘星辰说，"我们现在正在努力爬升到升限，但愿我们升限上的火星大气层空气足够稀薄，能尽量减少传播爆炸冲击波的能量。把导弹轨道转移到我的显示屏上,将环境系统调成出舱服循环模式,另外,我叫你闭眼的时候,你要闭眼。我会努力控制这架飞机,你要相信我,你明白了吗?"

"是,队长!"瓦莱丽没有停手,数字地图上,刘星辰看见一条直线正一路前进,迅速逼近奥林匹斯港。

"还剩十五秒!瓦莱丽!闭眼!"刘星辰吼道。身后是一道闪光。他紧紧闭上了眼睛。几秒钟之后,他感觉到整架飞机开始震动。

刘星辰醒过来,发现自己还在机舱内,不过整个机舱已经横了过来。他四处望望,发现身后巡逻机的机翼和发动机都消失了,应该是在迫降之中被扯了下去。机舱基本上还保持完整,看来这架巡逻机的质量相当不错。他动动手脚,感觉上是没有大碍。后座的瓦莱丽仍然坐着没动,应该还在昏迷之中。刘星辰拉下右侧的开舱把手,机舱舱盖打开了一条缝,他抬起脚用力把舱盖踹开,爬出座舱。坠毁的地点是一片一望无际的红色沙漠,没有任何可以识别的地标。跟其他绝大多数地方的火星地貌一样。刘星辰想。

"瓦莱丽,瓦莱丽!你没事吧?"刘星辰解开瓦莱丽的安全带,简单地检查了一下。外表上看不出太多问题,她应该没事。

"妈妈,妈妈……我……我们这是在哪?"瓦莱丽闭起的眼睛颤动一下,慢慢睁开。

"我是刘星辰队长,我们现在在火星上,离奥林匹斯港不远。"刘星辰拍拍瓦莱丽。她缓慢地举起手,试图将自己拔出座椅。刘星辰扶着她的肩膀,帮她从座舱中出来。"慢慢来,哪里疼就喊出来。"

"嗯……刚才发生了什么?"在刘星辰的帮助下,瓦莱丽缓缓地从座舱里爬出来。幸好火星的重力很低,刘星辰没有费太多力气。瓦莱丽没有出声,看来她的确没有受什么伤。

"天人发射核弹炸平了奥林匹斯港。我们勉强逃了出来,但是飞机受损了,我们只能迫降。"刘星辰回头看着地平线上高接天顶的蘑菇云。与地球上相比,火星上的蘑菇云看起来并不怎么像蘑菇,更像一个杯子。

核弹爆炸的辐射能量加热了空气,狂风干掉了巡逻机的螺旋桨,刘星辰只能在飓风之中迫降,如同在台风里冲浪。最后他们两个能全须全尾下来,可以说是天大的运气。

刘星辰扶着瓦莱丽找了个地方躺下。"现在感觉怎么样了?"他问道。

"谢谢你,队长。"瓦莱丽把头甩了甩,"有点昏昏沉沉的,不过没有大碍。"她抬起手,指向机舱,"机舱背后有救生包。那里面有电台,我们可以跟基地联系。"

刘星辰走回机舱,背后果然有个舱门,里面是火星救生的电池、水、压缩空气、一些能量食品,还有电台。他把这些都拿出来,放在瓦莱丽身边。

"我感觉好多了。"瓦莱丽爬起身开始摆弄电台。过一会之后她垂下肩膀。"电台只有二百千米有效范围,以前联系奥林匹斯港是肯定没问题的,但是现在奥林匹斯港已经被炸上天了。我尝试着联系贝加尔湖号,但是不在电台的功率范围内。"

刘星辰抬头望望天空,此时已近日落,蓝色的落日无法给人带来温暖,漫天繁星慢慢浮现。"现在贝加尔湖号在地平线下,位置不对。"他迅速心算了一下,"最多再过四个小时,它就会转到我们的头顶上来。我们要挨过这四个小时,肯定没问题。先休息。"他从急救包里找出能量棒和水,递给瓦莱丽。

"我的天,总算找到你们两个了！我们还以为你们两个已经死了！"无线电的那一边是艾斯沃森的声音,又惊又喜,连无线电通话的规则都顾不上了。

"就差一点点。"刘星辰说,"萨蒂亚和艾奇他们怎么样?"他们两个都是奥林匹斯港的留守人员,刘星辰希望他们都上了穿梭机。

"萨蒂亚没事,多亏你和瓦莱丽在最后的预警。不过艾奇……在上升过程中我们损失了一架穿梭机,没了三十五个人。艾奇就在里面。"

"哦……"刘星辰一时不知道该如何接口,只能转换话题,"我们怎么撤离?"

这下轮到艾斯沃森吞吞吐吐起来,"这个……我们也不知道。六个小时前,最新的观测结果表明,地球来的舰队已经开始减速,根据现在的估计,进入火星轨道的时间最早提前到三十二小时以后。我们最晚必须在二十小时之后出发,否则就会被抓到。但是奥林匹斯港已经被炸平,我们手头并没有能够在零地面支持下使用的再入载具。"

无线电频道的两边陷入死一样的沉默。艾斯沃森刚才的这段话,等于是判了他和瓦莱丽的死刑。

"等等！"瓦莱丽突然出声,"请下传我们现在的精确位置和详细的电子地图。"

艾斯沃森照办。瓦莱丽在地图上寻找着什么。没过多久,她在地图上画了几个圈。"这里,是前几年的火星开发营地。他们的补给都是从轨道上打下去的,使用的都是拥有再入轨能力的火箭舱。我们只要能赶到那里，就能上轨道。"

"那太好了！这些火箭舱还能用吗？"艾斯沃森声音里透着兴奋。

"理论上，当时的设计意图就是让开拓队成员在紧急时刻可以上太空。所以我们要赌一把。最近的营地是这个，"瓦莱丽指着地图上的一个位置，"离我们不远，往南七十八千米，我们应该能够在十二个小时之内走到那边。"

"稍等，"艾斯沃森突然说了一句，半晌之后继续说，"再入舱与贝加尔湖号的交汇窗口为当前时间往后十四小时二十五分到十五小时四十三分，误差为前后五分钟，只有这一次机会。你们必须快速行动。"

"明白了。"瓦莱丽说，"请艾斯沃森舰长为我们提供通信中继。"她站起来，开始收拾装备。

"我们马上行动。十六小时之后我们天上见面。"刘星辰说。

"休息一刻钟。"刘星辰说。

虽然火星上的重力仅仅是地球上的三分之一，但是连续三个小时的急行军仍然让刘星辰感觉吃不消。星光照耀下，一路上永远都是火星的单调红色沙漠，没有任何变化。不过天色已经亮了起来，再过一段时间就要日出。人类还需要多少年，才能将火星也变成地球那样的绿色家园？一百年？一千年？永远都不会？刘星辰想着。

他前面的瓦莱丽倒是精力十足，看不出有多累。她已经以现在的速度稳定地跑了三个小时。

"我还在地球上的时候，是业余马拉松运动员。"瓦莱丽解释道。

"后来怎么跑到火星上来了?"刘星辰问。

"其实……当时是想要参加远征队,前往半人马座阿尔法的。"瓦莱丽终于开口,"但是参军的话已经太晚了。所以打算先作为专业人员来火星,然后再报名远征队选拔。为此跟家里闹翻了。"

"这样……"刘星辰明白过来,瓦莱丽为什么如此全能。这两周下来,从穿梭机维护到空中管制再到给传感器重新编程,她什么都干,刘星辰偶尔会想有什么是她不会的。"我们联队里有个家伙跟你一样,你们肯定聊得来。"他想起了定一。他当战斗机飞行员的目的就是参加远征队,这在整个联队里无人不知。

"他现在在哪?"

"我不知道。或许已经死了。"

"那队长你呢?"瓦莱丽问道。

"年轻时参军的原因已经记不清了,大概就是觉得战斗机飞行员很酷。"刘星辰说,"不知不觉也这么多年了。两周前,看到那些无人战斗机,还在想,之后再也不用飞行,多轻松。没想到会是这样的结果。"

"所以说,队长你为了家人也要战斗下去,我猜是这样。"瓦莱丽说,"我倒是觉得,看了那个视频,那个天人承诺人类能够真正走向宇宙,如果它没有有意说谎,加入那一边似乎也不错。"

"你相信它!? 你没看到柯……那个女主持人? 她的自我明显已经死了。"

"它也没有理由说假话啊。你认识那个女孩?"

"嗯。她叫柯林。是我刚才跟你提的那个家伙的女朋友。"

"哦。"瓦莱丽沉默了。

"一刻钟时间到了,我们出发吧。还有五十千米。"刘星辰站起来。前路迢迢。

瓦莱丽输入救援代码,气闸解锁。刘星辰指示她先别动,然后小心翼翼地打开门,闪进大厅。他长舒一口气:营地里没有人。他脱下头盔,找了个地方坐下,示意瓦莱丽也可以进来了。

瓦莱丽进门,脱下头盔,深呼吸一大口气,直接躺下了。过去十二个小时他们行军七十八千米,中间很少休息。两个人都累坏了。

刘星辰觉得自己几乎要就这样睡过去。但是心里灵光一闪,突然将他惊醒:空气很新鲜,营地的环境系统在他们来之前就在工作,这里之前是有人的!

想到这里他立即起身。瓦莱丽明显已经睡着了,他过去将瓦莱丽摇醒:"瓦莱丽,醒醒,这里之前有人居住吗?"

瓦莱丽勉力睁开眼睛。"可能吧……有时会有远程地质队外出做勘探,他们可能会驻扎在这里一段时间。"说到这里她也想到了什么,变得清醒起来,"你是说我们来之前这里是有人的?"她爬起来,四处查看大厅里的情况。

"那你猜他们是不是被感染了?"刘星辰冲到房间的控制面板,查找仓库里有没有什么东西能充作武器。

刘星辰的意思很明白:如果之前这里的人没有被感染,他们不至于这么久都不联系奥林匹斯港。瘟疫让他们蛰伏在这里,可能是为了能够引导瘟疫舰队入侵火星。他们现在可能就是出去布设信标了!

瓦莱丽看着刘星辰在控制面板里到处翻腾却一无所获,摆摆手道:"仓库里都是补给和勘探装备,没有武器,最多就是有激光切割工具或者地质钻之类的。这样,队长,你去做火箭舱的起飞准备,我来研究如何利用现有器材。"瓦莱丽笑了笑,"干这个我比你内行。"

火箭舱在营地后面大约一公里的地方,已经积了一层厚厚的灰,看上去颇为陈旧。刘星辰打开控制面板,显示屏亮起来,他舒了一口气,系统正常,可以工作,现在进入自检程序。

通信正常,环控正常,发动机自检通过,燃料……只剩下百分之三十七!?

刘星辰输入艾斯沃森之前传给他们的轨道参数。箭载计算机表示,现有的燃料可以抵达预定轨道,但是剩余载荷只有一百千克。

一百千克。也就是说他和瓦莱丽,只有一个人能够登上贝加尔湖号。

事情还有挽救的希望。他打开无线电,边说话边往营地那边走。"瓦莱丽,你能不能给我找一些切割器材?火箭燃料不足,我们需要拆一些箭上的装备才能飞到预定轨道。"

"我找到一把激光切割刀。等等,营地的警戒系统有动静,大概有六个人出现在营地外围,正在过来。他们还剩下十千米距离了。"

贝加尔湖号的观察员的声音也在此时传过来,"观察到六个不明目标正在逼近你们。十一点钟方向,距离十千米,预计接触时间为四十四分钟后。"

"快!"刘星辰跑了起来。

刘星辰拖着沉重的惯性座椅,穿过舱门,把它一把推下火箭。又多了大概三十千克的载荷可用。这半小时内刘星辰拆掉了多余的两个惯性座椅,一堆补给,额外的出舱服,甚至还包括副显控台,节约下来的重量刚好能塞下瓦莱丽。瓦莱丽则在营地里做一些准备工作,按她的说法,是给那些家伙们"一些小小的惊喜"。

"瓦莱丽,离发射窗口还有四十分钟,我们得抓紧时间。"刘星辰爬下火箭,向营地跑去。

"没问题。请在预定地点等我,我在调整营地的环控系统,马上过来。"

所谓预定地点,是火箭舱四百米外的一个掩体,那里放了一些为火箭做维护的设备。刘星辰刚刚跳进掩体,就看见瓦莱丽也跳了进来。她递给刘星辰一个望远镜。

"那边。"她指了指北方。

似乎所有的被感染的士兵都使用了一套之前从没有人见过的动作方式运动,而这套动作方式并不像是人类所使用的,更像是野兽。在大概两天的战斗之后,刘星辰和仍然还保持自我的战士们就已经能够从作战风格上立即把被感染的人类和正常人类区分开来。毫无疑问,这六个迅速向这边运动的身影是被感染的人类战士。他们之前应该是火星地质勘探队的成员,现在则没有了身份,也没有了姓名。

"这其中有你认识的人吗?"刘星辰低声问道。

"……没有。"瓦莱丽犹豫了一下说。

六个被感染的战士很快逼近了营地。他们在离主营房大概三百米的地方停了下来,然后分为三队:两个人进入营房,两个人散开在外围警戒,另两个人则朝着火箭场这边走过来。

瓦莱丽死死地盯着营房的方向说:"近一点……再近一点……队长,卧倒!"

刘星辰和瓦莱丽同时蹲下,瓦莱丽按下一个按钮,一声巨响。

震动过后刘星辰抬起头,主营房的房顶已经消失不见,六个瘟疫战士也不见了踪影。刘星辰明白过来瓦莱丽刚才做了什么:她利用环控系统给主营房充满氧气,使营房变成了一个炸弹。

"见鬼!"瓦莱丽突然大叫一声。刘星辰转过头,看见她向着火箭狂奔过去,手上还拿着一个什么东西。他跟着跑过去,到火箭跟前,终于理解了瓦莱丽到底在骂什么:一片金属正好插在火箭的燃料箱上,一阵阵白雾正从燃料箱的缺口上冒出来。

刘星辰的心沉到谷底。

瓦莱丽一边破口大骂一边将金属片从燃料箱上拔下来。刘星辰拿来快速凝固补剂和金属胶带,两个人合力将燃料箱的缺口封上。刘星辰重新运行了一遍自检程序:燃料损失了5%。发射到预定轨道的可用载荷:九十五千克。

刘星辰轻舒一口气,"瓦莱丽,你先上火箭,我去检查一下营地那边,看有没有什么可用的器材。"这并不是终结。贝加尔湖号离开之后他可以走到下一个营地,现有的设备和补给足够他生活至少两年,天人的舰队也不至于要专门来找他的麻烦。他肯定可以活着看到人类的反攻。

"队长,我是不会走的。"瓦莱丽笑了,笑得很轻松,"看看那边吧。"

刘星辰转过头,三个身影正在往这边跑过来。刚才的大爆炸只是震晕了他们。

"你应该上贝加尔湖号,队长,你是战士,你上船比我更有意义。"刘星辰不记得他已经多久没有看见过这样的笑容了,如此鲜明而夺目。在他以后的人生中,他将会一直记住这个笑容。

"实际上,还剩下的那三个人,有一个是我的好朋友。我不需要你来拯救。我留下来拖住他们,没准还会加入他们。之前我也说了,加入他们也未必是一件坏事嘛。俗话说你打不过就加入他们,不是吗。"瓦莱丽重新挺起肩背,看上去意气风发,"队长,你救过我好几次。这次,轮到我来救你了。"

刘星辰爬上火箭舱,关上舱门,启动发射程序。燃料注入发动机,涡轮旋转,火箭开始震动。舷窗之外,瓦莱丽最后招了招手,转身朝着掩体跑过去。随后,巨大的轰鸣声淹没了一切。

第九章

+32

"这就是了。"斯科特博士又从旁边的咖啡机里倒了一杯咖啡,然后一饮而尽。

"博士,我们之前见过跟这个长得差不多的装置。我猜功能也应该差不多。"定一开口道。之前的两周里哈代和定一两个人并没有真正的任务。他们只能看着斯科特几乎是不眠不休地工作,定一怀疑斯科特现在血液里的咖啡因足以让普通人类心脏病突发。这一次他们两个是在夜里被叫醒的,到控制中心的时候他们发现阿蒙森也在旁边。斯科特说这是他这么长时间以来第一次取得重大进展。他把他的新玩具称之为"抗体"。这东西硬件上跟定一之前在日凌站所体验的那个几乎一模一样:一个改造过后的体感座椅,座椅上放着一副耳机,一台显示器,凌乱的线缆接在计算集群上。

"从对中国湖号补给舰上的调制序列的分析来看,实际上船上的调制图案有两个序列,互相拮抗:一个是调制,一个是反调制。为什么会是这样,我们现在不清楚。"斯科特现在的口气仿佛是在做一个学术报告。但是内容对于定一来说非常耐人寻味：他又想起了日凌站上神秘的信息流。

"从反调制序列中我总结出了一个算法。它就是抗体。它同样是一种调制程序，能让你们的潜意识进入一种特定的心理状态。当你看到调制序列的时候，你的视神经皮层连到布洛卡区①，会产生神经冲动。这是我的初段成果，之后的目标是让已经被调制完成的人员恢复原状。要达成这个目标非常困难，但是我有信心。"

"那这个程序怎么发挥作用？我怎么知道我看到的是调制图案？"哈代问道。

"你会觉得特别想笑。"

"这就是一艘潜艇"，定一看到深潜船的第一印象就是如此。要去往金星的地表，跟潜入深海也没什么差别。加布里埃尔站有四艘深潜船，对金星底层大气的采集和研究是他们的工作。深潜船呈现光滑的水滴形，外层材料是陶瓷基环氧树脂。阿蒙森说实际操作也跟潜艇基本一致，定一他们不会操作大可以交给自动驾驶。

潜艇内部并没有想象的那么局促，实际上还颇为宽敞。在后部还有三件出舱服，在任何其他办法都无效的时候他们只能去手动打开共青城站的舱门。定一只能祈祷情况不要恶化到那种程度。定一和哈代分别坐进正副驾驶位，惊讶地发现原来深潜船是有前风挡的：那是两片超过半米厚的玻璃。阿蒙森告诉他们在金星地表的环境下这实际上没有什么意义，能见度非常低。但是金星深潜船和木星深潜船共享一个基本设计，所以这两面玻璃就这么保留下来了。

---

① 布洛卡区（Broca's Area）为语言的运动中枢，主要功能是编制发音程序。

定一将前风挡调成不透明,转换为战术显示窗口。哈代打开自检程序,随着自检程序上的一列列项目逐渐变绿,定一也不由得紧张起来——然后突然觉得这一切都很滑稽:一周之前他还是一个普通的太空战斗机飞行员,现在就变成了科考队员、007、孤胆英雄、人类的最后希望等一系列角色,现在更是要坐着一艘深潜船潜入金星地表,这可是他以前从来没有想过的经验。想到这里他不由得扑哧一下笑起来。

"你看到调制图案了?"哈代大为紧张地问道。

"没有,只是觉得我们现在的处境有些荒诞。"定一解释道,"一周之前我们只关心任务结束之后去哪喝酒。结果现在却肩负起了让整个人类文明延续的重任。"

"这不就是你的梦想么。你说过N遍,说你十四岁开始就梦想去到别的星星上面,所以后来才报名当飞行员。你喝多了就会说冲出太阳系是人类的命运什么的。"哈代淡淡地说。自检程序的进度条已经走到头,系统全绿,可以下潜。"正在开启码头舱门。"这是加布里埃尔站的自动控制系统的声音。他们马上就要潜入整个太阳系可能最接近十八层地狱的地方。正在此时阿蒙森在内部通信上的声音传来。

"在这里我就省略战前动员了。请务必安全归来。"

哈代和定一齐齐地应了一声。头顶一阵震动,码头的电磁锁开启,哈代和定一感到一阵小小的失重,深潜船开始往下落。随后自动驾驶接手,失重变成了受控的飞行。哈代打开了外部周天视角,不过一会儿就不想看了。举目四处只有翻滚的褐色云雾和远处的隐隐闪电。有那么几个瞬间,定一觉得这些褐色的雾气之中似乎有一些庞然大物在其中穿行——但是定一不敢相信自己的眼睛。这种时候似乎很适合做一些哲学思考——他又想起了斯科特对他们说的话了：人类大脑的神经网络只对训练过的信号有反应。他的大脑会将金星的大气层解释为他已有经验的任何一种东西，但是他是否能真的理解他眼前的景象？

一个景象引起了他们两个的注意。那似乎是某种树立起来的巨大气旋——巨大的褐色涡流从他们眼前穿过，感觉像是……某种类型的旋翼在金星大气层中搅动？

哈代对比了一下他们的位置和加布里埃尔站的资料。"那是加布里埃尔站的发电涡轮，通过金星大气层上下层面的流速差获取能量。"

"飞船到共青城站还有多长时间？"哈代出声问道。

"共青城站到达时间预计还有十二小时。"深潜船回答道。深潜船现在是自动驾驶模式，他们也没什么可做的。哈代将座椅往后调了调，默不作声地看着外面的金星大气升腾。

两个人的沉默持续了一会儿。

这或许是巨变以来两个人第一次真正地安静下来——他们经历了那么多的战斗、危险、计划、逃亡，在前往共青城站的这十二个小时里，他们无处可去，也无处可回。

"是啊，"定一接过哈代刚才的话题，"但是远征队取消了。对我来说，或许加入那个天人还能实现梦想。"

"我跟你可不一样。"哈代的语气恢复了日常的慵懒，"我还要多多吃喝玩乐，跟漂亮姑娘约会。我可不想成为一个僵尸，干一些我绝对不想干的事情。"

"你还跟我说过，你当战斗机飞行员的唯一原因是这个身份很容易泡妞。"定一回嘴，"上次在芝加哥的那个妹子最后是怎么回事？"

"就那么回事呗。被她哥哥发现了，好不容易才逃出来。也不知道她现在怎么样了。"

应该已经成为一个没有灵魂的活死人了吧——想到这里，定一想起了柯林，他又开始难过起来。

哈代看到他的表情，明白是怎么回事："不用担心，我们一定能把她救回来。我们两个一定。"哈代拍拍他的肩膀，"我们两个一起，连日凌站都炸掉了，还有什么干不成的？"

日凌站的经历中有很多事情他们无法解释。定一沉思起来——或许在他们上面还有更高的力量，但是他们两个仍然保持了人类的自我意识。这些事情真的是他们自己做的吗？不管怎样，他还记得他的目标，他思念的那个人，也就够了。这就是身为人类的意义。

"……这是我们通过日志统计出来的感染发生之后中国湖号船员在舰上的活动规律。这是在感染发生之前的活动规律，你可以明显看出不同。"定一回过神来发现哈代正在讨论他们从中国湖号上拷贝的日志文件。"在感染之前，船员的行动一般是非常规律的，这也符合逻辑：每个船员都有各自的工作区域。但是感染之后，很多船员在船上的活动路线与之前相比，不规律程度超过三个标准差。这足以证明他们在潜移默化之中已经接受了暗示。"

"这里是李远哲一个人的活动规律。为了把他一个人的记录筛选出来，我费了很多功夫。"

"他重访某些特定区域的概率比其他人要高三倍。也就是说这些特定区域的图案可能是导致他的表现与众不同的原因。"定一仔细地看了看数据透视图。尽管有了一个模糊的猜测，但是他们没有能力将这个猜测和斯科特所说的反调制序列联系起来，何况他们很可能从根本上漏掉了某些关键数据。现在他们联系不上斯科特博士，只能等到从共青城站回来之后再推进此事了。

"这就是共青城站？"哈代盯着显示上的融合数据雷达图。图像在金星底层大气中清楚地勾勒出了共青城站的形状，它跟加布里埃尔站的外形完全不同，倒是跟深潜船有点相似：这是一座很像巨型潜艇或者飞艇的科考站。它要比加布里埃尔站小得多，但是也相当大：长度超过两公里。设计之初就定位为可以潜入金星地表，不像加布里埃尔站只能在紧急情况下潜入下层大气，时间还有限。

多普勒雷达图将共青城站周围的地表也描绘了出来。共青城站所处的位置是一片相当平坦的平原——不过金星地表本来就相当平坦，浓密的大气层在几十亿年的时间里抹平了金星的地壳。定一关掉数据透视，把风挡调成透明，想要肉眼看看金星地表是什么样子，却发现什么都看不到。过于浓密的大气层相当于深海，能见度只有面前的数十米范围。亮光时不时照亮浓雾，那是永不止息的闪电。

不过现在不是观光的时间，他们按照程序，开始对共青城站进行远程操作。

共青城站回应了他们的信号。一项项的自检列表变绿，定一和哈代两个人心情愉快地看着自检列表在屏幕上滚动。这可以说是他们这么久以来，最顺利的一次任务了。

深潜船的中控此时传来语音："编号 VC-3245-H4，准备更改握手协议 NATF-12483127.LA.25734，请确认。"显示上开启了一个窗口，代码飞速地流过，最后给出了一个确认按钮。

定一和哈代睁大了眼睛。他们还记得这一幕。

确认按钮自动按了下去，显示窗口消失了。冰冷的无机质声音在整个驾驶舱响起："一分钟后将进行自动泄压操作。"

"后舱！出舱服！"哈代怒吼。定一还没反应过来，身体自动开始了动作。他和哈代向着后舱的出舱服狂奔。

共青城站已经被感染，确定无疑。定一穿过舱门，深潜船船体发出一阵怪异的金属尖啸声，那是高压下金属变形的声音。瘟疫已经对整个深潜船动了手脚，外面金星地表高温高压的二氧化碳大气随时可能冲破气密。出舱准备间就在他们眼前。

与其说金星出舱服是一件衣服，还不如说是一套动力装甲。在金星的地表环境中，人类不可能依靠自己的力量行走。好在他们两个以前有穿这种装甲的经验。机械臂自动将整个出舱服合拢，锁定气密。定一的战术显示亮起，哈代的声音从无线电里传来，"穿戴完成，泄压准备。"

警笛大作，出舱工作间的气密门缓缓打开，一阵狂啸的气体冲进了船体，将所有没有紧密固定的物体吹离了位置。那是四百多摄氏度的二氧化碳，一些材料在高温下开始融化。战术显示自动切换为增强模式，哈代走出气密门，定一跟上。

下到地面，金星地表沟壑纵横。就算有动力装甲的加持，在接近一百个大气压下行走仍然很艰苦，每一步都需要相当的努力，不一会儿定一的额头就冒出一层汗珠。幸好他们现在的位置离共青城站不远，抬头就能看见共青城站那巨大的轮廓，仿佛是一条深海中的庞大鲸鱼。哈代在他身前奋力跋涉，定一在无线电里都能听到他沉重的喘息声。

"我有种预感，"哈代在无线电里喘气，"我们如果不尽快赶到共青城站，可能会出大问题。"

定一听到身后传来一阵脚步声——他的第一反应是自己听

错了,在这种情况下不会有其他的人类。他费劲儿转过身去,发现真有一个人形的物体直奔过来:从形体来看,是他们留在深潜船上的第三套出舱服。这个家伙的速度非常快,动作怪异,奔跑姿势完全不像人类在这样厚重的动力装甲里。

定一还没反应过来,这个人形就冲到了定一的面前;它丝毫没有停下来的意思,朝定一扑了过来。这一瞬间,定一终于看清了这件出舱服的内里:面罩之后,是柯林的脸,面容与他在广播视频里看到的别无二致,毫无表情。

"怎么可能……"定一愕然。柯林没有给他任何喘息的余地,定一勉强抬起手臂,护住他的头盔面罩;一股巨大的力量从出舱服上传过来,整个动力装甲的动能直接撞上了定一的两只手臂,发出一声闷响。幸好定一反应及时,否则这股力量会直接击碎定一的前面罩,他就交待在这里了。这股力量将他直直地往后推,定一努力向前倾,保持身体的平衡,以防被对方压倒。他没有使用动力装甲的力量直接将对手压回去,而是稍稍侧开身体,让对手从身边冲过去。

定一额头上的汗流进了他的眼睛。他眨眨眼,赶紧绕到对手的另一个方向。对手重新转过来,定一才发现出舱服里并没有人,是空的。他刚才看到的是幻觉?

不管怎样,他的身体几乎是自动动作了。他从侧面撞上这件出舱服,伸手握住头盔的快速解脱装置,用力一扳。强大的金星气压将出舱服的头盔直接挤碎。

如果这件出舱服里面是一个人类,这场战斗就已经结束了。没有保护的人类不可能在金星地表存活超过一秒。然而动力装甲的运转依然良好,它转过身来,打算发动新一轮进攻。定一只能祈祷出舱服比较脆弱的控制系统在金星大气的作用下能够尽快失效——这与他平常的祈祷内容完全相反。

再也没有让敌人快速失能的捷径,定一只能尽量防御住出舱服的进攻,用比较坚实的手臂护住身体。好在金星出舱服就是为了应对金星的高温高压环境而设计的,非常坚韧。定一只能努力保持平衡,不要摔倒——摔倒就全完了。

定一的祈祷起了作用。出舱服的动作逐渐慢了下来,动力装甲的伺服机构发出怪异的啸叫,整个系统在慢慢卡死。只要再坚持一会儿就行。定一想。现在躲开出舱服的进攻也并不是那么困难了,但是他的体能也快要耗尽。在金星地表格斗,可能之前没有人类做过。定一觉得,下一刻他可能就会倒下。正在此时,一阵尖锐的破空声传来,出舱服的后背爆发出一阵明亮的火焰,停止动作。定一转过身,哈代拿着一件器具走来。定一看不出来这是什么。

"地质钻。那边有一个勘探点,我现在明白了他们为什么最后把共青城站停在这里了。我做了一些简单的改装。"哈代扬了扬手里的装备。

随即两个人意识到了一个更加可怕的事实:就算共青城站现在没有人,仍然有可能存有不少的出舱服。他们可能要面对更多的敌人。

但是他们别无选择。一切的希望只能寄托于共青城站。

定一打开随身携带的LED编码器,蓝色的光线闪烁,向共青城站的人员出入舱端口发出一道指令。共青城站系统接受了这个命令,舱门打开,定一和哈代拾级而上。

共青城站的气闸非常普通,没有被破坏的痕迹,没有调制图案,系统响应标准,减压程序自动开始,吹除掉金星大气,代之以人类可以呼吸的空气。定一和哈代扫了一眼了出舱服上的气体检测,摘掉头盔。共青城站的空气味道很正常,他们走进准备舱,发现共青城站配备的出舱服都十分正常地挂在机械臂上,一件都没有少。定一和哈代松了一口气。他们原本打算穿着出舱服探索共青城站,应对可能会出现的敌人;现在看来没有这个必要。以防万一,他们将所有出舱服的动力电池都拔了下来,哈代将这些电池全都锁在了装备柜里。

脱下出舱服让两人都觉得摆脱了一个沉重的负担。总体来说,共青城站一切正常,仿佛船员刚刚离开,收拾得干净整洁。定一和哈代没有看到任何调制图案的存在,生命支持系统显然感应到了他们两个的到来,所到之处灯光亮起,还伴有十分正常的语音提示。定一大着胆子用外置显示接入共青城站的中控,一切一如往常——他甚至很快就找到了共青城站的姿态控制,只需要一个命令,共青城站完全能够飞往金星的上层大气。

"这不对头。"哈代低头沉思。他和定一想到了一块儿:权限控制。共青城站的中控完全开放给任何外部操作,这完全不符合条例。他们的确带着阿蒙森站长给的控制密钥,但是在这整个的过程中,没有任何地方要求他们在操作之前提供权限。这一点非常可疑。

定一调出共青城站的日志——不出所料,日志仅仅有感染发生之前的记录,之后则一片空白。

然后是全站监控。各处都没有问题。中控室的监控被屏蔽了,权限显示为"无"。没有任何人有权限远程查看中控室的状况。

果然是中控室。按照联邦空间舰船建造条例,任何在地球外航行的飞行器都在舰桥/中控室内保留一套物理备份的基本操作系统,带有超驰权限。那套系统是最不可能被感染的。

中控室大门紧闭。定一试着使用阿蒙森给的权限打开大门,没有反应。"有没有办法绕过去?"哈代问道。

定一突然觉得这个场景似曾相识。在日凌站的时候,哈代在一模一样的情况下,问了一模一样的问题——他记得,每个字,哈代说这句话的语气,他脸上的表情似乎都和上一次完全相同。定一突然有种奇特的感觉:哈代到这里来,目的就是在这个情况下,说这句话。

定一的手再次不由自主地运动了起来。他飞快地,几乎是胡乱地敲出一段指令。按下确定的那一刹那,门禁的指示灯变成了绿色,中控室的大门打开了。

哈代对于定一的这一连串动作毫无察觉。他也没有问定一为什么知道超驰中控室门禁的指令,仿佛这一切都是理所当然的。他很自然地走向中控室。然而这时周围的灯光闪了闪,熄灭了。他们两个顿时身处黑暗。

共青城站全站失能。

从进入科考站就开始伴随他们的低沉噪声也停了下来,那是共青城站的反应堆涡轮停转。

"怎么回事!"定一大喊。共青城的反应堆停转,也就意味着生命维护系统也停止了工作。在这种情况下这个科考站过不了多长时间就会变成一个大烤箱。

他们两个现在必须去往动力舱,用紧急程序超驰重启反应堆。定一打开随身的手电照亮。然后他发现,哈代消失了。中控室的大门自动闭锁,把哈代关在了另一边。

他困在了没有能源的共青城站上,一片黑暗,哈代也不见了。这个情况真是"棒"极了。

定一小心翼翼地往共青城站的后舱走去。他手头没有站内电子地图，不过这样的船的结构一般都类似，他凭借经验，大致知道动力舱的方向。

空气变得略微有些燥热。没有环控系统，共青城站外的四百摄氏度的大气会将热量传导到站内，直到站内站外温度相同——这是热力学第二定律。定一不知道站内达到人类所不能承受的温度需要多长时间，但是他必须尽快行动。

手电灯光下的共青城站让定一觉得自己似乎是在一部老式太空恐怖片里，没有反应堆永恒存在的低沉涡轮噪声，整个科考站静得可怕。正是各种管路的液体流动和时常出现的金属屈服声音让这种安静气氛显得更加诡异。定一现在的位置应该是驻站人员生活区，走廊两边都是整齐排列的宿舍门。按照经验，生活区之后是工作区和整备区，再往后就是引擎舱。

走廊最后是一道关闭着的大型气密门。定一上去检查，松了口气：门没有被锁闭，只是简单地关上了。定一使劲打开门，失去动力的金属门轴发出悠长的金属摩擦声音，在安静的站内显得十分刺耳。

一阵沉重的脚步声从门后传来，然后一阵雪亮的灯光亮起。定一迅速蹲下，那绝不是哈代。

那是被感染的出舱服。

定一快速地回想出舱服上的传感器配置。它们可以听到脚步声；在金星的浓密大气里，出舱服配备了毫米波雷达以测绘眼前的情况，但是没有红外探测器——毕竟在四百摄氏度的大气中，红外传感器没有什么意义。当然还有标准的白光传感器。不能走到它正面，不能发出声音，不能被它的灯光照到。

好了,这下真的成了一个恐怖游戏了。定一自嘲地想。

定一悄声凝息,爬过舱门。出舱服在整备区,沿着一条路线巡逻。定一脱下靴子,将自己发出的声音降到最低,打算快速通过这一区域。

整备区零散地放着很多设备和器材,还有不少出舱服被拆得七零八碎在架子上挂着。定一趁机找到一个头显戴上,现在他总算有夜视能力了。他听着出舱服的脚步声,迅速从一个视野盲点移向另一个视野盲点:他有点奇怪自己为什么对这种隐秘行动如此熟悉,他从来没有接受过相关的训练。

前面的桌子上有一把地质钻,是哈代之前用过的那个型号。这可能是整个共青城站上最接近武器的东西。单纯从这里逃掉,意义不大,定一想。将这个出舱服一劳永逸地解决掉,他们在共青城上的障碍就扫清了。

趁着出舱服走远,定一迅速闪到前面的桌子旁边,一把抄起地质钻。

让他没想到的是,这把地质钻是如此沉重,它明显被设计为身穿动力出舱服才能够轻松拿起的机械。定一发力将地质钻拿起来,然而地质钻刚刚离开桌面,定一就失去了对这件沉重装备的控制。它带着巨大的惯量砸向地面,金属碰撞发出一声巨响。

远处的金属脚步声停了下来,然后节奏重新加快,迅速向定一靠近。

"见鬼!"定一暗骂。他飞快地朝着声音的反方向窜过去,一路扫视着在台面上是否有合用的设备。对付一台能够在金星大气压下行动、重量超过四百千克、出力超过一百千瓦的重型设备,小型扳手或者改锥可不抵事。

台面上的一件设备引起了定一的注意。几块包装类似巧克力棒的砖块整齐地放在桌面上。塑胶炸药,勘探使用的常见器材。定一拿起两块炸药塞进衣服口袋。但是没有雷管,这两块炸弹跟砖块也差不了多少。雷管会放在哪里呢……

背后的出舱服的灯光往这边扫过来。定一蹲下,藏在设备柜的阴影中。

定一内心十分焦急。他不知道共青城号的勘探队会把雷管放在哪里。按照一般条例,如此敏感的器材一般会锁在关键设备柜里,就算他知道位置,也未必打得开柜子,况且现在没有电,柜子肯定是自动锁闭。

定一检查了一下身上的装备,想找出什么能够应对当下情况的装备。他摸到右边肋下的收纳口袋,里面似乎有几件硬硬长长的小设备。他掏出来,发现那正好是他所寻找的雷管。

这不可能是巧合,定一想。

在共青城站的准备舱里哈代给他们两个找来两件衣服穿上。雷管应该是那时就已经在这件衣服里了。如果是哈代放进去的,他是如何知道定一现在需要雷管的?

现在不是仔细考虑这个问题的时候。定一扯开两块炸药的包装,捏成一大块炸药,把雷管插进炸药,将随身战术调谐到雷管的引爆频率。他摸出一卷胶布,把这块临时炸药缠好,撕开胶带的另一面,现在它变成了一个临时的黏性炸弹。

出舱服仍然在刚才他掉落地质钻的附近巡视。定一记好它的巡视周期,慢慢地一步一步摸过去。

出舱服的周围很空旷,只有几张大桌子摆放着各式各样的设备。定一慢慢地摸到了离他最近的一个大型收纳架背后。大约还有七米远,定一计算。在它巡视一周转回来之前可能没有办法迅速冲到它背后。只能冒险了。

定一摸出一个扳手,趁出舱服转到另一个方向的时候向反方向丢去。扳手在空中划过一道轨迹,击中金属地板,发出哐啷的声音。

出舱服果然转身了。定一拿出黏性炸弹,弓着身向出舱服走过去。

出舱服的沉重脚步引发的地板震动定一都能感觉得到。他调整自己的脚步,将每一步落足和出舱服的步履协调一致,将自己的脚步隐藏在对方的脚步声中。七米,六米,五米,四米,三米,两米。

出舱服在扳手落地的地点停住了。定一屏气凝神,将黏性炸弹缓缓地贴到出舱服的背后。

正在此时,出舱服晃了一晃,转过身来。

定一将手缩回来,又猛然加速,将黏性炸弹贴在出舱服的肋部。出舱服头盔上的头灯将他整个人照得雪亮,刹那间他被超强的光线照得什么都看不见。他使劲闭上眼睛,往后一跃,但是还不够及时——一股巨大的力量从他的胸前传来,定一感到一阵窒息,零点九G的重力下他感觉自己仿佛被一列火车撞击。还好往后跃起的力量缓冲了绝大部分动量,否则他现在肯定要被击碎数根肋骨。定一重新睁开眼睛,还是什么都看不清,眼前的一切都蒙上了一层金色的光晕。他感觉自己飞过一段距离,然后撞到了什么东西上面;幸好那个东西并不是刚性的,不然他的脊椎就要完蛋,应该是某件挂在机械臂上的出舱服。定一大吼一声:"引爆!",随即凭着本能爬进了出舱服的阴影之中。

一声巨响。他感觉一阵狂风在他身旁刮过,一堆细小的碎片打在身前的出舱服上面,发出淅淅沥沥的声音。

定一眨眨眼,眼前的景象开始稳定下来。眼前一片狼藉;出舱服的残骸倒在整备区甲板上,各种碎片炸得到处都是,动力电池中的活性金属成分还在燃烧。定一找到一个灭火器,将所有的明火扑灭。干完这些他一屁股坐在一张桌子上,开始检查自己的身体状况。还好,没有内伤。不过到现在定一还是有些喘不过气来。

他深呼吸。事情没有再拖延的余地了。他必须尽快找到动力舱。

穿过整备区,前面就应该是动力舱主控室。定一在整备区的出口找到一张简单的构造示意图,前面是装备仓库,再往前就应该是动力舱主控室了。

他打开装备仓库的门。

我的天……这是他的第一个想法。

几十件出舱服整齐地摆放在机械臂上。它们现在并没有任何会启动的迹象;但是定一非常相信,当他走过这些出舱服,它们肯定会被激活,自己会死在这里。

定一极速地思索着如何能够在不激活这些出舱服的情况下穿过这个舱室;他很快就不需要再思考什么了——出舱服的灯依次亮起,开始自检。自检程序结束之后他们就会解开机械臂的锁闭,然后来找定一的麻烦。

定一开始狂奔。

他以百米赛跑的速度跑过了整备库舱室。他身后出舱服的自检程序已经接近完成,定一估计自己大概还有半分钟时间。整备库到动力舱的门是防爆气密的,定一用上全身力气拉开扳手,巨大的门锁解开,他将门拉开一个刚好能过的缝隙,迅速钻进去,然后将门关上——在门彻底关上前,定一看见一件出舱服已经走下机械臂朝他跑过来。他重新推上杠杆,门锁闭合,合上开关锁死。定一松了一口气,出舱服一时半会儿不会破门而入。但是那边有足够的设备可以打开这道门——无论是炸药,冲击钻还是水锯。他必须尽快恢复共青城的动力,系统里应该有远程关闭所有出舱服的命令。舱门的另一边已经传来金属的闷响。

定一瞟了一眼门边的标志牌,循着路线找到了写有动力舱主控室的舱门。门开着,定一走进去,红色的应急灯光亮着,舱室里周围摆放着一圈高大的机柜,上面还有一些状态灯,现在大多数的状态灯都是红色的。

"应急启动辅助动力系统……在哪里呢……"定一走过一排排机柜,寻找那个大型装置。他不是专业船员,只是受过一些紧急情况下的训练,对自己能否在这种情况下成功地将反应堆重新启动起来没有信心。

"在这里!"一个红色的区域标识这里是紧急情况下重启反应堆涡轮的控制面板,在红色灯光下看起来十分不起眼。定一拉出面板,旁边有详细的操作顺序。

"OK,打开辅助电池供电……清空燃料阀……驱动电动涡轮……注入氦气……冷却管路检查……全系统上线……动力重新启动!"

定一宽慰地看着面板上显示的进度条变成绿色,远处的反应堆涡轮又开始低沉地啸叫,整个共青城站重新活了过来。正常照明恢复,空调系统也开始重新运行。整个主控室机柜上的状态灯多了很多。随身计算机告诉他,共青城站的全站网络已经可以使用。

定一不敢做过于深入的操作,只是简单地查看了一下各个舱室的监控。整备库里的出舱服已经全部停止活动,横七扭八地倒在地上,定一也不知道是什么样的指令远程关掉了这些设备,感觉就像是一个水平拙劣的程序员写的A.I.,代码里有诸如"当且仅当共青城站失能时启动并且搜索敌人"的指令。他搜索了一下站内的其他人类活动痕迹,站内网络告诉他,哈代就躺在中控室里,昏迷不醒。

定一赶到中控室。中控室一切正常,没有血迹和残尸,没有金星怪兽,也没有正在巡逻的里面没有人的出舱服。哈代就躺在门口。看来全站失能的时候哈代刚刚走进门,不过这没法解释为什么他现在怎么也醒不过来。

简单地将哈代抬上了一张椅子之后,该做的工作还是需要完成。定一很顺利地找到了角落上的物理操作台,打开盖板,拉出键盘,系统接受了阿蒙森的操作权限,开始获取整个共青城站的基本操作状态。

动力——check;

生命支持——check;

内部通信——check;

姿态控制——check;

大气传感器——check;

远程通信——

自检列表进行到远程通信条目,画面突然凝固。周围的灯光闪了闪,熄灭了。

定一还没来得及恐慌,中控室的灯光重新亮起,物理操作台的屏幕的自检列表继续进行,仿佛刚才什么都没有发生。

中控室的大屏幕有了显示,扬声器开始发出声音。屏幕上播出的是一幅复杂而不断变化的分形图案。扬声器所播放的则是节奏感极强,旋律非常悦耳但是定一从来没有听过的音乐。看到这个图案,不知怎的,定一觉得非常可笑。

是的,这就是瘟疫的办法。迷幻视频和音乐,神经缓冲区攻击,针对大脑边缘区。定一想到自己的这些经历足以拍出一部非常惊奇的电影:一名孤胆英雄闯过重重困难来到邪恶的巢穴,却被音乐和图像搞得狼狈不堪,真是特别滑稽。估计过不了几天就真的世界末日了,另外还有——

哈代在一旁说了什么,他放声大笑。

"什么!? 你说远征队取消了!?"定一猛然站起来,盯着哈代喊道。

"是这样。议会刚刚投票,否决了远征计划。"哈代避开定一的眼睛,"对不起。"

定一颓然坐下。他从年少时就有的梦想,在今天,正式化为了灰烬。他一时间不知道要去干什么。

"没事的,定一,没事的。"哈代找了把椅子,坐在他身边,"你是我见过的最优秀的飞行员,就比我自己差一点点。"哈代向来是在嘴上不服任何人的。

"等仗打完了,我们随便去干点什么都行。柯林也肯定会理解你的。"哈代拍了拍定一的肩膀,"你先回去吧,我跟老刘说了,今天下午这边我来扛,你回去陪陪柯林。"

"你知不知道你那样很不尊重我的朋友? 我有的时候根本不知道你在想什么!"柯林对着定一大叫。

"……对不起。有的时候我也不知道我在想什么。我无法控制我自己。"定一垂下眼睛。

"你变了。我真不知道我是不是还能够相信你。"柯林怔怔地流下泪来。她的眼睛在灯光中显得亮晶晶的。

定一站在那里，不知道说什么好。

"我快要不认识你了。你已经不是我当初喜欢的那个人了。"柯林擦了擦眼泪。

"我觉得我们还是分开比较好。"

定一睁开眼睛，发现自己躺在地上。也不知道过了多久，他扫了一眼中控室的大屏幕，彻底黑屏。物理控制台显示自检已经完成，超驰程序正常加载，共青城站可以随时启动。然而哈代消失了。定一模糊地记得在他昏过去的最后时刻听见哈代说了话——但那时哈代应该还没有醒。他现在不在那张椅子上。

很快定一就在站内监控的帮助下找到了哈代。他现在在地图室。

地图室的大门没有锁。定一发现哈代正面对着地图室的超大型平面显示。显示并没有开启，上面是一个极为复杂的图案——是手绘的，仍然全新，两支笔还摆在哈代旁边。他背对着定一，直直地盯着那个图案。

"哈代，你怎么了？"

"我……我不存在！"声音如同叹息。

定一盯着中控室屏幕，上面显示共青城站浮力舱排气过程已经完成百分之三十，马上到达能够上浮的临界点。反应舱室正在大量地将二氧化碳和储存水转化为氧气和重碳氢化合物。氧气用于提供浮力，重碳氢化合物则用作储备碳源。他转过头望了一眼哈代。哈代目不转睛地盯着一个方向，脸上没有任何表情,跟他在加布里埃尔站所看到的那三个人一模一样。在任务出发之前,他们两个都接受了抗体,仅仅只有定一的措施起了作用,哈代还是被感染了。可能他的感染早在他们两个因为站内停电分离的时候就已经生效了。

上浮开始,几乎没有任何感觉。上浮到加布里埃尔站的高度还有差不多二十个小时,这段时间定一无事可做。共青城站的自检程序报告高功率定向通信系统组件 AE35 出现故障,需要外场维修。以目前的状况,定一一个人做出舱工作实在太危险,只能等到上浮到位之后再来行动。

定一转头,习惯性地望向哈代,想要问问他目前的想法。在定一沉思的这一会儿,哈代又消失了——定一知道他去了哪里:他肯定回到了地图室。

"我是不是该把他锁起来?"定一第十遍问自己。哈代现在的状态非常不确定——可能下一秒他就会被瘟疫所俘获,变成一个无知无识的野兽。但是定一又很担心,如果对哈代采取任何行动,只会把他往瘟疫那边推一把:任何行动都有可能破坏现在这种脆弱的平衡。哈代只能自求多福了。

地图室里,哈代仍然望着那一幅明显是他自己手绘的图案。定一调出上一次的图像对比,发现计算机报告多了一些内容。但是定一从来没有看到哈代手绘的过程,仿佛他完全知道定一什么时候会看他,这让定一想起他小时候所看到的某个恐怖故事:一个怪物,只有在没有人注意到它的时候才会移动。这幅图像极为精细,有些线条的走向有点类似定一在斯科特博士那里看到的神经放电图,放大来看又不像了。定一脑袋里的抗体非常安静,他望向这幅图像的时候并没有想笑的冲动,这应该不是一幅调制图。问题就在于……这所有的一切,定一的潜意识、哈代的感染、调制,有什么意义? 那个瘟疫也好,或者自称天人也好,它是出于怎样的目的? 为什么到现在定一仍然还知道自己是定一?

定一将共青城站的舱室都检查了一遍,还抽空去了一趟装备仓库,将仍然瘫痪的那一堆出舱服的动力电池都拆了下来。他的抗体和随身战术显示上斯科特安装的临时程序都告诉他,他们没有在共青城站发现任何调制图案。共青城站很久之前就转为无人值守模式,离开的船员带走了自己的私人物品,站内除了必需品之外什么都没有,十分简朴。他回到准备舱,检查出舱服的状态,一切良好。动力电池都一个不少地被锁在装备柜里,出舱服挂在机械臂上。理论上没有任何自动化装置能够完成这个任务,理论上。

"你怎么过来了?"舱门打开,哈代走了进来。定一转过头去,正好面对他的眼神。完全的空洞,无机质①。一种极大的危机感在定一心里升起。

哈代朝他猛地冲过来。定一奋力避开,但是没有能够闪过哈代那如同鬼魅的身形,被撞倒在地上。他试图站起来,但是哈代展现出了一种他从来没有见过的格斗能力,定一没有看清楚他的动作,只感觉自己的右手被抓住,重心失控,便被哈代给摔进了气闸。随后气闸的门从外部关上。定一起身试图打开门,但是哈代已经启动了泄压程序。

定一看着哈代那张没有任何表情的脸,突然觉得全身都放松了下来。是的,这就是终结了。"没关系,很快就好。"哈代声音怪异地说了一句,还笑了一下。那是与李德哈特和华盛顿一模一样的笑容。

---

① 这里是一个日式的形容方式。

他按下确定按钮,泄压即将开始。嗡嗡的声音响起,这是外部气密阀门打开的声音。

定一无计可施。他用力撞击气闸门,但是门纹丝不动。哈代就站在外面,脸上是漠然的神情。定一知道那不是哈代,而是某种更高于哈代的力量。他最终放弃了。

高温高压的金星大气即将冲进来。定一的身体不会燃烧,金星的底层大气基本上是由二氧化碳构成的。在四百六十度的强酸性环境中,他的皮肤会迅速失去水分,碳化,变成一团黑色的焦炭。他身上穿的陶瓷基高分子舱服不会被完全反应掉,后来人会发现气闸上覆盖着一层碳迹,剩下几件勉强还能看出形状的布料。这就是他的结局。

警报声响起,定一闭上眼睛,等待最终的命运。

泄压并没有开始。又一阵嗡嗡声,外部气密阀门重新锁闭。内部气密门打开。定一睁开眼睛。

"不穿出舱服就打算出去?你这是抽的什么风?"哈代扬起眉毛。

定一冲出去,挥拳直击哈代的脸,但是哈代轻松地躲开了。

"你在干什么!"哈代叫道。

"刚才我差点死了!被你害死了!"定一把哈代推到墙上,用手臂压住他的脖子。

"我干的?"哈代愣住了。

"是你干的。或者说,不是你干的。"定一终于平复了心情,松开哈代。他特别强调了后面这个"你"字。"你还记得什么?"他赶紧锁闭好气闸,以防哈代再次犯病。

"一切都很正常啊。我从地图室里出来,来检查一下准备舱,刚好就看到你在气闸里开始泄压。我赶紧过来停了泄压程序,没想到你丫竟然要揍我。"

"在那之前呢？你之前在地图室干了什么？从我们登上共青城站起?"定一让哈代坐下,也找了把椅子坐下。

哈代拧起眉毛,似乎在努力回忆。过了好一会儿,脸上露出了迷惑的神情,"我……我想不起来了。我还记得我们上了共青城站,我们到了中控室门口,但是后面的事情……我完全想不起来了。"

"你被感染了。你刚才过来,把我扔进减压舱,想要弄死我。"定一盯着哈代的眼睛。

"我被感染了!?"哈代叫道,"那我现在怎么还能在这里跟你好好说话?"

"瘟疫……"定一指了指上面说,"对你似乎有点儿不一样的想法。"

哈代沉思着,眉毛拧成一团:"只要我不去仔细想,我就完全不会发现我的记忆有任何自相矛盾的地方。但是……"哈代连续几次想要开口,但是欲言又止。"我宁可死,也不要当某个超级A.I.的傀儡。"哈代最后沉声说道。

"问题是接下来该怎么办。跟我们当初对付李远哲一样,把你捆起来扔进牢里吗?"定一避开哈代的眼睛。又回到这个问题上了。

"那你怎么想?"哈代说。

两个人相顾无言。过了一会儿,哈代站起来,"走吧,我们还有活要干。"定一跟上去。他们两个默契地决定不再讨论这件事情。定一隐隐觉得,哈代这个状态对他并非是完全的潜在危险;上面那个天人有着琢磨不透的动机。

定一跟在哈代身后,看着他熟门熟路地走过舱室,最后来到一个之前未曾到过的区域。他们登上共青城站时间不长，还有很多舱室从未探索。

哈代按了一下面板，舱室的门开启。"一套完整的全频谱合成孔径阵列。我也不知道为什么一艘金星深潜科考船会装备这么一套东西，可能是用于地形测绘和光谱分析。有这套东西我们应该能够找得到 Xenus 人的远征集群，前提是他们还没有被瘟疫干掉。"哈代说道。舱室里是一套控制台，阵列传感器数据使用这种控制台进行汇总分析。定一猜测可能是出于专属的科研目的，所以数据没有直接传输到中控。"不过，你是怎么发现这里有这套设备的？"定一问道。

"我突然想起来了。"哈代耸耸肩。

"接收到加布里埃尔站的窄波信号。"中控宣布。定一一下子睁开眼睛，从临时折叠床上坐起来。过去的十几个小时十分无聊，定一没有什么事情可做，只能反复研究中国湖号的日志文件，饿了就去食堂吃一点东西，困了就睡觉。全是无梦的沉眠。哈代则一直走进走出，不知在忙些什么。看起来他情绪饱满，作息非常健康，丝毫没有过去一段时间的困顿之色。

"加布里埃尔站，这里是共青城站。我们现在正处于上浮过程，预计还有两小时三十二分钟到达预定位置。收到请回复。完毕。"哈代向加布里埃尔站发报。

"这里是加布里埃尔站，你们可算回来了——这几天我差点打算自己乘着深潜船下去看情况了。不管怎样，回来就好。请向我们传送上浮路线和定位数据，我们得做一些准备工作，完毕。"阿蒙森站长在通信频道中口气平稳，这几天应该没有发生什么事情。定一犹豫要不要将下面他们所看到的情况告诉阿蒙森站长。想了想,他还是决定等到站之后再汇报。

肉眼看到加布里埃尔站之后,定一和哈代两个人才明白阿蒙森所说的"准备工作"是什么。加布里埃尔站展开了一个巨大的刚性框架,导航计算机引导,两个科考站被固定在一起。从框架末端的锁闭结构来看,这并不是阿蒙森临时研究的方案,明显一开始两个科考站在设计上就考虑到了合并。阿蒙森解释说这也是金星殖民科考项目的一部分,未来的金星生活基地应该就是这样互相联结的可扩展悬浮平台,最后发展成巨型漂浮都市。感染发生之后,不知道他们在有生之年还能不能看到这个计划的实现。

气密舱合拢,打开门,阿蒙森站长就在门的那一边。几天时间过去,他看上去又更苍老了一点。"下面情况如何?"他开门见山地问道。

"共青城站也被感染了。多亏斯科特博士,我们最后解决了。还遇到了一些很复杂的情况,一时半会儿说不清楚。我们回来要跟斯科特博士讨论一些问题。"定一看了一眼哈代。他没有任何反应。

"另外,共青城站的高功率通信系统的AE35组件坏掉了,需要出舱更换,这个应该有备件。"哈代补充道。

阿蒙森站长的脸色有点儿古怪,"斯科特博士的状况……请随我来。"

斯科特博士现在的状态让定一一下子想起前几天的哈代——坐在一面白墙前面,盯着一幅极为复杂的图案。定一同样看不出来那是什么图案,但是跟哈代那幅完全不同:哈代那幅仿佛是涂鸦的凌乱线条,斯科特博士这幅则是极其规整的线图,充斥着复杂的直线和转角,让定一想起了集成线路构造图。他们进门之后斯科特转过头来看了一眼,没有说任何话,回过头继续望着那幅线图。

"斯科特博士在你们出发之后告诉我,他想出来一个提高效率的新方法。于是他……给自己做了一些调制。结果就变成这样了。"定一走近,发现斯科特的眼睛变成了被感染的样式:不停地半规律运动扫视整个视野。

"他的确像是被感染了。但是我要给你们看一个东西。"阿蒙森站长找来一个屏幕,定一拿过来看了看,上面分布了一大堆杂乱无章的点。阿蒙森示意定一把这块屏幕递给斯科特博士。

斯科特博士转过头,接过递过来的屏幕。他盯着那一堆点,略做思索,拿出笔在上面画了起来。速度很快。然后他把屏幕放在旁边,接着看着墙上的那幅复杂至极的线图。

定一把屏幕拿过来。斯科特博士将所有的这些点都连了起来,构成一条环形的路线图。"这是……"

"旅行推销员问题。你不用怀疑,这肯定是最短路径。用站内的集群来算,这个规模的运算量大概要花整整两天。他只用了十几秒。"

"现在斯科特博士可以脑内解决NP完全问题?"

"是的。我还试过图同构和顶点涵盖。"阿蒙森站长回答。

"那斯科特博士说了什么别的没有?"

"哈代可能有解决办法。"斯科特博士突然说道。他转过头来,望了一眼哈代,随即继续看着墙上的图案。

定一和阿蒙森看着哈代。"什么?"哈代满脸迷惑不解。定一想起来,将哈代在共青城站地图室上画的那幅图调出来给斯科特博士。

"没错,就是这个。"斯科特博士点点头,"是什么?"哈代凑过来看着这幅图。

"这……什么都没有啊。"哈代很疑惑地说道。

定一瞪着哈代,"这是你自己在失去知觉的时候画的图。"

"但是……对我来说这上面确实什么都没有。"哈代仍然盯着那幅图,"白墙而已。"

"认知滤镜。"斯科特博士解释了一句。

这是某种针对哈代的认知调制。他自己无法察觉。不仅要救出柯林,现在也要把哈代治好。定一心想。

"检修窗口FD823413-15已定位。"

"拧下固定螺栓。"

"AE35元件目视确认。"

"更换备件。"

哈代的声音在通信频道里听起来很从容。他没费什么工夫就拔下了那张DSP处理板,将备用的元件插了上去。自检程序启动,一阵滴滴过后显示绿色,自检通过。定一松了口气。"这边没问题了,回来吧。"定一敲下一段命令,共青城站上的高功率定向通信系统开始展开阵列,加载初始程序。接下来的工作,是将通信系统和合成孔径阵列连起来,搜索Xenus人的远征群。定一不知道他们还能不能联系得到Xenus人。

一个人走了进来。很让定一意外,来人是斯科特博士。他径直走向中控台,展开了一幅太阳系的全息地图,键入一段命令,地图上的某一块区域变得高亮。

"搜索这个位置。通信时限是三十七分钟,否则就会被瘟疫发现。"斯科特没头没脑地说了这段话,转身离开。

位置和时间。他很精确地给出了这些信息。定一不知道三

126

十七分钟这个数字是从哪挖出来的,根据是什么。

"你最好相信他。"阿蒙森站长走进来,"他无法给你解释推理过程,这类似于给瞎子解释什么是颜色。"

好吧,定一想。有些时候你除了相信别无选择。

"这里是托马斯·哈代上尉和孙定一中尉,从金星共青城站呼叫Xenus远征军。单次识别码已经附在数据流中。完毕。重复一遍,这里是托马斯……"

呼叫程序显示信号有了回应。IFF核对识别码,没错,的确是Xenus远征军。握手成功,有三十七分钟的时间。在现在这个距离上,信息一来一回就需要五分钟。

"你好人类,这里是Xenus远征军最高指挥官Saeu'fuch,我们又见面了。"在这里用见面似乎有点古怪,对方是外星人。管他呢。

"你好,这里是托马斯·哈代上尉和孙定一中尉。在日凌站的任务中我们不幸失去了所有Xenus侦察群的战士。之后出现了一些情况于是我们失去了联系。具体报告我们已经附在数据流中。这次联系我们要讨论的是:下一步我们该怎么做。"定一没有浪费时间寒暄,一开始就进入了主题。

"在这段时间里我们损失了整个远征军百分之四十八的兵力,"Xenus指挥官说出了让定一和哈代都吓了一跳的数字,"所以,接下来我们能够给予你们的帮助是有限的。希望你们能够好好利用。"

Xenus人接下来的话让两个人几乎跳了起来。

"我们已经联系到人类残余反抗军在外太阳系的一处秘密据点。他们现在正在收集所有残余的人类力量。"

Xenus人传来了大量数据,包括反抗基地的详细轨道、通信频段、公钥,以及之前联络的通话记录,等等,然后切断了数据流。斯科特博士说现在已经达到了数据传输流量的上限,再继续就会被瘟疫发现。下一次能够与Xenus联系的机会需要等到金星轨道位置合适。

根据Xenus人的情报,反抗基地目前在土星某处。结论是他们现在的通信系统功率不足以在给定的频段上联系上反抗基地,只有在金星和土星大冲时才有可能,不过这需要等待至少六个月。站内人员讨论后决定,阿蒙森站长驻守加布里埃尔-共青城金星科考站并且保持静默,定一、哈代和斯科特博士乘坐中国湖号前往土星,去反抗基地与大部队会合。斯科特博士表示他手头的数据和资源不足以发展出完整的反调制算法,基地那边可能有更多的力量可以合作开发。在精密的轨道计算之后,定一和哈代得出结论,通过水星和太阳引力弹弓加速,他们可以在第一百零二天飞到土星。

定一回过头看看斯科特博士,后者将自己牢牢地捆在座椅上,脸色苍白。接下来的三个多月时间他们都要在无重力环境下生活,这对斯科特博士来说肯定是个折磨。

"斯科特博士,没问题吧?"

"没问题。"

"那就按照预定时间启动。启动倒计时:一分钟准备。"哈代轻快地说。

定一熟练地打开最后的燃料注入开关,将油门慢慢推上来。

"三十秒准备。"他手头不停,但是心神已经转往另一个方向。

"十五秒准备。"

"倒计时完成。T-AOE-7343中国湖号启程,目的地:土星。时间:D1。先生们早上好,这里就省略女士们了,反正也没有。这里是T-RTA-23534次金星-土星行星际航班。我是此次任务的船长托马斯·哈代。很抱歉这个航班并不提供任何客舱服务,请乘客自己办理。途中如果遇到外星人、超级人工智能、异形、时间机器,本人概不负责,一切解释权归本宇航公司所有。"哈代又开始胡扯。定一感到略微安心,幽默或许是区分人类的自由意志和人工智能的一个重要因素。

这几天他们再次收到了柯林的广播。我一定会再见到你的,定一发誓。我要把你救出来。

"0935,启动。喷射六百秒。"中国湖号的引擎达到最大出力,船员们被惯性紧紧地束缚在座椅上。他们要穿越虚空,往锡安去。

第十章

+40

"原来那两个人类飞行师还活着。"禹藏山遇看着弟子呈上来的报告,心想。这两个人类可能是他所见过的最优秀的战士,如果是昆仑人,单凭日凌站上的战功,就足以成为神策选锋。派中这段时间与天人连番作战,优秀弟子陨落甚多。幸好他们马上就要迎来一批新的战力。

对接廊道的门打开,对面站在最前的这个人他觉得有些眼熟:虽然身形已经长大了很多,但是神光轮廓还依稀能看出过去的样子。

"禹藏山遇,你居然没死。"对面的人开口说道。遥远的记忆浮上水面:昆仑派萧十四,他的儿时好友。几十载光阴转瞬即逝,两个人都成了各自派中的中坚弟子。

"萧十四,别来无恙。"禹藏缓缓说道,"都这么多年过去了,你样子变了,但是声音还是没变。"

"是啊,都多少年过去了。你声音变了,但是样子没变。"萧十四大步向前,与禹藏山遇握手,"昆仑派羽林卫选锋一共三百四十三人,前来先期襄助灵霄派。昆仑派本部方舟将在二百四十五日之后抵达入轨。"

"基本情况已经附在之前的灵讯之中,想必诸位也看过了。"迎接仪式之后,先期到达的昆仑派援军的指挥使、掌旗们和禹藏山遇来到了中军指挥室,讨论日后的方略。"人类灵识飞升,这一方大千世界也出现了一个新的天人。下一步我们的基本方针是撤离。"禹藏山遇说,"这段时间灵霄派与天人连番作战,折损甚多啊。"

"如何撤离是现在最大的困难。前段时间对日凌站的行动让我们获得了足够的阳炎补给,足以让昆仑和灵霄两派都能脱离,但是最近人类天人的一些新的动向让我们有了一些很不妙的猜测。"禹藏接着说,"这也是为什么,我们特别请求同气连枝的昆仑派前来襄助的原因。"

萧十四点头,"我们携带了灵霄派所请求的大型重力鉴。"灵霄派自身的大型重力鉴在五载之前的一次人类所发起的大型战役中被击毁。人类一直没有掌握人工重力场技术,灵霄派也一直没有营造新的重力鉴。直到最近,天人的一些迹象让这个灵器重新变得重要起来。

"等到大型重力鉴安装完毕,获得明确的数据,我们将决定下一步如何展开行动。"禹藏山遇说。

"你都做到弟子首席了,还要亲自来监督重力鉴的安装。"萧十四说。禹藏看着弟子们小心翼翼地将一面面极为光滑的镜鉴排成预定的阵型。萧十四作为昆仑派钦天监正补,也一起担负起这个任务。

"此事关乎吾族生死存亡,不可不察。"禹藏一本正经地回复,不过过了一息之后一本正经就维持不下去了,"其实是掌门现在在开会,我不想去听,就找了个理由。你也是吧?"

"看着这方大千世界,比开会有意思多了。多好的一个地方,结果毁了。"萧十四说。在这个距离上,太阳仅仅是诸天星辰之中比较明亮的一颗。

"或许这是所有吾等智慧生命的宿命吧。"禹藏长叹一声,"刚及此处,原本以为我们终究能够逃过去。结果人类……"

"我从来没有跟人类作战过。他们怎么样?"萧十四问道。

"凶悍,聪敏。我虽然不想承认,但是他们可能是比我们更加强大的种族。"禹藏山遇说,"现在这些都没意义了。天人已经占据了这方大千世界。"

"你对昆仑界还有印象吗?"萧十四问禹藏山遇。

"还有一点儿吧。我还记得刚认识你那会儿,我们两个都是才入山墙的幼年弟子。那时经常我偷偷跑到你们派那边去。"禹藏说。

"是啊。你、我、梁乙甲、叶字麻,跑到饭堂去偷掌勺师傅们才蒸好的馒头。总是你胆子最大。"萧十四道。

禹藏山遇沉默。

"过了这么多年,当年整个灵霄派最调皮的小弟子,现在也成首席了,变成了一个严肃深沉的家伙!"萧十四感叹。

"谁叫梁乙甲和叶字麻都死了呢。"禹藏语气平板,"当年跟我同辈的师兄弟们大部分都死了。不知不觉就成了首席,我不做谁做啊。"

萧十四半晌没有说话,"我们这些人是最后一批在昆仑界出生的昆仑人了。后辈弟子全都是在方舟中出生并且长大的。"

"是的。"禹藏说,"有时我也在想,寻找一方新的大千世界并且安居,可能只是我们长辈那一代昆仑人的我执罢了。等他们都飞升之后，或许我们就这样成为一群流浪的方舟人，也不错。"

灵器大体已经成型。重力鉴是昆仑人用来探测重力波的大型灵器，由二十一片大型镜鉴组成，摆成一个很复杂的双螺旋阵型，组件之间没有相互连接，对摆放的位置精度要求极高。镜鉴框架上的离子发动机喷出微弱的蓝色火焰，小心翼翼地移动百万分之一丝的距离。镜鉴的表面反射出火焰的形状，禹藏一时间觉得整个天幕都是星星点点的蓝色。

"精细的位置调整还需要两个时辰。"萧十四对禹藏说，"我估摸着他们的会也开完了。走吧，我们回去。"

"这是重力鉴这几天的观测数据。我们将它按照时间序列排列，与大型光学天眼所获得的数据进行叠加，这是结果。"萧十四在灵图室中，面对一众灵霄派高层侃侃而谈。图示上是一个大型构造的框架，勉强可以看出来是一个圆柱形，显然是刚刚开工。这是光学天眼的结果；切换到重力场视角，构造则发出一阵阵剧烈的重力波动，以一个极其复杂的波形向外扩散。

"我们有理由认为，这位新生的天人已经掌握了人工重力场技术。"萧十四下定结论。禹藏山遇莫名觉得，这个构造他似乎是在哪里见过。

"从重力波的构型来看，它还没有彻底调试好设备，光学天眼的观测也表明，这个大型构造的建筑进度最高只有一成半。它可能完成了一个基础的重力波发生器，但是大规模的建设还没有开始。"

"但是从我们之前在昆仑界的经验来看——"萧十四并没有明确说明是什么样的"经验"。这对于任何经历过的昆仑人来说都是痛苦的回忆。"一旦展开建设，那么它的速度会非常快。"萧十四接着说道。

"萧十四,你有何建议?"嵬名令公发话了,"不用客气,有什么疑虑都说出来。我们两派都要面对同样的问题。"

"我们可能需要一次大规模的进攻。"萧十四说,"我们都知道人工重力场在天人手上能发展出什么东西来。我的提议是派出一支相当规模的分舰队进抵,进行一次预防性打击。我知道这几乎等同于自杀性攻击,但是我们不得不做。必须要快,否则它一旦完成,灵霄派和昆仑派可能都要灭亡。"

没人说话。嵬名令公神色严肃,禹藏山遇则死死地盯着图像上的那个天人造物。他始终觉得好像在哪里见过这个构造。而年轻一辈的弟子们则有着各自不同的反应:迷惑、混乱、恐惧,不一而足。

终于,一个年轻的声音响了起来,语速很慢,句斟字酌:"如果……我们不这么做,会发生什么?"

萧十四望了一眼嵬名令公,嵬名令公点点头:"萧十四你但说无妨。"

"重力子放射线射出装置。"萧十四打出另一张图。图上是一个极长的灰黑色长方体,形状非常规整。长方体的截面,是一个标准的正方形,中间有一个圆形的出口,圆形洞口四边延伸出四条缺口,形成一个十字,一路延伸到整个长方体的表面,将长方体分成四个部分。这东西造型极为简洁,看上去并不像任何兵器,反倒像某种大型纪念碑。但是,经历过那场屠杀的昆仑人,都不会忘记这个形状,"昆仑天人在飞升之后一百四十日左右制造出的超大型灵器。正是这个东西摧毁了玉鼎派和天元派的方舟。"

萧十四调出历史纪录。那是当年在昆仑界侥幸逃出生天的灵霄派方舟的观测结果。在光学天眼中,玉鼎和天元两派的方舟没有受到任何外力就开始变形,扭成了某种难以形容的形状,在没有见过重力子放射线射出装置威能的人眼中,这看上去更像是光学天眼的镜头出现了某种幻象——随即,两派的方舟便从内部崩裂开来,成为一团耀眼的火球。而在重力视图中,一片惊涛骇浪极为精确地击中了方舟,所包含的无可匹敌、穿透一切的力量就像是揉面团一样将方舟揉成了麻花……这么长时间以来,昆仑的灵器师一直在尝试着复现这种技术,但是始终没有进展。昆仑人早就知道如何制造对称重力场,但是重力子放射线射出装置似乎并不是天人以外的智慧生灵能够触摸到的技术。

会场上一片死寂。经历过那次大战的昆仑人绝口不提此事,这在派中几乎成了一个禁忌。年轻的弟子对天人之威能都没有切身体会,到了今天,他们对此才有了直观认识。

"经历过两百余载,我们又到了决定我族生死存亡的时刻。"嵬名令公站起来,"玉鼎、天元两派已然陨落,武英、空门、幻海三派失去联络。我们可能是这宇宙间最后的昆仑人了。"

"我知道这是一次必死之战,是否出战,全凭各位自愿。但是你们要时刻记住,昆仑人的命运把握在你们手上。愿意出战的,请起身。"

萧十四默不作声地站在台上。禹藏山遇站了起来,"禹藏愿为先锋!"

"都做到弟子首席了,你还打这个先锋?过几年等老头子走了你就是掌门,何必还要再去执行这种自杀任务。"萧十四和禹藏山遇站在观星池,看着方舟外的这大片的星空。

"你不也要去?没资格教育我吧?"禹藏山遇转头说道。

"睡了这么久觉，觉得活动活动也不错。"萧十四稍微伸展了一下，"从来没跟天人交过手。撤退那会儿我们都还太小。想近距离看看到底什么样，死了也值了。"

"跟人类作战这么多年，那么多熟悉的师兄师弟都一个个飞升去了，就留下我一个人。"禹藏山遇停顿片刻，"或许还有你。你也知道我这人性格，本来就不适合做管事的。结果折腾这么多年，居然快要成掌门了。"

"所以要是折在这次任务里，我觉得还轻松点，上天了也能跟那么多飞升的同门们交代了。"禹藏山遇笑了笑，"如果命大能回来，我就干脆去篡了老头子的位置好了。到时候你可要帮我。"

萧十四大笑起来，"这话说得倒是有你以前的风格。没问题，一定帮你，说好了。"

"一言为定。那我们就三日之后出发！"

第十一章

+20

刘星辰把杆拉到最大,火控矢量紧紧贴在最后的那架战斗机上,角速度差正在飞快减少。"稳住,稳住,最后一点了……"标记变红,刘星辰按下扳机。一阵闪光,那架战斗机被高能激光分成两半,机头舱盖抛开,一道白线从机头延伸出来。

这是天人所派出的追击部队的最后一批了,刘星辰松了口气。按照现在的速度,在到达土星之前天人都不可能再赶上他们。不过感染飞行员的战斗力之强他也在这几天里充分地意识到了。交换比几乎是1:2。要不是在火星轨道上贝加尔湖号做了紧急改装,增加了机库和火力,他们肯定要死在这里。

"各位,收队,我们准备返航。"刘星辰在队内无线电频道里命令,"报告舰队中央,截击任务完成,敌方战斗机AF-5两台,已然全数消灭。我方损失两架战斗机。1003,准备返航。请派出搜救队回收弹射的飞行员。"

刘星辰还是会时不时地想起瓦莱丽,和她最后那个笑容。他在进入轨道之后就被贝加尔湖号所回收,随即启程前往土星,再没有收到火星上的消息。仅仅一天之后,天人舰队派出一支还没有减速的小分队前来追击他们,这段时间刘星辰领着贝加尔湖号上的飞行员们每日奋战,精神都绷到了极限,全凭药剂支撑。最后这一战结束,刘星辰想着,回到船上之后一定要先大睡几天。

着舰之后他习惯性地前往战情室。贝加尔湖号上的战斗机飞行员基本上是各个已经团灭的飞行联队上零零散散地逃回来的飞行员的集合,像195飞行联队那样的完整编制已经搭乘"企业号"飞向土星。他们这群人是受到巨变影响最大的一群人,心思都很重。刘星辰恰好是军衔最高的一个,所以成了这个临时拼凑的飞行联队的队长。

"林德贝格已经回来了?"他看着作战参谋递给他的报告。林德贝格和阿迪拉在这次截击作战中被击落,林德贝格弹射,阿迪拉不幸阵亡。不过,他们还救下一个被感染的飞行员。

刘星辰赶到医务室的时候,这个被感染的飞行员正处于昏迷状态。不过刘星辰已经一眼认出了他:前第九战术飞行联队飞行员,梁兴中尉。他的前手下。现在变成了被天人所驱动的无知无识的战士中的一位。

"队长,他正在醒过来!"被固定在拘束架上的梁兴动了动,缓缓地睁开眼睛。刘星辰见过不少被捕获的感染士兵,这种状态下他们大多数是两眼空洞地望着前方,不发一语。而梁兴很不一样:他脸上的表情带着刚刚清醒时的迷惑,神志似乎完全正常。他看到刘星辰,眨眨眼睛,"队长,怎么是你。"

接下来,他问了一个刘星辰没有理解的问题:"定一在哪里?"

"你是从地球过来的?"刘星辰坐在梁兴面前问道。梁兴躺在床上,拘束架已经撤走,以防万一,仍然用手铐和脚链将他锁在床上,就是活动空间变得大了些。

梁兴仍然处于那种困惑的状态,"是的。我还记得从地球起飞,是在内利斯空军基地。"他努力回忆着,"但是后面的事情我都不记得了。"

"那之前呢? 感染暴发之后? 我们一起去作战值班室,你、伍德里奇和马丁都昏倒了?"刘星辰追问。

"我……"梁兴努力回忆,"那之后感觉像是在做梦。一片一片都是不连贯的记忆。作战值班室之后我记得的下一件事就是在内利斯空军基地,排队上穿梭机。人很多,我还奇怪是不是一个什么大行动……"

"你确定是内利斯?"刘星辰问。他很清楚,他们联队从没有去过内利斯空军基地。

"是的,周围的环境我完全不熟悉,但是我心里很确定那就是内利斯,感觉是有人明确地告诉我那是内利斯。"

"那之后呢? 你不觉得……自己……有什么变化吗?"刘星辰也不知道该怎么询问"失去自我是一种什么样的感受"。

"那之后……想不起来了。都是一些不连续的场景。"梁兴努力了半天,还是没有什么成果,"我还记得一个片段,似乎是在吃饭,盯着勺子上的咖喱看了半天,但是不知道那是什么。还曾盯着一个大屏幕看,周围有很多人一起,上面的图像是一些奇奇怪怪的线条。都是这类型的记忆。"

"那你为什么要专门问定一在哪里?"刘星辰问。

"我……我也不知道。我醒过来看见了你,还以为他和你在一起。"梁兴说,"他没有和你在一起吗?"

"巨变之后就失踪了。和哈代一起。不过生死不明的人实在太多了,也不只他一个。"刘星辰揉揉脸。过去的一个小时他没有从梁兴那里获得太多的情报,他的记忆支离破碎,有很多都搞不好是天人的编造。他还是搞不懂为什么梁兴会特别问起定一的下落,他到底有什么特别的?

"我就觉得……"梁兴的整张脸几乎都绞在一起,他酝酿了半天还是没有说出完整的话来,"他很重要。"

刘星辰沉吟着,"你先休息吧。"他站起身来。

梁兴重新靠回床上,突然又出声,"队长,能不能……给我找台电视?我想看看电视。"

刘星辰点点头,吩咐医疗兵给梁兴找台电视。他走出医疗室,前往作战室。

"之前从没遇见过这种情况。"莱特希尔博士撇撇嘴。她是贝加尔湖号的随船医学专家,之前在火星奥林匹斯医院做神经外科方面的研究。

"我们之前所俘虏的感染战士也有一些,但是没有梁兴中尉这样重新恢复意识的病例,我们只能把他们塞进冬眠舱,之后有办法了再处理。"莱特希尔博士说。

"那这位怎么办?"舰长艾斯沃森问道。

"继续观察。我也要给他做些检查。如果有机会的话,"莱特希尔博士看了看手里的报告,"我希望能再俘虏几个,来看看这是不是近期的趋势。不过现在这种情况,"她耸耸肩,"应该不大可能了。我们到了土星,跟大部队会合之后再说吧。"

刘星辰没有说话。梁兴就在船上。定一和哈代仍然生死不明。伍德里奇、马丁、德里克,第九战术联队的其他所有人,可能现在都在某一条舰船上,无知无识地准备参加对他们的大规模攻击。

正在此时,一个通信兵走进来,递给艾斯沃森一份报告。艾斯沃森快速翻了一下。"确定无误?"他问通信兵。

"没有问题。多个观测位置得出了一致的结论。"通信兵点点头。艾斯沃森脸上的表情不知是喜是悲。

"日凌站没了。"刘星辰和莱特希尔博士还没有开口询问,艾斯沃森就给出了答案。

"没了!? 什么意思?"刘星辰十分惊讶。

"就是……没了。这几天多个观测点位的长基线掩星法观测都没有在预定轨道位置上找到它,应该是被炸进了太阳。"这是巨变以来第一个被摧毁的大型航天站。日凌站负担人类三分之一的能源供应,也是人类最重要的资产之一。它的损失让刘星辰不知该做何感想。

"天人干的?"刘星辰问道。原本顺畅的内太阳系通信网络,现在已经变成了一片死寂。现在除了使用光学手段还能掌握一些天人的行动,就没有其他办法了。这让刘星辰时常感到捆手捆脚。

"除了它消失了,其他的一概不知。被炸的时候它处在太阳背面,我们看不到是谁干的。"艾斯沃森说。

刘星辰突然有个很荒诞的画面蹦进大脑:定一和哈代两个人开着战斗机英勇地冲向日凌站,大战感染士兵,然后将日凌站炸进了太阳,在最后的天幕坠落中舍生取义,整个过程有如一部动作大片。然后他自嘲地笑了笑:这也太荒唐了。

"刘队长,你想到了什么吗?"莱特希尔博士问。艾斯沃森也看着他。

"没什么。对了,博士,梁中尉在醒来之后第一个问题是问我们联队的另一个战士,孙定一中尉的下落。"刘星辰对莱特希尔博士说,"我不知道这是不是代表着某种重要性。"

"我在记录里看到了。"莱特希尔博士点点头,"孤证不立。这可能代表孙定一中尉这个人很重要,也可能什么意义都没有。刘队长你知道孙中尉现在在哪里吗?"

"下落不明。"刘星辰说,"巨变发生时他正在执行长程侦察任务。之后我就再没获得他的消息。"

"这样。"莱特希尔博士在纸上快速做着记录,"刘队长,这段时间你可以跟梁中尉多聊聊天。我也会在这个过程中给他做一些监测。拜托了。"

"好的。"

刘星辰进医疗室的时候梁兴正坐在床上,目不转睛地盯着电视。电视放的是一些老节目,当然,巨变之后也不再有新的电视节目。前两天的遭遇战让他们甩掉了天人的火星舰队,刘星辰和舰上的飞行员也没有了任务。刘星辰感觉这是他巨变之后第一次真正的休息。他手下的这些孤身逃亡的飞行员们很多都选择了使用酒精或者虚拟体验来麻醉自己,但是刘星辰选择的是与梁兴时不时聊聊天——在这个时候他才能感觉到自己不是孤独的。

"你怎么开始看爱情片了?我怎么不记得你之前有这个爱好?"刘星辰坐下来陪梁兴看了一会儿电视,发现他看的是一部很古老的爱情电视剧。刘星辰记忆中的梁兴是一个爱笑爱闹的年轻人,对于这些东西没什么兴趣。

"观察人类之间的互动,我才发现这是一件多有趣的事情。"梁兴没有转头,仍然在专心致志地看着电视。

刘星辰又想起了慕星和海洋。她们现在还好吗?他赶紧切断思绪告诉自己不要再想下去。巨变之后他一直在逃避这种思念，对他来说，这是一种巨大的负担，如果一直这样下去，他会被自己拖垮。

"所以……"刘星辰问，"想起来什么新东西没有？"

"对了，我昨天做了一个梦。"梁兴继续盯着电视。

"什么梦？"刘星辰问。

"非常清晰，非常鲜明，好像我就在那里一样，我现在还记得很清楚。"梁兴继续盯着电视说道，"我梦见我回到了地球。"

"我去了你家。我见到了慕星和海洋。"梁兴说。

"什么！？"刘星辰失声叫道。

"是的，我见到了她们两个。她们两个很好。跟我说，让你不要担心她们两个，虽然感觉语气有点奇怪。"

"你在说些什么？"刘星辰紧紧盯着梁兴的脸，但是梁兴始终没有转过头来。

"可能就是叫你不要担心吧，她们两个没事。"

刘星辰不知道说什么。整个医疗室陷入一种极为诡异的气氛。梁兴非常平静，仿佛只是在叙述一件完全不相关的事情。但是他自己感觉心里有一个什么东西快要断裂了。

"另外瓦莱丽也很好。"梁兴终于放弃了电视，转过头来看着刘星辰，眼睛里反射出奇异的光。

"她也没事，还说你不用为那件事自责了。"

刘星辰站起来，伸手握住背后的手枪："你到底是谁！？"他和瓦莱丽的经历，没有告诉过任何人。他孤身一人飞往轨道登上贝加尔湖号，艾斯沃森也没有问瓦莱丽最后的结局。

"我是谁，这并不重要，队长。"梁兴耐心地说，"总而言之，就是队长你要放轻松。这次对话只发生在我们之间，不会有人知道的。"

"那你想要什么!?"刘星辰慢慢地后退到医疗室的门口。

"这个我在第一天不就已经问了嘛。"梁兴笑了起来,"我只想知道定一在哪里。"

"他到底有哪里特别的!?"刘星辰还是不明白。

"这个……其实我也不知道。"梁兴又露出了一脸迷惑的表情,"不过,"他突然又平静了下来,"等你见到他了,你就明白了。慕星和海洋都会没事的。"

"我确实不知道他在哪里。"这是……某种威胁?刘星辰听出了梁兴的意思。

"你看,我想要理解的就是这个,人和人之间的互动。"梁兴重新将注意力转回电视,"这真的是……有趣……极……了……"他倒回床上,闭上眼睛,昏了过去。

刘星辰冲上前去握住他的肩膀试图弄醒他,但是没有效果。两分钟之后,莱特希尔博士出现在医疗室门口,一脸焦急。

"怎么回事?刚才我监测到梁中尉的脑部活动有一阵大爆发,什么情况?"她问刘星辰。"把记录给我看一眼。"刘星辰伸手拿过莱特希尔手中的平板,"怎么……只有脑波记录,没有视频和音频监控记录?"

"这套系统就是这样。"莱特希尔博士无奈地解释,"脑波记录程序在对象数据量过大的时候可能会把音频和视频的数据带宽也给占掉。毕竟这套东西是拿奥林匹斯医院的那套破烂货临时改的,一直有这样那样的毛病,我都习惯了。"

刘星辰突然不觉得这是某种巧合了。"刚才我问他又记起了什么没有,他说他做了个梦。但是还在冥思苦想的时候就昏了过去。"

他撒了个谎。刚才跟梁兴的对话仅仅限于他们两个之间。

"刘队长,下次这种情况,你可以告诉他不要太急,慢慢想就是了。我猜天人对他大脑做的手脚有些很古怪的地方。"莱特希尔对刘星辰说。

"好的,没问题。"刘星辰十分怀疑,还有没有下一次。他有种感觉:梁兴不会再醒过来了。

第十二章

+152

定一从没有来过土星。实际上人类直到巨变之前的太阳系殖民和科考活动基本都集中在内太阳系,到木星为止,仅在几颗土卫上设立了无人值守科考站和早期预警设施。倒不是说没有那个技术,而是实在没有必要。小行星带就已经有非常丰富的资源,跑到土星来没有太大意义。

飞船早在一周之前就已经转过船体,发动机喷射减速。土星已经非常巨大,影子投射在光环上,营造出一种非常经典的土星形象:一个扁圆的黄色巨行星戴着一圈帽子。哈代倒没有定一的闲情逸致欣赏风景,或者说他几天前就已经看腻了,现在正坐在通信员位置上按照 Xenus 人给出的频段呼叫反抗军基地。

"成了!"哈代一摔耳机,"这里是 T-AOE-7343 中国湖号,船载人员为原地月系第十三舰队第九飞行联队托马斯·哈代上尉与孙定一中尉,以及金星科考站加布里埃尔站驻站主任科学家亚当·斯科特博士,现在呼叫土星基地,收到请回复,完毕。"

"收到,这里是土星基地,我是原地月系第八舰队 DDS-178 圣何塞号舰长普加乔夫少校。我们这里有第十三舰队第九飞行联队的人,稍后我们会确认。嘿,你们是从哪里过来的?"

"金星!"

土星基地隐藏在土星光环里,实际上是由几艘大型战舰互相连接形成的一个巨型太空构造体,长度跟加布里埃尔站差不多。巨变发生之后,在外星系执行任务的几艘战舰逃过一劫,接收了内星系的一些逃离的人,最后躲在这里。中队长刘星辰也在其中。

下运输船的时候来接定一等人的正是刘星辰,他还带了另一个人。"没想到你们两个还活着。"他显得有些憔悴。

"是啊,我也没想到我还活着,我前几天老是觉得我已经死了。"哈代说着怪话。

刘星辰知道哈代的德性,没有接话。但是在定一听起来,哈代似乎有所指,并不是单纯在开玩笑。

刘星辰转过头来招呼斯科特博士,"斯科特博士,您过来的意图之前我们在船上已经交流过,说得比较清楚了。基地首席科学家想要您过去讨论。这是基地神经科学中心的莱特希尔博士,她会带您过去。"斯科特博士点点头,跟着莱特希尔博士从另一个门离开。刘星辰领着两人飘进走廊。

"前段时间我们观测,日凌站被炸掉了。Xenus人告诉我这是他们的侦察群与两个人类战士合作完成的。是你们两个?"

定一点点头。

"能干成这票的,全舰队没有几个人。我为你们骄傲。"刘星辰语气很郑重。定一不知道应该说什么。

哈代倒是很兴奋,"我跟你讲,我们差点就没能逃出来。事情是这样的……"他开始喋喋不休地向刘星辰吹捧他们两个的英雄事迹。定一跟在旁边飘行,哈代隐藏了关键的细节,很多部分都含糊过去。定一并没有想要帮他补充。

走廊里有不少人在四处飘行,完成自己的任务。定一已经许久没有见过这么多人,有些不太习惯。"我们现在去哪?"定一问道。

"去见基地司令。你们两个与瘟疫有过近距离作战经验,司令部很重视。打得不错。不管怎么样,活着就好。"刘星辰拍拍定一的肩膀。定一想问问他最后一次见到柯林是什么情况,但是忍住了。这样的问题意义不大,只会让他更加烦躁。

"来来来,讲讲你是怎么过来的吧。"哈代及时转移了话题。

"正准备出任务,巨变开始,上了飞机,运气好碰到了自己人的补给舰,好歹活下来了。"刘星辰的回答非常简短。定一知道在这几句话的背后必然包含有惊心动魄生死存亡的时刻,但是在这里没有必要追究下去。

"联队里还有其他人在吗?"定一问刘星辰。

"梁兴也在。不过他被感染了,是作战的时候俘虏的。一直昏迷不醒,我们把他塞进了冬眠舱。"

"哦。"哈代和定一齐齐回了一声,没有再问下去。

"……以上,就是原地月系第十三舰队第九飞行联队托马斯·哈代上尉与孙定一中尉的报告。"哈代的声音落下。基地司令萨日娜·费萨尔少将仍然一言不发,紧紧地盯着全息显示,似乎是在思索什么。她是一个头发花白的中年女性,身形矮壮,脸部线条却很柔和。跟定一这段时间见过的所有人一样,她也有些疲惫。定一看得出来巨大的压力压在她的肩膀上,或许这份责任就是人类的命运,正如同定一当时在日凌站所想的那样。

定一稍微换了一个姿势，看向刘星辰。刘星辰略微点点头。

过了好一会儿费萨尔少将才开口。

"到目前为止，你们两个，是这个基地中与瘟疫接触最多的战士。"少将的声音低沉，"你们觉得，瘟疫的目的是什么?"

定一不知道说什么才好。旁边的哈代说话了："我相信基地也应该接收到了瘟疫向整个太阳系广播的那一段视频，"柯林。视频中的她。她的眼睛里是空洞的死亡。定一心中一阵绞痛。"我相信瘟疫在其中所传达的信息是真实的，虽然有些不容易理解，但是它应该没有说谎——我们甚至不知道它有没有能力或者需求说谎。"哈代的声音非常冷静。他看了一眼定一，示意定一接上他的话。

定一开口道："它说要带领人类真正地走向星辰，我的确相信;但是从目前的状态来看，这必然会以一种我们作为人类所无法接受的形式。至于这是一种怎样的形式，我们并不知道，这或许是我们来这里的目的。"

费萨尔少将过了一会儿才回应，"很好。你们能够来到这里，就已经证明了你们是最出色的战士。下面我们要看到的，将是目前基地中的最高机密。这与你们接下来的任务十分相关。"

全息显示切换，是一幅内太阳系的战术图景，附上时间序列。地图上的反常之处被高亮出来。

"自从瘟疫爆发之后，我们就知道地球绕日轨道上有一些大规模工程正在建设，但是两周之前我们发现了这个，"费萨尔少将切换地图，显示出一条从地球轨道L4点一直到土星的长线，"瘟疫正在向外太阳系发射一系列的圆环。圆环的直径为两公里，最初我们观测到四十六个，但还有更多圆环在L4点建造，现在是五百六十八个，应该还会增加。大约在三天之前，我们同样观测到Xenus远征军的一支打击群正在靠近地球轨道,规模相当大。我们跟他们沟通过,他们承认将发起一次大规模攻击。但是他们不肯说明具体目的是什么。我们猜测这跟L4点上的这些建设有一定关系。"

"那,这些圆环是做什么的?"哈代问道。

"不清楚。最早的圆环将在十六天之后抵达土星,如果它不在中途变轨的话。这就是你们接下来的任务:我们要发射一个侦查群去拦截圆环。最高目标:肃清上面可能存在的敌人,截获圆环;最低目标:摧毁圆环。我们要搞清楚瘟疫到底要做什么。"

"稳住,稳住,不要急……"哈代紧紧地握着操纵杆,口中喃喃自语。圆环在他们的远处,反射着银白的光芒。姿态发动机喷射出最后一股推进剂,穿梭机终于与圆环同步。定一和哈代起身,穿过舱门,飘到穿梭机的乘员舱。舱里的DEVGRU成员已经穿戴整齐,等待着离机。队长亚当斯看到哈代和定一进来,点点头。

"准许离机?"

"准许离机!"哈代和定一戴上头盔,拍拍亚当斯的肩。

亚当斯拉下面罩,舱内绿灯亮起,所有人的出舱服气密完成。亚当斯的声音从无线电中传来:"舱内泄压开始!"尖锐的空气尖啸响起,随后慢慢变得低沉。舱里的特战队员们一片沉默,没有任何人说话。在航渡的过程中,定一觉得这些人与他以前认识的那些步兵完全不同——他们很少说话,有几个人定一都没有见到脸。几天下来,定一还是没有分清楚谁是谁。

舱门缓缓打开,哈代和定一飞了出去,亚当斯带领着队员紧随其后。他们两个作为基地里对瘟疫作战经验最丰富的人,这次带领着顶尖的特种作战发展群队员(或者说剩下的那部分)来执行这个圆环侦查任务,是不可能像司机一样坐在穿梭机里看着队员们自己上去的。一天前他们观察到圆环抵达土星L2点,然后静止。远距传感器传回的图像表示,圆环自身没有动力,靠着一台一次性推进器推进到此处入轨。另一组人已经去回收这台已经离轨的推进器。

定一视野中的圆环变得越来越大。他也逐渐地看清楚了圆环上的一系列细节。银白色的表面是常见的深空航天器上的绝热碳钛合金,极为光洁,严丝合缝。圆环的厚度是三十米,宽度则差不多是四百米,看起来就像是一个指环。表面没有凸起或者凹陷,不存在任何表明其用途的特征。到现在为止,定一没有发现圆环装备有任何武器系统。

"扫描过了。前方的大型构造没有任何光学窗口。它不太可能突然发射什么东西攻击我们。"亚当斯队长的声音从无线电中传来。"这东西……有没有可能自身就是一种武器?"哈代说。

"太没有特征了。如果这东西是武器,没有必要做成这样,效率不高。况且它后面还有几百个这玩意儿,很难想象瘟疫造这么多是打谁。"瘟疫发射了一系列这玩意儿,下一个圆环的位置大概离他们有几百万公里。前提是瘟疫在原理上没有取得他们无法想象的突破,定一想。一个石器时代的原始人也很难想象战斗机会是一种武器。

他们越来越接近圆环,然而圆环始终都没有任何反应。亚当斯队长吩咐队员们分散开来,带着设备对圆环外部进行近距离的高精度测绘,研究其可能的用途。定一和哈代沿着圆环表面飞行,寻找可能有的舱门——这玩意不是人类设计和制造的,可能根本不存在人类能够使用的舱门。

"什么情况?"亚当斯在无线电里问道。定一和哈代也感受到了——传感器似乎有一阵莫名的抖动,定一觉得,这是圆环内部的某个机器启动了。"报告,圆环内部有重力感应,正在增加中。"无线电中一个队员平稳地报告。定一和哈代急忙绕到圆环内壁,发现就在这短短的一百米区间内,他们感受到了极为明显并且在不断增大的重力。"重力指数:零点五G,零点六G,零点七G,增大中……"定一看到还攀附在圆环内壁上的队员们增大了姿态发动机的推力以维持自己的姿态,他和哈代从圆环内"掉"出来,但是一旦脱离了圆环的范围,重力就消失了。

"重力指数已经增加到四G,继续增大!"队员的姿态发动机扛不住这样的加速度,他们纷纷掉出了圆环的内壁,留在内壁上的仪器仍然在向外报告数据。瘟疫已经习得了Xenus人的人工重力场技术,定一心想。"我这里的重力指数为六G,仍然增大中。"另一个队员报告。看来圆环生成的引力场并不是均匀的?很快战术显示就绘制出了圆环所生成的引力场数据模型:是一个梯度,在一面最大有六十个G,而另一面则只有一个G。这东西到底是用来做什么的?——定一隐隐约约想到了什么,但是他说不出来。他望向圆环生成的引力场梯度减弱的方向,战术显示告诉他,在几百万公里之外,另一个圆环就在那里。

"基地早期预警中心一级警报:检测到高速物体,临时代号9M96E3正在向你们的位置飞行中,轨道参数已附在数据中。物体距离:1.23AU。速度:0.103 42c,重复,速度:0.103 42c。请做好接触准备。"

"0.1c! 怎么可能! 那东西飞到我们这里还有不到两个小时?"哈代已经在频道里大叫了起来。定一看了一眼战术简报,确认了他没有听错;这个速度已经远远超过了人类所能制造出的最快的空间飞行器,瘟疫是怎么能够将一个飞行器加速到这个速度的!? 在战术地图中,飞行器的轨道与系列圆环的轨迹高度重合,这意味着……

"这玩意儿是个引力弹弓!"定一在频道里喊起来。

"你的意思是,这东西就相当于一个使用引力的加速轨道?"哈代已经明白过来。

"没错。只需要把引力场方向反过来,这个圆环就能当作减速轨道用!"现在圆环的降梯度矢量指向下一个圆环,这也就意味着瘟疫已经这么干了。定一已然明白了瘟疫建造这一系列圆环的目的了:这是一条太阳系高速公路!

"我们的下一步策略是什么? 在来之前,最高指挥部是否交代给你一些秘密的特别任务? 按照目前的情况,整个战术图景需要大的修正。"定一询问亚当斯队长。

"没有秘密任务。"亚当斯队长的声音十分冷静。不知道为什么定一很确定他在说谎。"在出发之前我们一起接受的任务是俘获圆环并且带回基地进行分析。在最不利的情况下可以炸掉它。考虑到我们目前的状况,我可以确定我们现在处于最不利的情况。"亚当斯没有详细解释,但是定一和哈代都很清楚:瘟疫所派出的飞行器在两小时之后就会抵达他们目前的位置;而他们想要等到基地增援,最快也需要二十个小时。

"我不支持炸毁圆环,这在战术上没有意义。"哈代很明确,"就算我们炸毁这个圆环,几百万公里之外的那些圆环我们可够不到。瘟疫只需要重新安排减速计划,给前面的那些圆环更高的减速度,飞船就可以用几乎相同的时间抵达。他们还可以调整轨道,选择直击基地的轨道,我们是赶不上的。目前最好的选项是在这里拦截瘟疫的飞行器,捕获它,搞清楚它要做什么,我们才能赢得更多时间。"

"指挥中心,这里是白杨-23,原BM3A46任务变更,执行对临时代号9M96E3高速飞行目标的拦截任务,代号BM3D03,拦截起始区域:43254A163,轨道参数:23532U,02056A,07132.12412356.00098243, 11235-5, 43676-2 0, 734,距离:0.432543AU,目标9M96E3,引导无,支援无,请确认。"定一报出简报。

"确认。9M96E3推定轨道确认,最后拦截矢量(43,32,-2342),2135,白杨-23进入拦截轨道。"

战术显示上一个绿色图标闪动,以肉眼可见的速度朝着他们飞过来。定一推上油门,光标上的接触时间慢了下来。

"第一次喷射,一百二十五秒。"在光学传感器中,瘟疫的飞行器终于不再是一个光点,它有了轮廓。

多光谱传感器描绘出了瘟疫飞行器的形状,显示在战术网络中。定一看得出来,这艘飞行器似乎是从舰队标准905级中型补给船改造过来的,但是已经不太能认得出来了。龙骨粗壮很多,在飞船的头部装有一个伞状结构,现在已经收起,但是可以想见是能打开的。

"看上去似乎跟日凌站的漏斗差不多,没准应该是类似的东西?"哈代猜测。

"应该是某种场防护罩。速度这么高,要把路上的原子都推开。"亚当斯队长评论。

"可能也参考了Xenus人的吸气装置。"哈代说。

从一开始人类就知道Xenus人使用的是吸气式恒星际飞船,最高速度0.12c。定一看着这个东西——当初远征队宣传图中的世代飞船,在船头也有这样一个类似的结构。然而它只是永远停留在了宣传图上。

"结构上不是很像。"定一说。

"第二次喷射,三十五秒。"哈代宣布。他们现在离瘟疫的飞行器已经非常接近,从飞船的舷窗中,都可以看到前方的一个微小光点。喷射完毕,两艘飞船已经处于同一轨道上,速度差几乎为零。再往前,则是明亮的扁圆形土星。这一刻他们仿佛静止在这无限的空间之中。

"作战准备。"亚当斯队长在公共频道中宣布。特战队员们纷纷解开固定装置,列队准备离机。哈代开始与亚当斯核对出舱检查列表。定一盯着战术显示,代表敌人飞行器的三角标志稳定地闪动。

亚当斯和他的队员们离开船舱,朝着前方飞过去。"太安静了……"定一莫名想着。这个飞行器从遥远的地月系飞来,到这里没有做出任何反应——就算他们这么大摇大摆地跟在它后面,也是如此。它总该有个动作吧?

白光传感器传来的图像里,瘟疫的飞行器似乎打开了某个舱盖。十几个目标鱼贯而出,那都是人!

没错,那是与亚当斯手下的特战队员一样的空间特战队员。标准的深空作战服和重型喷射背包,空间战专用轨道枪,镜面面罩看不出其中的人的样子。"新目标出现,IFF没有响应,推定为敌方,(5423,6751,1822),2303,准备接敌。"亚当斯队长的声音依然平稳。特战队员的行列散开,进入复杂的轨道机动。对方也一样。战术显示中表示弹道的红色轨迹开始密集地划过这片空间。

是的,又是那样的战士。定一观察着这场大战,瘟疫这一方的人类战士让他又想起了日凌号上的那些被感染的人。运动鬼魅，似乎能看得到所有方向，在人数劣势的情况下，仍然获得了战术优势。亚当斯这边的特战队员已经阵亡了好几人。

"我们要不要上去帮忙？"哈代说。

"等等，情况似乎有些不太对劲……"定一看着复杂的战斗员空间机动轨迹。人类这边的特战队已经减员数名，但是在这之后战况反倒稳定了下来。亚当斯队长的图标连着躲开了好几次敌人的射击，划过一条螺旋线，又消灭了一名瘟疫方的战斗员。人类这边正在获得战术优势。定一觉得，两边的战术风格……看上去似乎没有差别？

"你留在船上继续观察，准备接应。我要出舱去增援他们。"定一走出驾驶舱。他大致想明白了亚当斯在这次作战中的秘密任务，现在需要验证。

定一走进气闸，扣上重型喷射背包。气闸打开，定一跃入了虚空。

在短短的五分钟之内两边又减员了数人。定一以最大的加速度冲入战局，瞄准其中一个瘟疫战士，扣下扳机。正如同他预料的那样，在最后一刻，对方感应到了他的瞄准，做出了一个直力机动破坏了他的射击——随后传感器发出了几声尖锐的鸣响，几道雷达波正快速扫过他的作战服，下一秒，定一就会被一枚速度三十马赫的子弹击穿。

然而这枚子弹并没有到来。一个人类战士冲向他，将他直直撞离他目前的轨道。紧接着代表子弹弹道的红色轨迹穿过他一秒前的位置。

无线电频道中，这个标记为鲍尔斯的战士说话了："孙定一中尉，请注意你自己的状态。我们建议你回到船上。"

他的话语证实了定一的猜想。他的语气与当年在日凌站所遇到的瘟疫战士一模一样。定一转过身,看见作战服的面罩之中,鲍尔斯的眼球正在不停地转动。

接下来的十分钟对定一宛如地狱。瘟疫方迅速发现他是抵抗军的薄弱环节,两方围绕着定一展开了复杂的攻守。定一的RWR一直尖叫不断,战术显示上两边的目标绞成一团乱麻,他的辅助瞄准设备不停寻找着锁定机会,然而每次当他几乎要锁定目标时对方就逃开了,他都觉得他们都有一种超人的感应能力。他自己也使出浑身解数躲避对方的攻击——多亏了他的队友们的及时救援,每次都能准确地驱逐对方。或许再加上一些纯粹的运气,他才能在这十分钟的空间格斗中最终活下来。

这场战斗只持续了十五分钟,但是激烈程度远超定一以往所见过的任何空间格斗。最后抵抗军还是凭借着人数优势消灭了对方,自身损失也不小。亚当斯队长召集了还活着的所有队员,开始整队。接下来他们要登陆瘟疫方的船。

"你也看到了吧?"亚当斯队长在频道中说。

"是的。这是舰队第一次测试?"定一问道。

"是的,是第一次实战测试,看起来效果还不错。想必你也见过敌方那些非人类战士的能力。我能活下来,或许只是运气好。很多时候,你不能打败他们,就只能加入他们。"

"你也接受了调制?"

"是的。"

定一默然。这样的技术没准还有斯科特博士的贡献。还有哈代的表现,回去了他得好好问一问斯科特博士。

队员们将便携式气密舱贴在瘟疫飞船上,到现在为止,除了这十几个抵抗的战士,飞船没有任何其他动作。一个队员钻入气密舱,装上线切割框,气密舱充入氮气。频道中一声轻响,一块舱盖被完整切割下来。哈代操作飞船贴上来,与气闸对接,他们现在可以进入瘟疫飞船一探究竟了。

定一紧跟着特战队员跃进飞船。飞船中没有照明。从结构上,没有超越他想象的结构,有正常的气压,尺寸也符合人类的标准。哈代跟在他的身后。之前他问定一为什么要出去增援,定一含混地应了过去——他不确定频道中还有没有其他人在听。队员们四散探索,始终没有找到飞船上的舰桥或者类似控制室的东西——飞船似乎是完全自动驾驶的,队员们在搜索可能的数据接口和控制模块。不过,问题的最关键在于:这艘飞船具体的用途是什么?

定一自告奋勇,和哈代去检查飞船的货舱。他打开面罩,尝试着呼吸了一下:虽然随身战术告诉他空气成分完全正常,但是他还是得做好准备。他关掉随身无线电,示意哈代也这样做。

"和我们一起行动的这些人,你注意到他们的眼睛没有?"定一问道。

"我觉得一切正常……等等,你刚才出去是因为这个?"哈代明白过来。

"我们自己人也开始对战士进行调制……只有这样才能在作战中对抗瘟疫。"哈代语气沉重。

"是的。亚当斯队长告诉我们这是第一次实战测试。"定一一直在想在共青城站上时哈代的样子,以及他自己的遭遇。后来他曾问过哈代怎么看那段经历,每次却都被他转移了话题。他们两个自己也明显受过调制:他在日凌站那次没有完成的调制,在加布里埃尔站接受的抗体,他也会怀疑他在这两者之外可能在某个地方接受过调制,不过他完全忘记了——记忆中有太多的漏洞。谁知道他现在的大脑里被灌输进了什么东西? 是否,他关于柯林的记忆,也全部是虚假的,被编造出来的? 他的心又痛起来。

货舱的位置不难找,顺着通道地板上的输送轨道走就是了。看来瘟疫还是继承了人类的太空飞船建造规范,至少是其中一部分。通道尽头的大门是典型的货舱舱门形制,定一和哈代没有费什么力气就找到了手动铰链机构,在专用工具的帮助下,货舱舱门顺畅地滑开。

"这是……"哈代说了两个字就停住了。

定一抬起头,他明白了这艘飞船的用途。

宽敞的货舱里层层叠叠堆放的是冬眠舱,灌入低温凝胶。这其中至少有上千人。

"各单位注意,各单位注意,我们在G4区发现大量武器装备储存。"还没来得及报告,他们的无线电频道之中就响起了语音。

这无疑是一支军队,至少是瘟疫的前锋部队。如果他们没有在这里拦截这艘飞船,它在基地附近展开,那么反抗军基地势必会陷入一场苦战。

"各单位注意,各单位注意,我们在H6区发现大量冬眠者。"哈代在无线电里广播。

"13炸点安装完成。"

"明白。执行引爆序列。0230,开始。"

检查的结果是H6货舱为人员储存舱,初步判断,一共储存一千三百三十八人,飞船其余的位置是大量的武器装备。最后的决定是将整个H6货舱拆下来,飞船本身炸毁——他们在短时间内找不到能够控制飞船的办法,只能这样做。特战队员们摸清楚了货舱气密结构和关键连接点,安上炸药。过去的两个小时在这无限的黑暗空间之中,两艘飞船肩并肩飞行,小小的身影在其上穿梭,时不时有电火花闪动。定一看着前方的土星,觉得似乎又大了一些。

几次无声的闪光过后,飞船的一大块被分离下来,随即特战队员将这一块固定在他们的白杨-23上。一切准备做完,定一检查了飞船的应力结构,确保货舱不会在稍后的加速中被撕裂,向基地报告态势,准备返航。

"指挥中心,白杨-23执行对临时代号9M96E3高速飞行目标的拦截任务,代号BM3D03完成,0245,请求返航。预计到达时间:07091033。"

"明白,准许返航。干得不错,辛苦了。"

"喷射九十秒。"定一推下油门杆。在他们身后,一阵闪光,瘟疫高速飞船的发动机被炸毁。按照计算,被炸毁的这艘瘟疫飞船最后会坠入土星大气层。两天之后他们将带着这一千三百三十八个被调制过的人类,回到基地。

第十三章

+148

禹藏山遇盯着天眼传回来的图像。一个已经建完大半的圆柱形构造,旁边环绕着各种没有完工仅仅只有框架的构件。他终于想起来他到底在哪里看过这个东西。那个梦。银色的人类舰队所规划、建造的,就是这个东西。虽然这个东西还没有最后成型,但他对此十分确定。而那些圆环……他没有在梦里见过。

"十四,你认为这东西还要多久可以完成?"禹藏山遇问萧十四。这次行动,禹藏作为掌旗,而萧十四则是同掌旗。参与行动的千余人大部是灵霄、昆仑两派弟子中的精锐。他们两个站在灵图室中,外围的则是下属各个小队的都头和队正。

"目前的完成度……大概是四成不到的样子。"萧十四沉吟,"看来这位天人投入了大量的资源建造那些环形灵器,重点并不是这个重力子射线发射器。"

"这些环形灵器是做什么用的?"一个队正问道。其实禹藏也想问,然而他作为掌旗,碍于身份才没有出声。

"重力鉴的观测结果表明这些圆环全都是重力场发生器。"萧十四放大一个圆环的图像,"但是功率很有限,几乎肯定不能用作武器。这位天人将这些圆环发射出去,我们现在也无法猜度它的心思。"

"管他的,我们去把那玩意儿炸掉就好了。"一个年纪比较轻的弟子都头说。旁边一片附和之声。萧十四和禹藏山遇对视一眼。军心可用!

"诸位同胞。"禹藏山遇站出来,面对各位弟子。场中顿时安静下来。"我们离这位天人的老巢还有三日距离。"大家都等待着他继续下去。

"一日之后我们将展开战斗阵型,我们的主要目标,如同刚才发言的梁乙酉所言,就是摧毁天人的这个超大型重力发射灵器,或者,至少对其造成尽量大的破坏,为我派方舟的加速撤离争取时间。为此,我们将分成两支分队,一为牵制,一为主力前锋。牵制分队,将尽可能吸引天人主力;我将率领主力前锋,一举摧破天人阵列。我族生死,在此一举,诸君奋力作战。"

"必不负所望!"下面的弟子齐齐叫道。

禹藏又在做梦。

你知道,你是不会成功的。黑暗对他说道。

他再一次回到了昆仑界。他回到了小时候,与萧十四他们一起玩耍的时光。他翻过隔离开灵霄派和昆仑派的山墙,去和已经等在昆仑派食堂后门的萧十四会合。墙边有一个黑乎乎的洞,形状十分不规则。禹藏无意中看到了这个词,目光就被吸引过去,再也挪不开。他努力想看清楚洞里有什么,但是那里只有一团没有定型的黑暗。

加入我。我会给你一切你想要的东西。

他将手伸进那个洞里,感觉自己抓住了一个什么东西。他掏出来,发现是一个形状很粗糙的金属雕塑。灰黑色,长方体,截面是正方形,中间有一个圆孔,圆孔延伸四道缺口,十字形,一路划到整个长方形的表面。他一晃神,发现这东西形状又变化了:长方体下面长出了一个把手,还有一个扳机,看上去很像是一把掌心雷。

禹藏山遇还记得这个形状。这是昆仑天人的重力子射线放射装置,缩小到了能够握在手里的袖珍器具。昆仑天人所制造的是一个长达数千里的超巨型构造,但是这东西……怎么可能缩小到掌心雷的程度?禹藏山遇觉得这仅仅是一个模型,但是从质感,外观,一切的一切来看,这却是某种可以运作的灵器。

天人的造物,不是你能够理解的。

他试着举起这把掌心雷,朝着一块大石头开火。一声巨响。一阵红光淹没了他。

强大的后坐力将他顶飞出去,枪也脱手了。禹藏山遇再次爬起来,发现那块大石头正中间,是一个大洞;透过这个洞可以看到远处的山墙,同样也有一个洞。石头的洞沿还散发着高温的红光,阵阵白色的蒸汽冒出来。禹藏绕过石头,发现这股射线洞穿了它途经的一切物体。

你会明白的。

这次事件惊动了整个昆仑派。萧十四、梁乙甲、叶字麻跑过来,叫着他的名字。"禹藏!到底发生了什么事?"萧十四看见他手中的灵器。"这是什么?"他一把从禹藏手里夺走这东西。

"别动!这很危险!"他对萧十四说。

正在此时,山门的报时钟开始敲了起来。紧接着,整个城市的报时钟也敲了起来。"怎么了?"萧十四和其他人抬头问道,"我们要回去吗?"

禹藏很清楚这是怎么回事——昆仑天人飞升了。

"你跟我一条船，这不合规矩。"禹藏对萧十四说道，"掌旗和副掌旗不应该在一条船上。"

萧十四笑笑，"别忘了我是钦天监正补。这艘船上有最强大的观察天眼。这是我的职司。"向天人突击使用的是小型战斗舟，每艘战斗舟只有两名弟子，装有一枚阳炎弹，以期提高突防概率。在进入突防阵位后各船都会关闭灵讯，防止被天人入侵。禹藏的座驾是领航船，装备有强大的观察天眼，引导后续的突击队进入。虽然领航船比一般战斗舟有更强大的火力和防御，但是禹藏知道他的生存概率并不是很高。

禹藏无话可说。"坐好了？"他问后面的萧十四。"坐好了！"禹藏关上舱门，向外面的引导弟子做了手势，示意可以出发。突击母舰的舱门缓缓打开，禹藏推上油门，战斗舟滑出轨道，进入到真空之中。

"这样就没有回头路了。"萧十四说。过去的十多日他们关掉了发动机，以太阳作为背景缓慢地飘到地水轨道的中间，天人那边应该一直没有发现他们，也没有派出大舰队拦截。而这次大规模出动则必然会遭到天人的拦截。他们距离目标还有三个时辰的时间。禹藏回头看了一眼，数百战斗舟跟在他的身后。

"各单位注意，"禹藏山遇打开灵讯，"请以我为基准点展开阵型。牵制分队由浪速指挥使带领，按照预定方式行动。这是最后一次灵讯，灵讯网在此次通话之后即告关闭。我族生死，在此一战。诸君努力。"他说完话，关掉了灵讯。萧十四在后面操作，一片密密麻麻的标记在他眼前展开，那都是天人的飞行器，它们明显已经有所反应。禹藏山遇将油门推到最大，迎了上去。

"禹藏！九点钟方向！"萧十四在后面叫道。警报声中，禹藏山遇用力拉起制擎，整个战斗舟旋转了半个身位，禹藏看着一发飞弹刚好从船头擦过去，飞向他的右舷。一阵亮光在他的右边亮起，一架战斗飞舟又爆成了一团火球。那标志着另外两个弟子的陨落。

"这样下去我们没办法攻到灵器附近！想想办法！"禹藏说。他看着远处的天人重力灵器。仅仅几息的路程，却始终没有办法突破。过去的这半个时辰是禹藏此生最艰难的半个时辰。天人的战斗部队凶悍敏捷，他只能眼看自家的战斗舟部队被分隔开来然后一个个消灭掉。阳炎弹的闪光此起彼伏。禹藏所面对的天人战斗部队还都是以往的人类战斗舟式样，显然是由谪仙飞行师在驾驶；但是他们的表现比以往的人类飞行师更胜一筹，行动更加坚决，嗅觉也更加灵敏，就连禹藏都自忖很难在一对一战斗中取胜。半个时辰他们就损失了三成的战斗力。

"再坚持一下！"萧十四在后面极速地操作着。"有了！"他给禹藏传输过来一幅战场态势舆图，上面画出了一条轨道。"这里是天人军力的空隙，我们可以引导他们追击我们，然后在这个位置，"一个红点在舆图上高亮，"释放我们携带的大型阳炎弹，预计可以消灭大概三成左右的敌方战力。"

"那就这么办！"禹藏毫不犹豫地开始执行计划。在这个战场形势瞬息万变的时刻，他没有任何可以浪费的时间。"我会用一次性密钥把信息发出去，让大家尽量把敌方军力驱赶到那个位置。"萧十四说，"对了，在阳炎弹释放之后，我们必须沿着这样一个轨道航行，才能逃出爆炸范围。"他补充道。禹藏扫了一眼，是一个很陡峭的上升机动，他的安全余量小到了近乎负数——

在这个过程中稍微停滞片刻,都会被炸弹波及。

禹藏全力拉杆,战斗舟的操作系统发出一阵阵警报声,提示他已经超过了这艘飞船可以承载的极限。他身后的天人战斗舟明显多了起来,幸亏有萧十四的时时提点,他才能及时避开他们的火力。战斗舟划出一道复杂的弧线,慢慢地接近他们所预定的那个地点。

"禹藏! 听我说!"萧十四在后面传输过来一个数据,"按照这个方向进入导航点,并且释放阳炎弹,阳炎弹的机动程序我已经录入完毕。接下来则是全油门,不要减速。"

"好的,就是这样。十四息准备!"禹藏没有回话,直接开始执行萧十四的指引。

"七息! 三息! 释放阳炎弹!"禹藏感觉船身一颤,他知道那枚大型阳炎弹已经离开了方舟。他按着萧十四给出的方向,将油门推到全加力。

"阳炎弹爆炸前十四息准备!"萧十四开始倒计时。禹藏看着舆图,他们马上就要逃出阳炎弹的爆炸范围。

"十息! 不好! 被人锁定了! 十一点钟方向! 散开!"战斗舟的警报声响了起来。禹藏一拉杆,战斗舟登时转到了另一个方向。警报声暂时断绝。正在此时,一阵无比明亮的闪光在禹藏的头顶亮起。阳炎弹爆炸了。他条件反射地闭上眼睛。

你还是不相信。黑暗对他说。

"我马上就要把你打败了,我为什么要相信你!?"禹藏山遇漂浮在无垠的太虚之中,灵器、爆炸、萧十四、方舟,一切都离他远去了。

汝等的智慧,看来只有这么一点儿。

"但是消灭你足矣!"禹藏山遇豪气干云。

他再次睁开眼睛,发现自己还在那个战场上,而他的战斗方舟则勉强逃出了阳炎弹的爆炸范围。

"萧十四!报告现在的情况。"禹藏山遇出声。他看了一下萧十四的生理监测,应该没有大碍。

过了一会儿萧十四才回应,声音有点儿勉强:"外挂的观察天眼完蛋了。剩下的路可能只有大家各自走了。"禹藏山遇调出战场舆图,敌人的数量和活动明显少了许多。战斗舟的警报声也没有响,禹藏不知道是因为阳炎弹真的有奇效,还是观察天眼都坏了。

"无妨。萧十四,请计算出轨道,这次我们要直击本阵!"禹藏盯着远处的天人灵器。萧十四当即将新的轨道计算显示在战场舆图上。一条干脆利落的曲线,延伸到远方的天人灵器。

禹藏山遇打开灵讯,明文发出一条讯息:"儿郎们!跟着我冲啊!"

他将战斗舟对准天人灵器的方向,开始冲锋。

第十四章

+170

"原地月系第十三舰队第九飞行联队队长刘星辰少校报告，长官。"刘星辰立正，敬礼。一直盯着全息战术地图的费萨尔少将转过身来，回了一礼，"稍息。"

"侦察处刚才传过来的情报。"费萨尔少将指指战术地图，"Xenus的打击群失败了。全军覆没，相当惨。"

"天人那边有多少损失？"刘星辰问道。

"微乎其微。最多占他们当前军力的3%。"刘星辰觉得费萨尔少将的肩膀以肉眼可见的速度垂下去，"我们不可能以常规战争的方式击败天人，这点毫无疑问。"

"那……长官叫我来是为了何事？"刘星辰问。之前传令兵没有说明这次会面的目的。

"你……队里的孙定一中尉，他有什么特别的地方吗？"刘星辰感觉费萨尔少将明显是在斟酌词句。

刘星辰立刻想起了梁兴。他并没有将他与梁兴的最后一次对话告诉任何人。或许是莱特希尔博士无意中提到了？

"作为战斗机飞行员，水平很出色。"刘星辰回忆，"参军的原因是为了加入远征队,这点队里无人不知。前几年还为了远征队去参加过一个机密项目,不过远征队取消了,他也退出了那个项目,后来也没见他提起过。"

"什么机密项目?"费萨尔少将明显有了兴趣。

"我不清楚,这个项目保密程度很高。"刘星辰说,"基地的文档中没有?"

"巨变之后的情况你也知道。"费萨尔少将说,"我们现有的数据,最多占之前舰队数据总量的百分之零点九。我们的确在数据库里找过孙定一中尉的档案,但是除了基本信息之外什么都没有。"

"那……为什么基地这边对孙定一中尉这么有兴趣?"

"在那次天人大规模全太阳系广播之后,我们实际上在最近一段时间又收到一次来自天人的广播。准确地说,就是在孙定一中尉和哈代上尉从金星出发时。"费萨尔少将说。

"内容跟之前是一样的,但是包含一段恶意代码。程序水平极高,内容就是定位一个拥有特定脑波特征的人类,并且利用广播系统自动回传数据。"费萨尔少将打出这个脑波特征。

"我们拦截到了这段恶意代码,但是没有在基地里找到拥有那种脑波特征的人。直到孙定一中尉上舰,我们才确定,这段恶意代码的目标就是他。"

费萨尔少将垂下眼睛,不让刘星辰看到她的眼神,"也就是说,天人想要找到他,出于某种我们理解不了的目的。"

刘星辰吓了一跳。定一为什么会如此特殊? 他突然想到,天人使用柯林作为视频的主持人,是否也是……他不敢再想。

"总之,刘少校,"费萨尔少将重新抬起头,盯着刘星辰,目光有一种穿刺一切的锐利,"孙定一中尉是我们目前非常重要的人物,请密切关注。这是基地的最高机密,请不要透露给任何人,尤其不能透露给孙定一本人。"

"明白。"刘星辰敬礼。

"另外,从金星来的斯科特博士有了一些重要进展。我们或许快要能够逆转局势了。"这个时候费萨尔少将重新恢复了高级军官的气度。

"接下来的这三个月,将决定人类的命运。"

"刘星辰少校。"斯科特博士正专注地敲打着键盘,手指动作极快,几乎能看到残影。他背对着实验室的门,始终没有回头,但刘星辰进来,他很自然地就能够知道是谁。"来找我有什么事?"他并没有停止手上的工作,眼睛还是紧紧盯着屏幕,仿佛手上的动作和说话是完全可以并行处理的。

"哦是这样。"刘星辰说,"我从费萨尔少将那里知道,您这边取得了一些重要进展。"

"哈!那个女人!始终管不住自己的嘴,没有办法保密的家伙。"斯科特博士还是没停。他的语气中对基地最高指挥官殊无敬意,而且表情完全没有变化,仍然是一脸漠然。博士现在的表现,让刘星辰莫名想到了那个专心致志看着电视的梁兴。几乎一样的神情,几乎一样的语气。

"没错,确实是重要进展。我已经完全理解了瘟疫一方的神经调制过程。哦,瘟疫就是天人,这个词是定一和哈代告诉我的。接下来就是如何发展出一个逆调制算法。这也要多亏定一和哈代,特别是哈代,他做出了卓越的贡献。"

"哈代?"刘星辰问道。

"是的,他对我有很大的帮助。但是他的诊断结果让我无法

170

理解。"斯科特博士继续说道。

"他的脑神经扫描结果显示他之前已经受过调制，但是与一般的瘟疫感染患者的表现很不同。他的调制过程……更原始。也是这种原始成了我的突破口。"斯科特博士终于站起身来，在研究室中央的全息显示上打出两幅图。刘星辰只能勉强看出这是神经脉冲序列。

"有这个特征的在基地中还有另外一个人，就是特种作战发展群的亚当斯少校。但是他的档案是机密，我看不到。而哈代的公开记录还是多少有那么一些。"

"实际上，斯科特博士，我就是为此而来的。"刘星辰说，"我在基地的数据库找到了这个。"

舰队"全自动"计划第一批人员名单。

在费萨尔少将的秘密召见之后，刘星辰在基地里残存的数据库里查询，想要找到一些定一参加的那个机密项目的细节，然而没有任何线索。但是他还记得，哈代参加的另一个保密级别并没有那么高的项目："全自动"计划。这份名单仍然存在于基地的数据库中。

"全自动计划旨在提高士兵的专注度，从而提高作战效能。当时在舰队的各个节点都选择了一批志愿者，用于评估通过神经刺激方式提高注意力的技术在哪些岗位上效果最好。"斯科特博士极速浏览着名单，刘星辰在旁边解释道。

"原来如此，原来如此。"斯科特博士在名单中高亮出几个名字，"原来如此。"他说了三遍。刘星辰看到了两个他认识的名字：托马斯·亚当斯少校，第五舰队特种作战发展群第三队队长；托马斯·哈代，第十三舰队第九飞行联队三等战斗机飞行员。

"这就是链条的最后一环。这解释了一切。"斯科特博士的脸上终于有了表情,他的眼睛变得越来越亮,"少校,还有什么信息吗?"

"找到一些,都在这张卡上。大多是技术文档,我理解不了。"斯科特博士没有多说话,他立即打开这些文档,拼命翻找起来。屏幕上文字闪过的频率很高,刘星辰根本无法跟上节奏。斯科特博士显然没有与刘星辰继续对话下去的意愿。

"斯科特博士,我还有一个问题,"刘星辰问,"孙定一中尉,他有什么特殊的地方吗?"

"哦,他完全没有任何特殊的地方,这就是他最特殊的地方。"斯科特博士又回到了一开始的那个工作节奏。

"我没明白。"

"神经调制序列在每个人的大脑中会引发不同的症状,这是因为每个人的大脑神经网络都有差别,实际上这就是神经调制序列的工作原理:它会引导个人进入一种他自己的特有的心理状态,并且固定下来。这有点像免疫反应。我之前曾经发展出一种探测这种调制冲动并且阻止其发展过程的算法,我把它叫作抗体。定一在植入抗体的时候,他的神经活动非常不一样,我的推测是神经调制序列执行到某个阶段就会卡住,因为免疫系统不会响应,它会表现得仿佛这就是一种正常的神经冲动一样。所以,他很可能不会被瘟疫所感染。"

"是这样吗……"刘星辰怀疑地问道,"那这是为什么?"

"我不清楚。我很怀疑这个世界上还有没有人真正明白这是怎么回事。"

"斯科特博士,容我先走一步。我得回去好好想想。"刘星辰说道。

"唔。"斯科特博士不再说话。

"居然有一千三百多人……"刘星辰飘进货舱,看着层层叠叠的冬眠舱。他看了看最近的几个冬眠舱,其中的人都紧闭着双眼,丝毫看不出任何被感染的迹象。冬眠舱上没有任何身份标记,想来天人也不需要。基地的工程兵在他后面鱼贯而入,开始着手将这些冬眠舱移往基地仓库。在那之后,医疗队将抽取冬眠者的DNA与数据库做比对,检查这些人的身份。

"队长,你如果没有什么工作就回去吧,这里由我们来负责就好。"一个穿着橙色出舱服的人叫住了他。是基地工程队的杰拉德上尉。刘星辰知道对方实际上是在说"你没事就快走,不要在这里碍事"。刘星辰凭借职阶可以随意进入,然而他的确在这里没有什么事情可做。

"好的,我检查一下大体情况,等会儿要向费萨尔司令汇报。"刘星辰小小地撒了个谎。这并不完全是谎言,他之后的确要向费萨尔上将汇报之前的调查工作,但是跟这次任务没有关系。那边的一阵喧闹引起了两个人的注意,工程兵已经成功将一个冬眠舱从固定臂上取了下来,装上了转运的货物平台。杰拉德上尉匆匆向刘星辰敬了个礼,然后就过去查看情况了。

其实刘星辰自己也不知道来这里是为什么。或许是想要在这里找到慕星和海洋?他心里还抱着一点儿微末的希望。他觉得梁兴应该没有说谎——梁兴没有说谎的理由。但是让慕星和海洋在这里与他相会,这可能性也确实是太小了。

刘星辰飘过一个个冬眠舱,里面全都是不认识的脸,闭着眼睛。就这样了吧,他想着,没什么好看的了。刘星辰抓住某个冬眠舱上的把手,止住飘行,准备往回走。

正在此时,他的随身电脑突然发出一声微弱的鸣响。

刘星辰打开战术显示。一个微弱的信标出现在这里的上千个冬眠舱里，应该就在他前面不远的地方。信标带有他个人的识别码，其他人都收不到。

这是……！刘星辰的心一下子抽紧了。他向着信标的位置飘过去。

信标来自一个冬眠舱，在他靠近之后，冬眠舱的信标和他的随身电脑自动完成握手，信标信号停止。战术显示提示有一段视频文件可供下载，问是否开始下载？刘星辰点了"是"。他飘到冬眠舱的正面，看清楚了里面的那个人。

是柯林。定一的女朋友。天人的视频中的主持人。她闭着双眼，神态十分安详。

视频下载完毕。刘星辰使用斯科特博士前段时间搞的小程序检查了一下，确认其中没有任何暗门。他打开了视频。

"刘队长，我是柯林，如果你还记得我的话。"视频中柯林一脸惶急，完全看不出任何被感染的特征。她就在一个很小的舱室里录下这段视频，背后就是舱门，她时不时还要回头看一下，确认舱门没有被暴力打开。

"长话短说。定一非常特别，他手上握着拯救人类的关键，天人对他非常重视，正在全力找他。"背后的舱门传来砰砰的声音。柯林拿起手枪，开始检查弹药。

"不要让他被天人抓到。千万不要，他太重要了。"柯林红着眼睛说，"我们没有时间了。再见，队长。告诉定一，我仍然爱他。"视频结束。

"长官，你怎么看？"刘星辰关掉窗口，问费萨尔少将。他没有浪费时间，收到视频之后他就去找了费萨尔少将。这次会议多了一个人,亚当斯少校也在,他安静地站在角落里。

"瘟疫的计策,毫无疑问。"费萨尔少将的语气很轻松,"太粗糙了。看得出来它对于人类之间的互动的理解还是有缺陷。不过不管怎样,孙定一非常特别,而且瘟疫特别想要我们将他隐藏起来。"

"为什么?"刘星辰问,"让我们把孙定一藏起来,这有什么好处吗?"

"我猜测是孙定一一旦与瘟疫有接触,就会产生巨大的威胁。斯科特博士的报告我也看了,孙定一可能是唯一一个不会被感染的人类,这让他具备了很大的战略价值。"

"也就是说,我们应该反其道而行之。"许久没有说话的亚当斯少校终于说话了。

"没错。"费萨尔少将说,"斯科特博士已经处于突破的边缘,我们正在制订一个相应的计划。定一和哈代两个人是很好的人选。"她眼神里透露出一丝狡黠的光。刘星辰之前就听过,舰队中费萨尔少将外号"雌狐",在这她才慢慢显露出她的本色来。

"我明白了。"刘星辰说道,"接下来的这段时间,长官您的命令是?"

"一劳永逸。"

第十五章

+180

过去的几天时间里定一多次去找斯科特博士，但是他都不在。带回来的一千三百三十八人显然占据了博士几乎所有的时间。回来之后他们向费萨尔少将报告时指出，由于这条太阳系高速公路，瘟疫占据了极大的机动优势；对方既然能派出这样一支先头部队，那么就自然能够派出更多的部队来。基地只能继续转移。但是转移到哪里大家心中没数——有人已经提出与Xenus人一起离开太阳系。

这段时间定一感到基地的气氛骤然紧张起来，路上遇到的行人的速度比以往快了不少。哈代看起来倒是一点都不紧张；自从瘟疫爆发之后，他一直都是这种态度，定一也不知道他的信心是从哪来的，旁敲侧击问过几次，哈代只是打哈哈糊弄过去。定一有的时候觉得，哈代的态度只是一副面具——但是面具下到底是什么，或者说是不是什么都没有，他也说不清楚。

作为基地中很少见的与瘟疫进行过多次正面作战而且还存活下来的飞行员，他们现在的主要任务是担任与瘟疫作战的战术讲解教官，帮助飞行员们提高生存概率。定一知道，提高生存概率的最好办法是让这些飞行员与瘟疫战士做模拟的对抗:为此他去找亚当斯队长请求帮助,亚当斯表示,他们现在的状态还处于保密阶段,这事需要上报获批。定一不禁有些烦躁:尽管处在生死存亡的边缘,官僚主义仍然是人类内禀系统的一部分。或许瘟疫那边真的是更好一些? 他想。

三天之后,定一收到了斯科特博士的消息。博士说他有很重要的事情要与定一讨论。

定一赶到斯科特博士的办公室的时候,后者还在工作。全息显示上是一团复杂至极的乱麻,定一看不出来是什么,但是斯科特博士似乎正在试图从这团乱麻之中理出逻辑来。

"调制过程的神经冲动轨迹,时间序列。理论上我们只要能够把这个序列反过来就能得到一种反调制算法。但是这个世界上有太多的东西,正着来和反着来的难度并不相同。最简单的例子就是乘法和除法。"斯科特博士这么说的时候,手并没有停下来。

"上次任务,与我们一起的特战队员,他们的情况,是不是你这边确认的?"

到这个时候斯科特博士才转过头来看了定一一眼。博士表情一片空白,就好像是将用于面部表情的大脑神经元也征用了去做计算,"是这样,不过并不全是。亚当斯队长就不是。"

亚当斯队长和其他人有什么区别? 定一正想问出口,斯科特博士说话了:"给你看一个东西。"他交给定一一份文件。

"这个编号……NATF-12483127.LA.13324?"定一眼睛瞪大了。他还记得,瘟疫两次超驰他们乘坐的飞船,都是使用这个类似编号的握手协议。这里面是……

联邦"全自动"计划第一批人员名单。

这是一份下发给各个节点的人员名单，上面列出了所有志愿参与了联邦"全自动"计划接受调制的人员，请站点做好相关的评估和准备工作。

定一看着姓名和基本信息向下滚动。李远哲上士，第七舰队内星系后勤群T-AOE-7343中国湖号补给舰导航员；托马斯·亚当斯少校，第五舰队特种作战发展群第三队队长；

……托马斯·哈代，第十三舰队第九飞行联队三等战斗机飞行员。

"你听过一个概念，叫作'心流'没有？"斯科特博士问。

"之前哈代说，这些被感染的士兵都变成了僵尸……心流？那是什么意思？"

"一个认知神经科学的术语。任何一个人达到一种极端专注、失去自我的状态，这就是心流。比方说一个钢琴大师在演出的过程之中，他是注意不到自己的手指怎样运动的，他对时间和周围世界都没有感觉，但是他能够演奏出极为美妙的音乐。我们可以将心流定义为某种消除了自我意识的状态。"

"你是说被调制的人都消除了自我意识，进入了一种持久的心流状态……这与我们现在发现的这个文件有什么关系？"

"来到基地之后我获得了非常多的资料和技术支持，这让我意识到，瘟疫对士兵的这种调制并不是一个超级人工智能飞升之后十分钟就想出来的；它是用现成的技术加以改造而成的。联邦之前就做了十分超前的实验和研究。在舰队无人化的过程中，这就是他们进行的另一个计划：使用认知神经科学技术提升士兵的专注度，让他们处于一种自我意识缺失的状态。想想看，你作为一个人类，有自我意识，对于打仗有任何帮助吗？你会受到良心的谴责,你需要集中注意力才能做一件事情,你受伤了会疼痛,会精力分散。但是说到底疼痛不过是一种原始的危险刺激信号,在现在的战争中有什么用? 没有自我意识,进入了心流的士兵能够更好地作战,他们反应速度更快,不会分散注意力——或者说,他们就没有注意力这种东西,自然就能够做并行处理,能够更好地做出决策,也能更好地协同。我相信你也注意到了调制之后的士兵的眼睛吧? 实际上人类的视野,只有中间很小的一片区域才是清晰的;人类需要不断地移动视点,才能在意识中弥合出一个完整的图像。而这种半规律的眼球扫描是一种更高效的办法而已。”

“于是……这个技术也被瘟疫所利用了?”

“没错。联邦仍然在小规模测试这项技术的时候瘟疫就爆发了。我甚至怀疑这两件事有一定的因果关系。所以瘟疫的最初调制效果很不稳定,接受过调制的人,可能会像你们在日凌站上碰到的那几个一样成为非常出色的战士,也可能会像金星加布里埃尔站上的哈维尔、郑和小田他们那样变成某种重度抑郁症患者。现在看来,哈维尔、郑和小田变成那样居然是我们运气还不错。”斯科特博士非常罕见地叹了一口气,随即继续往下说。

斯科特博士也对自己做了调制,定一想。这种无意识的意识究竟是怎样的一种感觉呢? 是不是就好像你在梦游,猛然醒过来发现自己并不在床上? 当定一回过神来,斯科特博士似乎说了一大段话,他都没注意。

“……哈代,他之前接受过完整的调制。他给出了完整的调制信息,就隐藏在共青城站的那张线图中。我们已经绘出了完整的调制神经冲动时间序列,就是你看到的这个。”斯科特博士一指全息显示上的那团乱麻,“这是最后的一部分工作。我们快要想出办法了。"

"这边人还不少啊。我还以为这种事情只会有几个傻瓜蛋参加。"哈代看着熙熙攘攘的大厅,对定一说。

"开什么玩笑,这可是远征队。据我所知,地面上的报名人数已经超过五十万了。"定一走向写着"报名处"的柜台。柜台前排着长队,两个人只能耐心等待。定一扫了一眼,排队的人有男有女,看得出来这些志愿报名的人都是舰队的精英。

"嘿,那边那个是……三十一联队的小牛博斯曼?他也来报名?"哈代东张西望的时候发现了远处的一个熟人。在上次"舰队问题-73"大型演习中,将他们击落的正是三十一联队的博斯曼。"我就说吧。"定一不耐烦地回复一句。

"您好。请上交您的志愿报名表和军人证。请看着这个摄像头,正式说出您的姓名、军衔、部队和报名的专业。"报名处的工作人员对定一说。

"孙定一,少尉,地月系第十三舰队第九飞行联队,飞行员。"定一说完,工作人员交给他一个牌子。"好的,飞行员请往这边走。您好,请上交你的志愿报名表……"工作人员转过头对着哈代说道。"我就是陪他过来,我不报名。"哈代赶紧摆摆手。

飞行员接待处人就少了许多。这边是一个隔音的透明玻璃房子,报名者要一个一个地进去接受问询。定一用牌子刷了叫号,随即安安静静地在外面坐下,等待有人叫他进去。哈代则显然没有这么守规矩。他十分有兴致地盯着玻璃房朝里看,试图从口型和动作上看出点什么来。

"喂喂,这个面试的妹子长得不错诶!你的理想型!"哈代推推定一,让他往里看。

"切,什么时候都不忘泡妞。你这人,真没劲。"定一嗤之以鼻,但还是扭头望着里面。女孩眼睛很大,一头柔顺的长发披在肩上,穿着舰上的文职制服。的确是他喜欢的类型。

"你看看你,是你喜欢的类型吧? 我这也不是为了自己,只要你说,我一定要到她的联系方式。兄弟一场,包在我身上!"哈代开始自吹自擂。旁边正在排号的几个飞行员看了他一眼。

"说得好像我自己不行一样! 我自己肯定能行……"说着说着,定一声音小了下去。

"你看看你,我就说——"哈代还没说完,广播响起。"下一个,孙定一少尉,可以进来了。"

定一站起身。哈代拍了拍定一的肩膀,"抓住机会!"定一走了进去。

"地月系第十三舰队第九飞行联队,孙定一少尉,是吧?"对面的女孩展露一个笑容,定一顿时觉得头晕目眩。

"没……错,我,我是。"定一变得有些结巴。

"我是柯林,是舰队见习心理分析师,负责这次远征队飞行员的心理测试和初步筛选。"柯林一边微笑一边盯着他,定一顿时觉得浑身都不自在起来。

"接下来我们将做一个测试。请戴上这两个测试手环,我将问你一些问题,按照你的直觉回答就好。"柯林递给定一两个手环。定一看着她的手指,细长,线条柔和。

"好、好的。请问——"定一戴上手环,不自然地扭动了一下身体,端正地坐在椅子上。柯林看到他的窘迫,笑了起来。"不用太紧张。我又不是外星人。孙少尉,看你的战绩你不像是会怕这种地方的人啊,毕竟跟外星人打生打死都好多回了。"她的笑容在定一眼中仿佛是炸弹爆炸的闪光,璀璨夺目。

定一变得更加紧张了。

"首先,第一个问题:你为什么要参加远征队?"

"我……我从小就想参加远征队……"定一开始回答。

……

"好的,问题问完了,孙少尉,在这个表上签字,之后你就可以走了。"柯林看着手上的测试表格。

"我……我的成绩如何?"定一略带紧张地问道。

柯林又笑起来,"这又不是考外语,不会当场出成绩。正式的心理评估会交给舰队的认知心理中心去做,我都无权查看结果。毕竟我只是个实习生。"她耸耸肩。

"实习生?"定一疑惑地问道。

"是啊,严格来说我还没毕业呢。"柯林有些无奈,"被导师派来做这种简单活,连实习工资都没有,唉。"

定一不知道该怎么回复,只好转移话题:"那这个表……"他看着手头的表格。

"哦,是远征队的要求。签字就表明你志愿接受远征队的心理测试和接下来可能的检验和治疗。标准程序吧。"

"哦。"定一在表格最末签下自己的名字,"那……那就这样了?"他还有些依依不舍。

"嗯,是的。你还有什么事吗?"柯林眼睛里带着笑意。

"那……今天结束之后,我能请你吃饭吗?"定一鼓起全部的勇气问道。他感觉自己现在仿佛是单机冲向外星人的一支舰队,"我……今天请假了挺闲的,报名手续结束之后就没事了。"

"好啊。"柯林很轻快地说出了这两个字。

定一感觉,整支外星人的舰队就在他眼前爆炸了。

定一又调整了一下面罩的透光度。巨大的土星挂在天上，相当明亮。土卫二的冰层构成了反射度极高的镜面，在人眼看来是一片反差度极强的景象：亮的地方极亮，而暗处则漆黑一片。定一需要时不时调整面罩的透光度才能看清楚。今天的工作是将固定桩打进土卫二的永久冰层里，这是未来的土卫二居住区的基础。他们首先用电热锤在冰层上掏出一个一百米深的孔洞，然后将固定桩放下去；电热锤融化的水汽混合物要用抽管抽到冰层表面，但是在这个表面温度最高只有145K[①]的行星上，稍不注意抽管就会被冻住，于是他们还得疏通抽管。土卫二重力只有0.01G，固定自己的身形比活动还要费劲，不多时他们就累得满头是汗。他们所选择的这个地方是土卫二上温度较高的地区，推定冰层下有液态海洋。定一总觉得冰层之下似乎有什么巨大的东西在活动，但他说服自己，这是他的幻觉。规划方案里，他们要在冰层里挖出数个大型空间，用以隐蔽。

距离他们上次任务已经过去了半年时间，不知道为何，瘟疫这半年时间表现得极为安静，没有派出新的飞船。整个基地把一部分重心转移到了基础建设上来：上面禁止两人继续出击，哈代和定一就志愿报名，来土卫二上修建居住区。今天哈代休息，定一他们的班组五个人干得满头大汗。

3小时的野外工作结束，定一和班组的其他人返回临时营地。走进气闸门，定一意外地发现哈代在等他。

"忙完了？跟我回基地，我这边可有个大发现！"哈代一把拉过定一，找到一个没人的地方。

"什么发现？"定一问道。

"现在还不能告诉你。不过你到了就知道了。"

---

① 145K即145开氏度（开尔文），约为-128.15摄氏度。

　　回到基地之后哈代领着定一来到了临时居住区：从瘟疫飞船上带下来的一千三百三十八人就在这里。原本这个地方的名字叫作"临时存储设施"，但是毕竟这些是冬眠的人，而不是东西，所以正式的名字叫作"临时居住区"。目前他们对这一千多人还没有什么好的处理办法，有少部分人被带到神经科学中心做检测。斯科特博士和神经科学中心的科学家们正在努力开发出一种反调制手段，如果成功，他们就可以唤醒这些人。这里的"唤醒"的意义是双重的：要把他们从深度冬眠中唤醒，也要把他们的自我唤醒。

　　定一猜测这个发现和这些瘟疫战士有关，但是还不知道哈代到底发现了什么。

　　居住区没有重力。冬眠舱被全数接驳在动力梁上，交错放置，一直摞到设施顶部。目前这里除了他们两个之外没有其他人，没有照明，温度很低，他们只能靠作训服上的照明前进，呼出的白色水汽在光柱中十分明显。哈代带领定一在设施之中飘浮前进，不时拉着某个冬眠舱上的把手借力调转方向。最终，他在某个冬眠舱前停下了。

　　"看看这是谁。"哈代脸上一阵笑意。

　　定一凑上前去。

　　是柯林。

　　低温凝胶内的她皮肤有些苍白，紧闭着双眼，看上去仿佛比她在那个视频里更生动。那样的她没有了姓名，而这里的她，似乎还是那个定一认识的叫柯林的女人。

　　她怎么会到这里来？她现在怎么样了？我们还能治好她么？一百万个问题在定一脑海中略过。但是最终他还是问了唯一一个问题："你怎么发现她的？"

"有个朋友在情报部门，"哈代用手指了指后面，"他们要统计来的这批人的身份。恰好看到了。"

定一伸出手去，想要触碰她的脸，但是摸到的只是冬眠舱的外层玻璃。支撑他走到现在的唯一支柱就是柯林。但是现在瘟疫直接把她送到他身边，他离她如此之近却又远在天边——他确实不知道下一步该怎么做了。他的目标是解决瘟疫，救出柯林，而柯林就在他身边。如果斯科特博士真的能开发出那个反调制算法的话，他们就可以在一起了。接下来，他还想要继续战斗下去吗？

"我的那个朋友还说了，斯科特博士其实已经把算法搞出来了，而且已经实验性地唤醒了两个人，"哈代压低声音，"但是这事是机密。他说本来就不该告诉我。"

已经搞出来了？那柯林有救了？定一脑袋里有一百万个想法在旋转。他恨不得马上就冲过去找斯科特博士，又瞬间冷静下来。这半年瘟疫和反抗军高层异乎寻常的安静或许意味着什么……但是他无从知晓。

"接下来我们该怎么办？"定一挤出这句话。

"嘿，你还记得我说的那句话么：舍命陪君子。你无论做什么，我都跟你一起。"哈代嘴角轻松，眼睛里却没有笑意，少有的严肃。

"好。"定一点点头。等着我。定一用力擦干净冬眠舱的透明表面。他的自我现在有一半安睡在这里。

两人开始往回走。正在这时，储存设施的照明被打开了，一片光明。广播系统开始工作。

"原地月系第十三舰队第九飞行联队托马斯·哈代上尉与孙定一中尉，我们怀疑你们违反了第26基地的条例第75项。请你们停留原地,等待我们的检查,不要做任何动作。"

十几个身影出现在储存设施的大门口,朝他们飘过来。定一和哈代乖乖地举起手。

定一和哈代并没有被关起来;实际上基地里也没有监狱,定一甚至怀疑基地条例根本没有第75项。他们只是被带到了宿舍区里比较独立的两个房间,门口有两个守卫,不让出门,如此而已。他和哈代没有被关在同一间房里,他也就没有来得及问哈代到底是什么原因。不过定一猜测,这大概与两人夜闯储存设施没有太大关系。

没过多久定一就被传唤,守卫把他带走,也没有告诉他去哪里。哈代没有跟他同行,不知道是先一步过去,还是两人分开去了不同的地方。很快定一就发现他们的目的地应该是基地里的一个秘密部门:他至少过了三道安全门,每过一道门,护送他的守卫都要换一拨。最后,他发现自己身处一个小小的会议室。两把椅子,一张桌子,一个标准全息显示器。

进来的人有点出乎他的意料:基地司令费萨尔少将。

定一站起来,行了一个标准的军礼。

费萨尔少将回了礼,"请坐。"

"我们知道斯科特博士已经告诉了你联邦'全自动'计划的一些内容细节。"费萨尔少将没有浪费时间。

定一点点头。

"由于一些显而易见的原因,这些信息还不能向外透露,希望你能明白。"

"是,长官。"定一简单地回答。

"据我所知你还没有告诉任何人,这很好。任何泄露都被视作重罪，军事法庭审判将会是毫无疑问的死刑。"费萨尔少将说。她语气很平淡，显然并没有把这件事情看得很严重。定一有些纳闷。这种事情并不至于劳烦这位基地最高司令。

"不过，这次会面主要并不是为了这件事，而是接下来我要交给你和哈代的秘密任务。"

"为什么是我们两个？"

"因为，你……很特别。"费萨尔少将皱着眉头，语气有些不确定，"我们还不知道你到底特别在哪里，有太多的资料在逃亡之中丢失了。但是，我们从某些渠道中知道，你跟其他的人确实都不一样。"

定一沉默。某些渠道是什么意思？难道是瘟疫？他们和瘟疫还有一些秘密的联系管道？他到底如何特别了？他很想问这些问题，但是费萨尔少将显然没有要回答的意思。她看着定一，目光里几乎是一种好奇。

"让我们来谈一谈接下来的任务吧。请跟我来。"少将带领着两个人走进旁边的一道门，是另一个会议室。有另外一个人已经在里面了，是斯科特博士。斯科特博士又回到了"聚能"状态（这是他自己的说法）。自从定一走进这个会议室以来，他一直在盯着又一团乱麻在看。不过这幅线图显然与上次的神经冲动时间序列不一样，有些地方看上去倒像是人脸。

"改进的切尔诺夫脸谱图①由 Herman Chernoff 在 1973 发明，以人脸的形式展现多种类型的数据，用眼、鼻子、嘴巴、表情等多种人脸表情表示数据维度。该想法的起因是人们对于人脸表情能够毫不费力地识别差异。切尔诺夫脸谱图对各种变量以不同图谱表示。人类大脑里有那么多的神经元都分配给了识别人

---

① 切尔诺夫脸谱图（Chernoff faces）。

脸。真是浪费。"斯科特博士评论了一句，又回到了一动不动地盯着线图的过程之中。

费萨尔少将点亮桌子上的全息显示。上面是一系列长程/近程传感器数据，显示目前太阳系的状态。一个带时间序列的内太阳系战术图景。一条白色的线从地球绕日轨道L4点一直划到土星轨道。

"这是半年前的数据，瘟疫的内太阳系高速公路建设，当时已经有一千四百三十二个。不过重要的不是这个。"

全息地图放大，聚焦于地球轨道L4点。L4点上除了明显增多的圆环和组成圆环的构件之外，又多出了一个巨型构造。一个巨型圆柱体架构，明显还没有完工。旁边飘浮的是层层叠叠的建筑构件。按照它和圆环的比例，长度应该超过两千公里。

"这东西是做什么的?"定一问道。

"就在Xenus人发动进攻前一段时间，我们观测到了这个巨型构造的开工。然后Xenus人对瘟疫在L4点发动的进攻失败了，瘟疫明显加快了这个巨型构造的建造速度。我们很确定Xenus人的进攻与这个巨型构造的建设有直接联系。这东西的用途我们不知道，但是有所猜测。"

"Xenus人失败了?"

"是的，全军覆没，瘟疫的损失以最乐观的估计，不会超过他们全部力量的5%。但是这个不重要，我以时间序列快速播放到现在的状态。"

费萨尔少将打开了最新的内太阳系战术地图。比起半年前，这次战术图景表示瘟疫在这段时间并不是什么都没干。最明显的例子是，圆环的数量显著增加了，现在从地球环日轨道到土星轨道，圆环的数量几乎增长了十倍。

"每个圆环之间相隔三十万公里,总计一万二千八百六十七个圆环。"费萨尔少将说道。

"我不理解瘟疫制造这么多圆环到底是做什么用。如果是太阳系高速公路,十分之一数量的圆环就已经足够了。"哈代说。

"加速轨道。整个工程的功率足以将一个质量大约五千吨的物体加速到0.3c。或者将一个小于一千吨的物体加速到0.8c。这样规模的飞行器不足以支撑载人跨恒星系航行,但是足以搭载一台'冯·诺依曼'探测器。"斯科特博士很平淡地说。

定一明白过来。所有的这些圆环可以构成一个超级功率的加速轨道。人类一直没有下定决心要探索太阳系外的空间,而瘟疫打算要代表人类走出这第一步。"真正地走向星辰。"

全息地图的显示回到了L4点。之前所看到的那个圆柱构造现在已经变了许多,绕着圆柱是次列重重叠叠,如同立方体一样的巨型构造,像花瓣一样展开,从尺度来看,每一个立方构造都比得上一座几百米高的摩天大楼。整个构造有一种诡异的美感。瘟疫是怎样在这么短的时间内建造出如此巨大的机器的!?

"引力子放射线射出装置。这是跟恒星际弹弓配套的恒星际通信设备,它的功率峰值可以达到卡尔达肖夫指数1.03。"

在宇宙中蛙跳。将飞船加速到0.8c,用五年左右的时间飞到比邻星,耗尽自带燃料减速,放出探测-建造无人机,花一段时间建造出另一个弹弓,继续前往下一个星系……

"真正地走向星辰。"定一喃喃道。这是他的梦想,被击碎的那一个。而现在瘟疫则要代替人类来实现这个梦想,仅仅剩下一步之遥。

"所以我们的任务到底是什么?"定一看着费萨尔少将。最终他们还是得落到这个问题上来。

"我们要去这个站点。它能够让我们击败瘟疫。"费萨尔少将说。

定一回过头,联系起最近的消息:"斯科特博士,你完成了解决方案?"

"是的。我完成了解决方案。想必你们也听到了。

"我复原了联邦和瘟疫现在使用的调制算法。它通过刺激视觉和听觉皮层的特定神经通路来形成电脉冲谱,完成神经通路重整。

"这两天我终于拼出了拼图的最后一块。我们已经完成了临床实验工作,证明这个解决方案是可行的。

"向全太阳系广播这个方案就能够让已经被感染的人类恢复自我意识。瘟疫与这些人有高带宽的数据连接,所以我们只需要找到一个足够强大的广播发射源。这个恒星际通信阵列是最理想的选择。

"下一步的计划是,我们要飞到那个阵列上去,通过物理接口将这些信息向整个太阳系广播。只要我们能够成功,我们就击败了瘟疫。"

然后呢? 定一很想问这个问题。他突然有一点不想执行这个任务——或许投入瘟疫那一边也不错,那样他说不定还可以乘坐飞船在有生之年前往半人马座阿尔法,甚至是更远的地方。然而他也清楚这并不会发生,他最多也只会是变成一个无知无识的普通终端。但是拯救完人类,他们或许能够利用瘟疫留下来的这些巨型设备来重新恢复远征队。这会发生吗?

"为什么是我们两个? 你为什么如此有信心,这次潜入任务我们两个能够完成?"

"我再重复一遍,你是特别的。你绝对能够完成这个任务。"

　　"柯林……"定一默念着这个名字。是的,他的柯林要回来了。哈代拍拍他的肩膀,"嘿,兄弟,回去吧。我们还要去拯救人类。"

　　"前提是我们能够成功。"定一最后只说了这句话。

　　"我们一定能够成功。"

第十六章

+150

禹藏回头一看，千百光点正跟在他身后，一起冲向天人灵器。只要冲过这段距离，释放大型阳炎弹，他们就赢了。

"禹藏！九点钟方向有高速目标接近！速度……三十五！距离接触还有三十息，数量……超过一百！"

"这是从哪里出现的！"禹藏大叫。在进入攻击路径之前他们已经数清楚了可能前来支援的天人单位，这些家伙仿佛是凭空冒出来的！

"九点钟方向在零点一光息距离是天人的那种圆环灵器，难道……"萧十四语气里透露些许的慌张。

"没错，就是从那些圆环过来的！那些圆环是加速轨道！"在这电光火石间禹藏彻底明白了天人建设那些圆环灵器的用意。这些圆环分布在这个大千世界的各处，就能够成为一条超高速的驰道。天人于是拥有了无与伦比的机动性。

"不管了！尽量向前冲，有一枚阳炎弹成功投送就是胜利！"三十息转瞬即逝，这些天人的生力军战斗舟以超高速掠袭过昆仑战斗舟的阵型，随即便是一道道闪光在禹藏的身后亮起。冲锋的战斗舟部队正在飞快地减少。

禹藏咬牙继续加速。他现在只能凭借速度尽量缩小对手的射击窗口。这个策略起作用了。虽然告警声始终没有停下,但是数百息过去,他还没有被击中。

但是他已经没有阳炎弹可用了。禹藏现在只能祈祷后方弟子的战斗舟有至少一两艘能够跟上他,穿过这窄窄的虚空,将血与火还给天人。他将战斗舟的方向对准那个巨型的灵器,下决心,就算没有阳炎弹,他也会撞上去,哪怕只能够造成一些微末的伤害,也是好的。

突然他感觉气氛安静了下来。虽然外面的闪光和爆炸仍在继续,但是真空是不会传达声音的。他关上永不止歇的告警声,"十四,看来我们马上就要死了。"

"已经迟了二百多载,够本啦。"萧十四说。

"是啊。叶孛死的时候,我都没有在他身边。"与人类的第一战叶孛就再也没回来。那时他还只是个刚刚成年的弟子,还没有资格出击,而叶孛已经是弟子里的精锐了。他又想起拓拔二一。那个被太阳的烈焰淹没的身影。"我猜我也就是运气比别人好一点,才能坚持这么久。十四,其实你不必跟我一起,你还可以回昆仑派,继续做你的钦天监正补。"禹藏说。

"大丈夫,死便死尔。废话那么多,不像你。"萧十四嗤之以鼻。禹藏听到他说最后一个字的时候语气已经变了,萧十四在控制面板上极速敲击了几下。"见鬼,一批新的目标出现在九点钟方向,他们的速度达到四十九! 还有十四息!"

萧十四刚刚说完,一道激光击中了战斗舟,干脆利落地削去了战斗舟后面三分之一的船身,控制系统探测到即将发生的爆炸,自动启动了弹射装置。整个驾驶舱被弹出战斗舟,剩余的角动量让驾驶舱旋转起来,禹藏和萧十四被强大的惯性牢牢摁在座椅上,向着灵器飞去。禹藏在昏迷之前看到的最后一个画面,就是驾驶舱外面那此起彼伏的闪光。

　　醒过来时,禹藏发现自己已经不在驾驶舱里了。他正躺在地上,眼前是一片灰色的天花板,中间破了一个很大的缺口,那显然是他们的驾驶舱造成的。他试着动了动自己的身体,貌似没有哪里出问题。他稍微发力让自己坐起来,发现这里有一点轻微的重力,足以稳住自己的身体。这个空间很宽阔,地上有一堆纵横交错的凹槽,应该是轨道。一个舱室,没有气密,从天花板上的缺口来看,舱壁并不厚。禹藏看不出来这个舱室是干什么的。他终于想起了昏迷之前的最后一幕——他们现在应该就在天人的那个巨型灵器上。也就是说他们的任务失败了。

　　想到这里禹藏心情变得十分沉重。他突然发现一个不对劲的地方:萧十四在哪里? 直到此刻他才想起来这个问题。他转头四顾,松了口气:坠毁的驾驶舱在他身后不远处,而一个身影则在这个空间的边缘,似乎正在折腾什么东西。

　　他站起来,打开灵讯,"萧十四,你怎么样了?"

　　远处那个身影停止了动作,转过身来,"禹藏,你醒了? 我们两个运气不错,居然都没怎么受伤。"

　　走到萧十四跟前,禹藏才发现他对付的是一扇门。"这扇门通向哪里?"禹藏问。这是一扇人类飞行器上常见的廊道门,下面还有轨道供机械通过。门上没有任何标识,这并不符合人类的习惯。

　　"我也不知道。"萧十四语气很淡定,"走了一圈就发现这么一扇门。不知道怎么打开。我只知道如果我们再不行动起来就得憋死在这里了。"

禹藏看了看战袍的空气余量,只剩下两个多时辰了。他研究了一下这扇门,没有电子显示屏,似乎是纯机械锁闭的。他试着推了推,发现门应该是从内部锁上了。

"驾驶舱应该还有一些紧急补给——"禹藏话还没说完就被萧十四毫不客气地打断了,"我看过了,在撞击过程中受损,空气已经跑完。水和食物还有一些。"

"嘿嘿,你显然不知道我藏了什么。"禹藏走向驾驶舱,从已经变成一堆破烂的器械里打开一个暗格,拿出一小块东西,走回萧十四身边。

"是什么?"萧十四问道。

"激雷。原本是打算在最后时刻用的。"他回头看着驾驶舱。他做好了最后一刻必死的打算,但是既然他们还没有死,他可不想在这里就这么无意义地因为没有空气而死去。

"原来你还藏了这种好东西。"萧十四拿过激雷,做了一些必要的调整,贴在门上。

"本来是不合规矩的。的确有那么一成可能在作战的时候直接在我们屁股下面爆炸,把我们炸成太空垃圾。不过到这会儿还是好好的,我得说我们运气确实不错。"

"这听起来像你的风格了。"两个人走远些,萧十四引爆激雷。一阵闪光,廊道门被炸成一堆碎片。两人走近看了看,里面是一个很长的甬道,看不到头。

"看着不大吉利。"萧十四评论道,声音中有隐隐的兴奋。

"管他的。一个时辰之前你说什么来着?"禹藏率先迈开步子。他们所身处的,就是天人所建造的超大型灵器,他们的任务失败了,禹藏他很清楚这一点。没有昆仑人真正探索过天人的造物,他们可能是史上头两个这么做的人——或许不是,见过的人没有一个活着出来报告这一切。他们多半也不会。他们会死在这里。昆仑人也可能会灭亡。不过这一切都没有什么关系了。在死之前能够见到历史上从未有人见到的东西,他们剩余的生命已经足够有价值。

"你先,你是掌旗。"萧十四行了个礼。

禹藏山遇走进甬道。萧十四随后跟着进去。

"这甬道怎么还没完。"萧十四抱怨着。他们已经在这个甬道走了差不多一个时辰,但是仍然没有看见它的出口,而且旁边也没有任何可以标示和区别的设备,或者门之类的东西。更糟糕的是,甬道显然是以人类的体型为标准设计的,他们只能低头弯腰走路,这更加加重了体力消耗。尽管这里的重力很低,但是这一个时辰仍然让人有些吃不消。他们背后是单调的黑暗,前方同样是。只有战袍上的灯光照亮了前面的路。

"等等。"禹藏停下了脚步,"你感觉到这跟我们刚进来的时候有些什么不一样了吗?"他问萧十四。

萧十四动动腿脚,来回走了走,还跳了跳,不幸撞到了天花板。"你是说,重力增强了?"他说。

"没错!这里的重力显然要比我们坠毁的那个空间要强,大概强两成。根据重力场发生器的原理,我们明显是在接近核心。"禹藏说。

"那就快走吧,没准我们会发现什么。不过提醒你,我们的空气存量已经不到一个时辰了。"萧十四重新往前走。走了不到十步,他突然停了下来,"咦?"

"发现什么了?"禹藏走过去。他看到萧十四的灯光照耀下的一个安装在墙上的设备,这大概是他们走了这么长时间看到的第一个设备。萧十四显然不知道这是什么,而禹藏则一眼认了出来:这是人类的空气加注站。

"这简直是……"禹藏山遇有些精神恍惚。在这样一个地方,在这样一个时间遇到空气加注站,这感觉仿佛是那个天人预料到了他们的到来,并且特地在这个地方放上一个空气加注站一样。

"这是什么?"萧十四问。

禹藏山遇从背包里掏出一个组件,这是使用人类空气加注站的转接口。昆仑人和人类都是呼吸氧气的生物,这个在战争之初他们就知道了。不过昆仑人需要的氧气含量比人类高一成。在外出行动时携带人类空气加注设备的转接口是灵霄派的标准操作。"人类的空气加注站。我们倒是不用担心被憋死了。"

"在这里? 这么巧合?"萧十四大惑不解。

"或许吧。"禹藏山遇也不敢确定。

一个时辰之后他们就发现这并不是一个巧合,因为他们遇到了第二个空气加注站,这让禹藏山遇有一点儿安心:他到底还是能够稍稍理解那位天人的逻辑。看来这不过是一个维修通道,在固定间隔安装空气加注站,满足人类谪仙的需求。在禹藏的耐心快要耗尽时,他们终于走到了这个通道的尽头——另一扇门。

这是人类飞行器上的标准防爆门,跟之前他们进来的那扇门一样,没有电子锁闭装置,但是在门这一边也有锁闭,禹藏很轻松地就通过机械锁打开了这扇门,看来对于天人来说,这个巨大的灵器内部是不需要电子锁闭的。两个人穿过这扇门,门后是一个宽广而巨大的空间。

"这是……"萧十四带着敬畏的语气说道。禹藏也被这巨大的空间镇住了。自从他们离开昆仑界,就再也没见到过这么大的空间。

禹藏的直觉是这个空间足以将一整艘昆仑方舟给塞进去。禹藏看不到这个空间的尽头,天花板上可以分辨出一列列的灯束,但是离得太远,已经模糊成一片一片的。地板是很标准的人类使用的灰白色建筑材料,极为平整,一直延伸到远处的黑暗之中,竟让禹藏有些眩晕。远方的阴影之中,他看到一些巨大的灵械正一动不动地蛰伏着。天人拿这么大的空间用来做什么?

"你说天人用这么大一个空间来干什么?"萧十四问道。

"天人造物不是我们能够理解的。"禹藏山遇摇摇头。片刻他又忍不住提出了自己的猜测,"用来给人类居住?"

"没有必要吧? 方舟也没有这么大。"萧十四回复,"那边似乎有点动静,我们去看看。"萧十四指着巨大的灵械剪影。禹藏觉得他似乎真的将自己当成了一个单纯的探险家了。然而,禹藏自己又何尝不是满心好奇。

"真是……太安静了!"萧十四感叹一句。他们走着,远方的灵械剪影仍然离得很远,似乎并没有接近。在这样一个巨大而宽广的空间之中,只有他们两个是唯一的活动物体,这让禹藏感觉,不是毛骨悚然,而是一种绝对的……无法理解。他感觉自己与萧十四如同两只灵蚁,正在神灵的宫殿之中爬行,周遭的一切都无从解释。

"没有空气,当然什么都听不见……等等,好像不大对头。"禹藏看了一眼随身灵眼。灵眼告诉他,这里有气压。"这里有空气……只有大概不到三成的气压。"禹藏挥了挥手,向远处望了望。灯光的确是在空气中有着些微的抖动。禹藏很清楚,他们进来的时候是没有气密的。这个空间已经庞大到出现了自己的气候。

"重力也增强了些。"萧十四补充。从那个低矮而逼仄的甬道出来,他们感觉轻松多了,甚至没有注意到重力的增长。

看似遥不可及的巨型灵械终于变近了。

这东西外形非常简洁:很多条腿支撑着一个巨型的方块躯体。它与这个空间本身一样,大得几乎无法理解。光是它一只脚上的轮子,就比禹藏本人更高。禹藏总觉得这台机械的设计有一种微妙的不协调感:他见过太多人类的机械,这东西的整体架构绝不是人类的灵器师炼制出来的,但是各种具体细节却微妙地符合人类的习惯和风格,当然还有各种标准的人类灵械零件。他走过去,敲了敲那巨型的机械脚上的钢板。上面的颜色是人类工程灵械的标准黄色,还有着供操作师攀爬的辅助支架。禹藏抬起头,方块躯体上还有两个巨大的白色人类数字,他退远看了看,是"02"。

"这东西有十二条腿,看着让人感觉……毛毛的。"萧十四绕着它走了一圈,向禹藏感叹道,"昆仑派可没有这种东西!"

"肯定不是人类造出来的。他们不是这个风格。"禹藏回复。他试着抓了抓灵械支架上的把手,很稳固。他开始沿着辅助支架往上爬,"我去上面看看。"

"那我就在下面——"萧十四话说了一半,"管他的,我也要上来。"

两个人沿着辅助支架往上爬。不出禹藏所料,这个东西根本没有驾驶室。辅助支架过了可以活动的腿部,延伸到了灵械躯干中部的一个平台上,就消失了。再往上,是全封闭的金属山墙,也没有舱门,不知道里面是什么。

禹藏往下看了看,他们不知不觉已经爬到了差不多十层楼的位置,但是完全没有感觉天花板离他们更近。远方是另一台跟这台一模一样的巨型灵械,在它上面,同样写着巨大的人类数字:"03"。禹藏知道,这是一种编号,但是他不知道这种编号拿来做什么。或者说,这些灵械蛰伏在这里是为了什么?它们是用来做某些建设的吗?

"那是一座塔?"萧十四发声问道。他盯着另一个方向。禹藏山遇扭头。

"没错,是塔。"到这里他才发现那个方向有一座塔,塔旁边也是一台巨型灵械,上面的人类文字禹藏认不出来,似乎并不是通用文字。塔的形状是非常规整的圆柱形,塔身极粗,比巨型灵械还要宽大很多,比起塔更像是某种管道。它的顶部一直延伸到黑暗之中,禹藏没来由地认为它一直通往这个空间的顶部。天人所设计和制造的这些东西都极其简洁而规整,制式统一,这跟昆仑天人的风格完全相同。或许它们发现了某种宇宙的更基本规律,用简洁的结构就实现了最大的效能?

"那我们就往那边去。"萧十四开始爬下灵械,"说不定能找到什么好玩的。"他语气里玩笑意味颇重,"反正也没有什么别的地方可以去。"

"禹藏,重力似乎是在变大。"望着前面的塔,萧十四说。

禹藏转身,朝着来时的方向走了一小会儿,然后又转回来,"整个空间的重力都在上升。"禹藏下了结论。他抬头望了望塔,塔一直延伸到上方的黑暗之中,看不清楚有多高。走到这个距离,仍然看不出塔有什么特征——材质应该与整个空间完全相同,呈现一种暗淡的灰白色。

"你说我们能不能爬上去?"萧十四突然问道。

"走到了再说吧。"禹藏继续朝着塔的方向走过去。就在此时,他们突然感觉到一阵震动。

稀薄的空气中传来一阵又一阵低沉的轰鸣,似乎是有什么东西苏醒了。头顶的光线明显增强了亮度,轰鸣声变得更加尖锐,在塔旁边的那台巨型灵械似乎动了一动。禹藏一开始还以为自己看错了,但是下一刻,整个灵械"展开"了——禹藏只能用这个词来形容。巨型灵械的十二条肢体开始缓慢地将灵械的方形躯体托起来,躯体打开,伸出巨大的机械臂,开始向某个地点移动,显然是去执行自己的任务。禹藏回头看来时的方向,发现他们刚才攀爬的那台巨型灵械也发动起来。远处稀薄雾气之中的那些阴影们也同样开始移动。看来,这个巨型空间中要启动某个巨型工程。

"禹藏,你看塔!"萧十四提醒禹藏。塔身打开了一扇门,另一台巨型灵械缓缓从门里驶出。它的躯体上同样写着巨大的人类数字:"53"。它伸出一支机械臂,塔上相应地出现了一个开口,随即机械臂与开口接驳在一起。看上去似乎是在传输什么东西。运送设备、建筑材料,原来这就是塔的功能。

"禹藏,门要关了!"萧十四叫道,"我们可以跟着这东西去另外的地方!"灵械的机械臂缩回,看来传输完成。他们两个向着塔门跑去,想要在关门之前冲进升降梯。巨型灵械调整了一下方向,直直地朝着他们驶来。

禹藏和萧十四对望一眼,分散到两个方向。巨型灵械并没有理会他们,仍然按照原来的方向继续行驶。禹藏舒了一口气,看来这东西并不是奔着他们来的。不过这么一折腾,他们奔到门口时,塔的大门已经关闭。

"可能还有下一趟。"禹藏对萧十四说。经过这么一段时间两人感觉重力又增强了，几乎要到昆仑人的标准重力水平。"这东西的炼制水平……"萧十四走到塔门前，伸出手去感受了一下塔门的接缝。极其细微，走到稍远处就完全看不出来这里还有一道门。

从塔中驶出的那台巨型灵械并没有走远。它的机械臂从躯体里掏出一根巨大的钢构，固定在地面上，走一段距离，再固定另一根钢构。这似乎是一种庞大建筑的骨架。其他的灵械也执行相同的工作。很快密密麻麻的钢构就立在了他们举目可及的地面上，仿佛一片钢铁搭成的森林。接下来，它们把某种已经装配好的预制件装上这些支架，随即钢铁的森林就变成了一片蜂巢。然后预制件自身也开始展开、变形，变成某种很难形容的形状；一小段时间之后，已经完成第一层工作的巨型灵械与这些预制件组合起来，开始沿着这片蜂巢向上攀爬；它们爬到钢构的顶端，开始重复之前的工作，搭建蜂巢的第二层。

禹藏山遇和萧十四敬畏地看着这一切。整个建筑过程协调而精密，简直像一种舞蹈。禹藏想象着怎样一种超级的智能才能够将这种繁复而可怕的工作变得如此举重若轻。他们正在目睹天人建造出这样庞大的超级灵器的过程，这在历史上可能真的是第一次。

如此整齐协调的建筑过程似乎产生了一种催眠作用，蜂巢将他们最终围在了中间。禹藏很怀疑，巨型灵械最后的工作是不是要将这座塔拆除。塔门的再一次开启让禹藏猛然醒过来——又有一辆巨型灵械从其中驶了出来，这次的编号是"67"。这时他才发现自己和萧十四已经看了许久，都忘记了时间。

"赶紧进门！"萧十四扯动禹藏，禹藏反应过来，两人一同进入了塔门。这次这台巨型灵械开始向这片蜂巢喷洒某种灰色的液体,禹藏不知道那是什么。到最后他们也没有明白这些庞大的灵械到底在建造何种东西。塔门关闭,禹藏和萧十四并没有感觉出任何超重或者失重,判断不出是在上升还是下降。

　　但是,禹藏知道,这台升降梯会将他们带到另一个他们不理解的空间。

第十七章

+384

"吾族即将离开这一方天地。最后能够给予你们的帮助,仅限于此。"屏幕上的这位 Xenus 最高指挥官脸上波动出奇异的颜色,然而刘星辰并不能理解他(或者是她?)到底是怎样的一副表情。不过费萨尔少将一直面无表情,所以刘星辰猜测 Xenus 指挥官其实也是这样。

"感谢贵方的帮助。我方感激在心。"费萨尔少将语气平板地说道。换作刘星辰自己来做这个回复,大概也只能这样说。毕竟二十年前是 Xenus 人挑起了这场战争,并且造成了现在的局面。但也是从他们身上,人类才学到了如此多的先进技术,否则到现在人类可能仍然是困守在地球上的一个种族,而且多半已经因为核战而自取灭亡了。所以 Xenus 人的入侵是福是祸,一时半会儿还真说不清楚。

通信终止。费萨尔少将转过头来,面对刘星辰、亚当斯和基地里另外几位高级军官。"Xenus 人已经同意我们的计划。他们愿意挤出最后的力量来做一次大规模的佯动,用于调动瘟疫的注意力。或者说,占据它的传感器视野。"

"那他们说他们即将撤离太阳系,是不是真的?"195飞行联队联队长罗杰斯少校问。

"应该不是假话。Xenus指挥官特意表示可以带我们这边一部分人走。我已经让后勤部列了一份志愿者名单出来。如果突袭计划失败了就执行总撤退。至于'最后的力量'之类的话,不必认真。愿意配合就已经是最好的结果了。"

"两个种族如此接近,何必打仗呢!"刘星辰感叹道。

一时间会议室里的人都没说话,陷入了一阵沉默。大家琢磨着这句话。最后费萨尔少将笑了笑,"就是因为接近才打仗不是吗? 想想我们人类自己都打了多少仗。"于是整个会议室更加沉默了。

散会之后费萨尔少将单独留下了刘星辰。"孙定一中尉现在什么情况?"她问道。

"没有异状。偶尔会去探视冬眠舱存储区。"刘星辰报告。

"我们要不要提早解冻柯林医生,让他们两个出击之前最后见一面?"费萨尔少将问。

刘星辰倒是没有想到费萨尔少将居然还有关心某个特定下属的时刻。他之前就听闻过费萨尔少将与下属从来没有私人交流,或许这是因为定一太特殊了。

"这个早就考虑过,孙定一中尉自己拒绝了。他说要等到任务完成回来之后再会面。"刘星辰回答。其实另一个原因他现在不能告诉任何人。

"原来如此。也算说得过去。"费萨尔少将若有所思,"那就先这样。有什么问题及时汇报,刘少校。"她匆匆离开。

刘星辰收拾好自己的东西,也准备离开,前往作战室。现如今那里是他的岗位,他现在是基地的飞行联队作战部长,协调基地的所有战斗机联队的作战。说起来，一年前的那个想法现在倒是实现了——他确实不需要再飞行了。

特战部的亚当斯少校进来，手里拿着一份文件。"刘少校，我这里有一份调令。将原地月系第十三舰队第九飞行联队托马斯·哈代上尉与孙定一中尉转隶到联合特种作战司令部160特种航空团下执行任务。"他把文件递给刘星辰。刘星辰大略看了看，在调令上签了字。在这之前费萨尔少将就已经对他说明了情况。定一和哈代将去执行那项重大的任务，所以将他们调到特战部。不过现在这个状况，某种意义上基地是按照舰队的惯性而运作的——这些繁文缛节都是不必要的麻烦，因为舰队本身已经不存在了。但是，也只有大家假装舰队还存在，才能够继续生存下去。人类就是这样一个物种。

"你们接下来的任务是什么？"刘星辰装作不经意地问道。

"抱歉，刘少校，这是机密，不能透露。"亚当斯少校抱歉地笑了笑，将文件收起来。不过刘星辰其实早就知道亚当斯的秘密任务。想到这里，他不自觉地将手揣进兜里，摸了摸那张卡片。可能就是现在？他想着。不，时机还没到。

刘星辰走进作战室。这段时间的观测显示瘟疫的活动强度明显上升，侦察部门的工作强度也大大增加。作战室比之前多了一倍的体感座椅和显控台，这个原本就不大的房间被挤得满满当当。四处都是躺在体感座椅上盯着全息显示的操作员，他们双手敲打着控制面板，嘴里低声默念。这种默念声与机器的单调轰鸣和环境系统的空气流动声构成了战情室永不停歇的背景音。

刘星辰调出L4轨道观测的时间序列。比起昨天，瘟疫的巨型引力子发生器似乎又增长了一点。现在这个白色圆柱形的巨型构造几乎已经要建造完成了,周围的那些平板已经消失,只剩下干净的圆柱形。圆柱的中间是一个圆形孔洞,四条凹槽从孔洞周围延伸出去,形成一个十字形。刘星辰总觉得这像是某种炮管,但是尺寸比例显然不是人类的风格。

"林薇博士,你觉得这东西是做什么用的?"刘星辰问侦察部的观测员林薇,正是她负责观察L4点。斯科特博士的判断只有极少数几个人知道,刘星辰是其中一个。

"某种……巨型武器?电站?天线?"林薇猜测着,"我想不出来。人类从来没有建造过这么大的东西。这东西也肯定不是人类设计的,我做梦都梦不出来这种东西。"林薇是物理学博士,在瘟疫爆发之前就在土星科考站做观测,现在她的观测站已经成了观测瘟疫的侦察部的一部分。

"如果给你无穷的资源让你建造一个东西,你会造什么?"刘星辰突然来了兴趣。

"我……大概会做一个太阳系那么大的环形对撞机?一口气冲上普朗克能级。"林薇想了想,"实际上瘟疫的那一大堆圆环已经可以这么做了。我算过功率。"她找出一份数据,打在屏幕上。想象图中所有的这些圆环都漂浮在木星和土星之间,将重粒子流加速到创世所需的能量,"希望那位天人真的这么做了吧,没准还会把实验结果发在《自然》杂志或者《物理学评论快报》上面。到时候署名只有一个名字,它可以拿从今往后所有的诺贝尔物理学奖。"她自己也笑了起来。

刘星辰大致理解了林薇的笑话,跟着笑了几声。但是林薇的笑声里有一种无法排遣的消沉——刘星辰在基地里遇到的几乎所有人都或多或少抱着这样的情绪,乐观的人极少。毕竟,他们都是幸存者。

"队长,巡逻群-6MA4325暂时失去联系,是否需要处置?"一个操作员转过身,对刘星辰喊道。

"最后一次追踪到他们是在什么时间和地点?"刘星辰打起精神,投入到工作中去。

"十五分钟前是最后一次定时联系。这次定时联系后就联系不上了。预定轨道是DSE-5243213。他们现在应该在土星背面。"操作员说道。

"要不要再等会儿? 可能只是进入了土星阴影。"刘星辰说。

"几个数据链卫星都没有收到信号,应该不是遮蔽的问题……等等,有信号了。"操作员在键盘上敲了两下,"巡逻群-6MA4325已经确认。由于突遇微陨石,战斗机受到损伤。推进剂大量损失,巡逻群请求救援。"

刘星辰叹口气。还真是不让人省心。"派出救援船,把他们接回来。我要亲自去。"他环视一周,作战室紧张而忙碌。他再一次将手伸进裤子口袋,摸了摸那张卡片。不,还不是时候。

"我说两位,被微陨石击中导致战斗机受损? 这也太丢脸了吧?"刘星辰坐在副驾驶席上,救援船正在调整最后的位置,接近两架伤痕累累的战斗机。从外表就能看得出来,有一架的右侧发动机被整个击穿,另一架好一些,但是主推进剂箱也出现了一个大口子。击穿两架战斗机的陨石至少有五毫米。运气稍微再差一点,他们就回不来了。在一年前他会以为这两个家伙肯定是被Xenus人打成这样的。任何太空战斗机的传感器和自动驾驶系统都可以很轻松避开任何大于一毫米的碎片。

"传感器系统突发故障,运气真是糟糕。"回复的是巡逻群的长机,切图科夫上尉。刘星辰暗暗叹口气。基地的战斗机部队妥善率下降得很厉害,人员和备件都有很大缺口。传感器系统故障也不是什么新鲜事了。不过在这当口就遇到这种事情……而且是两架战斗机的传感器一起故障?

"轨道同步已完成。"驾驶员宣布。下面是刘星辰的工作。他伸出机械臂,小心翼翼地夹住一架战斗机,缩回机械臂,并且操作姿态发动机喷射以补偿操作过程中产生的动量。损毁的战斗机顺利地被抓回机库。随后他重复了这个过程,第二架战斗机也被回收。他前往机库,探视两位飞行员。

气闸滴了一声,加压完成。两个飞行员打开门走了进来,将头盔摘下来,长出一口气。他们看到刘星辰,条件反射式地立正、敬礼,"队长!"

"稍息。"刘星辰回了礼。他也不知道是谁传出去的,现在所有人都叫他队长,但是他现在是作战部长。可能是因为他是唯一一个活下来的飞行联队长?

"身体上有没有什么问题?"他问道。

"没有问题。就是时间有点长,作战服的环境系统负荷大了一些。回去要洗个澡。"切图科夫回答道。他身上的确不太好闻。僚机飞行员李泽世中尉也点点头。

"辛苦了。回到基地我们会详细检查一下战斗机的传感器系统。先跟我说说发生了什么。"刘星辰让两人坐下。他们现在离回基地还有几个小时。

"也没有太特别的。"切图科夫倒是没有太大的情绪,"出击的时候地勤就跟我说,长机的传感器系统有点问题,红外波段不是很灵敏,他们还在找具体问题。李泽世的飞机没这个问题,所以我也就没太在意,有一架飞机是好的就行了。不过他的传感器系统在路上突然卡死了,得重启,事故就是在重启过程中发生的,运气真是不好。"

"其实运气还算好,毕竟我们两个没挂。如果陨石再大一点我们两个就回不来了。"李泽世补充道。切图科夫耸肩,不置可否。刘星辰感觉出李泽世的声音和表情都有一些不自然,但是他没有说什么。

"确实辛苦两位了。"刘星辰说,"回到基地,记得写一份报告交上去。你们这两天暂时不要再出击。"

他感到李泽世明显松了口气。"是,队长。"两个人齐声说道。

刘星辰坐在战斗机座舱里,在专用的笔记本上敲下命令,检查战斗机的传感器系统和Log数据[①]。他座下的这架战斗机是李泽世驾驶的僚机,受伤程度较轻,只是主推进剂储存箱破损。刚才他已经检查过切图科夫的长机,传感器系统的确是坏的。理论上他作为整个基地飞行联队的作战部长,没有任何必要亲自来检测战斗机,但是他有一些怀疑。

Log数据显示出一次飞行中的重启过程。从时间来看,重启过程中他们就遇到了陨石。在重启之前的传感器观测数据一片空白,的确像是卡死之后导致的。李泽世没有什么可怀疑的。

刘星辰重新键入几个命令,调出僚机战术显示系统的缓冲堆栈数据。战术显示的堆栈会在标准时间之后自动刷新,丢弃之前的数据。但是传感器系统在卡死重启之前如果向战术显示传输了任何数据,那些数据就会一直保留在堆栈之中。这点很少有人会注意。

---

① Log数据,即系统日志数据,通常是系统或者某些软件对已完成的某种处理的记录。

堆栈中的缓冲数据表明，在系统重启之前僚机传感器运转良好，并且已经探测到了陨石的出现。李泽世故意重启了系统，并且删除了之前的探测数据，造成了这次的事故。为什么？他得去找李泽世谈谈。

李泽世对于刘星辰的到来似乎并没有很慌张。他就在他的飞行员宿舍中，半躺在床上，开门的时候刘星辰看见他似乎在看一段视频，但是刘星辰进来的时候他就关掉了。刘星辰进了房间，把门关上，找了把椅子坐下来。李泽世看着他坐下来，一句话也没说。

"在遇到陨石之前你的传感器并没有问题。你看到了陨石并且故意撞了上去。为什么？"刘星辰开门见山地说。

"因为我不能再忍受这样的生活了。"李泽世声音低沉。

"我无法理解。"刘星辰说。他其实能够理解。

"我之前认识的所有人都死了。我想有些人还活着，但是跟死了也没什么区别。就我一个人逃了出来。"李泽世垂下眼睛。

李泽世，原隶属第三舰队第104飞行联队，瘟疫爆发时正在执行长程侦察任务，经过一番苦战之后逃到火星。他是104飞行联队逃出来的唯一一个人。刘星辰来之前特别查了他的背景信息。

"我们都知道反抗根本是徒劳的。我们根本打不过那个东西。这么长时间它在谋划什么难道你们还看不出来？可能再过个十分钟我们就都得死。我可不想变成它的傀儡。"李泽世低声笑了起来，"在高速闪光之中变成蒸汽对我来说或许是种解脱吧。可惜计算出了点小差错。"

"那你为什么要带着切图科夫一起去死？"刘星辰问道。

"哦，那个家伙。"李泽世的声音终于带了一点儿温度，"他死了对我们都有好处。你问问队里的其他人就知道了。"他对切图科夫的恨意在言语中一览无遗。刘星辰记了下来,之后要对切图科夫上尉做一些调查。

"所以,就这样吧。把我带走,随便处置。反正过不了多久这些就都没意义了。"他坐起来,整理好行头。刘星辰挥挥手,门打开,两个宪兵进来,给李泽世戴上手铐。刘星辰拿起李泽世刚才正在看的平板,打开最近播放,是一个姑娘的视频,言笑晏晏。

"你妻子?"刘星辰问。

李泽世点点头,扭过脸去。两位宪兵夹紧他,将他带出了门。

刘星辰想起了海洋和慕星。他将手探进裤子口袋里,碰到了那张卡片。

不,现在还不行。

他的手表响了起来。紧急军情,他需要立即赶到作战室。

"刘队长,我是柯林,如果你还记得我的话。"视频中柯林一脸惶急,完全看不出任何被感染的特征。她在一个很小的舱室里录下这段视频,背后就是舱门,她时不时还要回头看一下,确认舱门没有被暴力打开。

"长话短说。定一非常特别,他手上握着拯救人类的关键,天人对他非常重视,正在全力找他。"背后的舱门传来砰砰的声音。柯林拿起手枪,开始检查弹药。

"不要让他被天人抓到。千万不要,他太重要了。"柯林红着眼睛说,"我们没有时间了。再见,队长。告诉定一,我仍然爱他。"视频结束。

刘队长看着屏幕重新变为黑色。他一时间不知道该如何反应,因为视频上的这个人,虽然有着柯林的面容,但是他完全不觉得那是柯林。他见过柯林很多次,视频上的这个人有着微妙但是绝对的差别。他重新瞥了一眼冬眠舱,想要找出到底是什么样的差别,但是是终还是放弃了。

战术显示重新亮起来:有一段视频可供下载,是否下载?

刘星辰选了"是"。过了片刻,屏幕开始继续播放。

仍然是那个舱室。柯林重新打开了摄像头。舱门的砰砰声已经停止了,她一脸平静,坐在摄像头面前的那把椅子上。"刘队长,你好。我是柯林。"这才是柯林,刘星辰终于能够把这个人与他记忆中的那个女孩对应起来。

"请将刚才那段视频交给基地最高指挥官费萨尔少将。我所代表的天人想要请你帮我们一个特殊的忙。"柯林说完,站起身来。她身后的舱门打开,是两个人。

海洋和慕星。刘星辰感觉自己的心脏都停止了跳动。

海洋牵着慕星的手,坐在柯林刚才的椅子上。她将慕星抱在怀里,"如果你能帮助我们,天人将保证海洋和慕星两个人的生存,健康和幸福。我们甚至能保证你的生存。"她接着柯林的话说道。没错,这就是海洋的声音。她拉过椅子的姿势。她将慕星抱在怀里的动作。这一切的一切都是真实的。

"冬眠舱的背面有一张存储卡。请在合适的时间将上面的内容上传至基地战术系统。"慕星奶声奶气地说。这就是他的女儿。千真万确。她张嘴的时候左边缺了两颗牙齿。他最后一次见到她是一年半之前,那时她刚开始掉牙。

"刘队长,你会知道什么是合适的时间。"柯林开口说道,"至于定一,"她抱歉地笑了笑,"我很对不起他。我们会再见面的。"

视频结束。

刘星辰低头看向冬眠舱的背面。平整的背板上有一片微不可察的凸起。他试着拿指甲撬了一下，一片小小的存储卡掉到他的掌心里。

刘星辰匆匆走进作战室。作战室本来已经是一片忙碌，而现在更是变成了一锅粥，已经接近沸腾。操作员的低语已经变成了高声叫嚷。刘星辰好一阵子才习惯了这种声浪。

"队长，长程传感器有动静！"一个观测员向他大喊，"检测到多个高速目标正在向土星航行！"

整个战情室沸腾起来。"是否确定？给我详细数据！"刘星辰叫道，"基地进入二级警戒。"

"确定了！高速目标，24，速度，0.12c，预计将在二百六十六分钟之后接触！"这句话直接将整个战情室完全引爆。"提升到一级战备！放出拦截群，将基地里所有还在休假的飞行员全部召回！所有人必须抵达战位！通知费萨尔少将，基地进入全面动员！"刘星辰发布着指令。战情室的运转速度瞬间高了一个级别。

这应该就是那个时候了。刘星辰想着。他想起李泽世最后说的那些话。还有切图科夫上尉。不过这一切都不再重要。他掏出那张存储卡，在显控台上划了一下。原谅我，刘星辰默念。

战情室的警报声响了起来。

第十八章

+388

基地所提供的低可视度飞船的改装已经完成了。这艘飞船叫作伊利湖-15,实际上原本是一艘仅仅能够在地球和火星之间往返的小型摆渡运输机。基地在船上安装了一个绝热主动冷却罩,以躲避瘟疫的被动传感器。飞船的货运支架和惯性舱被拆掉,舱外堆满了冰。飞船内部的舱室大多数被封死,只留下最多够五人生存半年的补给。飞船的高级舰载计算机也全部下线,只留下基本的轨道计算和导航功能。基地联系了Xenus远征军,计划是在出发之后Xenus人会派出手头的大部分力量做一次大规模的调动来吸引瘟疫的注意——这样做的目的是骗过瘟疫的传感器阵列。或许瘟疫并不存在注意力这种东西,但是它手头的设备肯定是有限的。

出发选择的是地球和土星的冲日①。选择合适的轨道,他们能够用大约八十天的时间飞到地球L4点。定一没有感到兴奋或者紧张。哈代也没有。哈代一直处于一种精神上的轻微兴奋

---

① 土星冲日是指土星、地球和太阳几乎排列成一线,地球位于太阳与土星之间时。

状态,可能是调制的结果。这几天定一很正常地作息,一点情绪都感觉不到。

大概也是调制的作用。定一淡漠地想。在上次之后他对于自己的记忆愈发不确定起来:他是不是如同哈代一样在感染之前就接受了调制?但是这仍然无法解释他是怎么知道那些奇奇怪怪的管理员密码的……不管怎样,他仍然是一个人类,仍然想要回去,回到他的日常生活中去,想要回到柯林身边;知道这一点也就够了。

出发的前一天,定一一个人来到了冬眠临时存储区。这里比他上次过来要宽敞不少:有一些冬眠者被转移到了神经科学中心,等待被唤醒。逆调制信号这段时间被证明是有效的,一些冬眠者被唤醒,除了有一些轻微的失忆症状,没有太多后遗症。这些成功事例让整个基地都很兴奋。

定一来到了柯林的冬眠舱前,看着这个他心心念念的女人。她跟上次他来看她的时候没有变化。定一知道,过几天他们就会把她唤醒,而他那时则处于从土星到地球的漫长航渡过程之中。基地提出优先解冻柯林,但是定一拒绝了。他可能再不会回来了;或者他会成为全人类的英雄而回来。不管怎样,想到她还在这里等他,定一心中就充满勇气。而她如果醒来,他反倒不知道该如何面对她。

嘿,为了你,我会活着回来的。定一心中默念。他的手伸向她的脸庞,但却被冬眠舱的舱盖阻隔。

那么,我走了。定一收回手,准备转身离去。

正在此时,柯林的冬眠舱的监视窗口发生了变化:原本正常的生理量表,快速跃动一阵之后数据全部归零。

无线电频道中传来了一阵沙沙声,仿佛是森林里群鸦飞过。这种声音出现在这里,可能性只有一种:全频谱带宽的巨量数据传输。

柯林的冬眠舱监视窗口又发生了变化。数据行闪动如瀑布,这是自检程序运行,准备唤醒。

"这是……"定一的思绪已经朝着最坏的方向滑过去。

冬眠舱开始执行唤醒程序,冷冻凝胶在超声波下变性为液体,然后被排出舱外。唤醒程序往冬眠者体内注入复合药剂,刺激新陈代谢和神经活动。舱内逐渐加温,定一眼看着柯林的脸色越来越红润而有生气。他望向四周,周围的冬眠舱都在同一时间启动,整个存储区域的冬眠者都将醒来。

定一不知道该怎么办。

突然舰内广播响起:

"所有人员请注意,所有人员请注意;目前本舰进入一级战备状态,所有不在岗的勤务人员,请立即向你们的作战岗位报到,这不是演习;重复,目前本舰进入一级战备状态,所有不在岗的勤务人员,请立即前往你们的作战岗位报到……"

哈代的声音也同时在通信频道中响起,显得急切而仓促:

"定一,你在哪里?赶紧回来,这次瘟疫真的动手了。长程传感器检测到至少二十个亚光速目标正通过圆环轨道向基地这边飞来,抵达时间不会超过三小时。现在基地里所有的作战人员都在集合……"

"他们全都醒了。"定一望着柯林。她的冬眠舱舱盖打开,她缓缓地坐起来,睁开眼睛。在这一刻,定一心里的最后一丝希望也消失了:她的眼睛里什么都没有。没有生机,没有感情,没有他。她只是扫了他一眼,就从冬眠舱里爬出来,朝着存储区的大门飘过去。四周所有的冬眠舱里的男男女女都爬出来,跟着也飘走了。在这个过程中,他们好像根本没有见到他一样。

"你说什么!? 你现在在哪里? 我去找你也行!"哈代在无线电频道里急切地喊道。

大门那边,一阵密集的枪声响起。

当定一见到哈代时,后者正拿着一把步枪,脸上半是乌黑半是血痕。瘟疫的潜伏战士战斗力惊人,基地的保安部队根本不是对手,大多数人还没有搞清楚是怎么回事就已经倒下。对方展现出了动物般的野性和敏锐嗅觉,分合进击,战术极为高妙。定一努力跟在他们背后,但很快就被他们摆脱了,一路上全是基地人员的尸体。很快这支一千多人的力量就分成了无数小组渗透进整个基地。远处的爆炸声不时传来,有不少区域已经降下气密门,定一只能绕远路。他想再次见到柯林,但是也不知道她到底去了哪里,只能来找哈代,商量接下来的对策。

"没有时间了! 刚才亚当斯队长在秘密频道联系我,要我跟你汇合之后一起去机库,我们要在那里组织力量反攻。"刚刚碰面,哈代没有多废话,拉着定一就走。

好在他们现在所在的装备整备库与机库相隔不远,一路上也没有见到瘟疫战士。无线电频道目前一片混乱,无数人大喊大叫要求支援;定一紧盯着基地的舱室妥善率地图,满心忧虑。时不时就会有一个舱室从绿色变为红色:这意味着这个舱室的气密完整性已经遭到破坏。虽然瘟疫的这一千多人比起基地的总人数来说只是一个小数,但是他们确实没有预见到这种情况的发生。况且,离瘟疫主力攻击部队的到来,只剩下两个小时的时间了。

亚当斯队长穿着舱外作战服站在那里,正在给几个士兵分配任务。他看到定一和哈代过来,从口袋里掏出一张纸,"这份文件将原地月系第十三舰队第九飞行联队托马斯·哈代上尉与孙定一中尉转隶到联合特种作战司令部160特种航空团下执行任务。接下来你们两个随我来。"哈代愣了愣,把纸接过来扫了一眼,上面有他们队长刘星辰以及基地指挥官的签名。亚当斯队长没有浪费时间,指了指旁边的整备室,"去穿上舱外作战服。到神经科学中心的路被锁闭了,我们要从舱外过去。"

"神经科学中心?"

"对。我们目前的任务是营救斯科特博士。"

从舱外看来,整个抵抗军基地显得非常安静,一点儿都看不出来内部现在正在经历一次暴乱。定一将无线电频道中的一片嘈杂调到最小音量,努力不被干扰。在他的前面,亚当斯队长和一个班的战士正排着队形缓慢向前。头顶的土星将周围的一切都照得十分明亮。在他们脚下,是土星的光环,无数的细小冰块和石头延伸开去,在土星的映照下闪着粼粼的波光,仿佛是一片大海。

前方一阵白色喷泉跃起,这是典型的气闸减压过程。三个身影随后从舱门中出现,朝着他们疾驰而来。"Break! Break! Break! 接敌!"亚当斯队长在频道中发出指令。战士们四散开来,代表弹道的红色轨迹在真空中划过。定一将推进剂注入喷射背包,转了大半个圆,打算从天顶方向掠袭。然而瘟疫战士似乎早有预料,定一的光点注入还没有完成就被摆脱。不过那位战士终究没有抵得过一次协同射击:抵抗军这边几位战士的弹道完美地封住了他的可能路径,他的舱外作战服被击穿,喷射背包的推进剂从弹孔中泄露出来,动量把他变成了一个不停旋转的物体朝着土星飞过去。他最终可能会坠落到土星上。

这次遭遇战没有持续太长时间,八十七秒之后人类抵抗军就以一人阵亡的代价击坠了三名瘟疫战士。他们现在必须加快脚步:瘟疫的拦截有了第一次就会有第二次。

神经科学中心没有气闸,他们使用便携气密舱切割舱壁之后突入。进去之后定一发现内部漆黑一片——基地的这一块已经失去照明,温度也明显降低。

定一和战友们打开夜视仪,发现舱室到处都是死人——偶尔还有几个活着的,战士们已经四散下去进行紧急处置。亚当斯招呼定一和哈代过来,向科学中心深处摸去,寻找斯科特博士的踪迹。他们在无线电上试着呼叫斯科特博士,但是没有回应。斯科特博士的最后一次地理位置更新显示他在手术室里,正在执行对一名冬眠者的唤醒操作。

前面的廊道一阵响动,一个热感应信号一闪而过。三人立马停住,亚当斯队长小心翼翼地往前走,努力不发出任何声响。他走到廊道拐角,探出头去查看情况。突然一声巨响传来,亚当斯队长旁边的一块舱壁被炸得粉碎——外面就是真空。顿时强大的气压将亚当斯队长推进了真空里,应急机制启动,巨大的钢构升起,保全了整个舱室的气密性。

"我没事。你们两个暂时不要移动,我会另找个办法进来。"亚当斯队长的声音及时响起。事先他们就考虑过类似情况可能发生,一直使用舱外战斗服循环呼吸。

定一回过神来,想要确认哈代的位置——但是哈代消失了。"哈代,你在哪里?"定一大喊。没有回应。

一片黑暗中,又只剩下了他一个人。

前方又是一阵窸窸窣窣的声响。定一端起枪,缓步朝前走去。他走到走廊拐角处,将步枪换了肩膀,猛地转向;一件重物朝他砸过来,正中他的头盔,战术显示登时失去了效果,眼前重新恢复到什么都看不到的黑暗。他眨眨眼睛,在黑暗中勉强看到一个人影扑过来,手上似乎握着一把匕首。他正抬起步枪准备开火,旁边的一扇安全门突然打开,一声清脆的枪响,闪光中这个人影被击中,朝旁边飞出去。一只手抓住定一的步枪,干脆利落地将它夺走,然后拉着定一进了房间,门重新关上。

定一还没来得及做出反应,房间里应急灯亮起,定一终于看清楚了这个人是谁。

是柯林。她现在非常正常,穿着标准的战斗服,跟定一在一小时之前看到的完全不一样。

"我亲眼看见你……"定一喃喃道。

柯林很平静地看着定一,眼神里满是温柔。自己已经多久没有看见她这样的神情了?三个月?六个月?一年?

"我们剩下的时间不多了。"柯林说。

定一不知道应该说什么。

"去救出斯科特博士,把他带去你们的任务。这非常重要。他现在在科学中心D310室。你们还有二十三分钟。"

"我会等你的。"柯林说完这句话,转身开门走出了房间。

"等等!"定一站起身追了出去。他有无数的问题要问她。但是他冲出房间,四周已经没有人的踪迹。哈代的声音适时响起:"定一,你在哪里?我已经与亚当斯队长汇合,请报告你现在的位置。"

在D310室找到斯科特博士的时候,他仍然在看着手头的资料,不知道在想什么。看到三个人的到来,他没有惊奇的神色,只是很自然地跟着定一往外走。

"斯科特博士……"定一在私人频道里对他说。

"你要与我们一同去L4吗?"定一问。

斯科特点点头,"计划是这样的。我必须去。"

"是之前就计划如此还是之后改变的计划?"

"情况有所变动。"

"为什么?"

斯科特博士没有回答。这时公用战术频道开始广播:"全体人员注意,全舰即将进行一次战术机动,预计在1343开始,持续时间:一百二十五秒。请做好准备。由于目前的状况,下列区域可能会影响到舰体完整性:A1233,A3242,C87,E5……"

"我们目前所处的区域可能会被剥离出去,现在我们还有7分钟。斯科特博士,你最好穿上舱外活动服。"

原来这就是二十三分钟的剩余时间。定一想。他们快速奔向临时气闸,定一坚信柯林能够活下来。等着我,定一默念。

他们跃出舱门的时候全舰机动正好开始。遍布基地的姿态发动机喷出长长的火焰,将整个基地变成了一只刺猬。基地现在进入霍曼转移轨道,神经科学中心的惯性舱在爆炸螺栓的闪光中从舰体分离了出去。四架战斗机从机库中弹射出来,开着全加力飞向远方;这应该是针对瘟疫突袭部队的拦截机。

回到机库,定一发现这里已经成为瘟疫战士的主要攻击目标。他们的队长刘星辰正在指挥内卫部队组成强固支撑点,抵挡瘟疫战士的攻击。基地里还活着的飞行员们正在陆续报到,整备班在抓紧时间启动战斗机,对瘟疫的突袭部队展开拦截。进入机库的舱门有限,瘟疫的战士们一时间与内卫部队形成对峙,暂时没有突破,两方正在以轻武器交火。

一行人与刘星辰会合,然后隐蔽在刚刚立起来的便携掩体背后。"伊利湖-15已经整备完毕,随时可以启动。你们赶快出发。我们这里还能够抵挡一阵子!"刘星辰朝他们大吼。

"你们怎么办!"哈代喊道。

"没事,等你们回来我们再……"队长的话还没有说完,一枚高超音速炸弹就击中了他旁边的机库,巨大的闪光之后,紧接而来的气浪将所有人震得七零八落。这是瘟疫方第一次使用重武器。

定一感觉自己被一只手拉了起来。是哈代。哈代的另一只手抓着斯科特博士,后者看起来已经昏迷不醒。定一努力站了起来,四处张望,发现队长已经不见踪影。亚当斯冲上前去接替了他的位置。他回过头来,"D12泊位,快去!"

"是,长官!"哈代喊道。定一搀起斯科特博士,两人一起发力,朝D12泊位奔去。

低可视度运输船伊利湖-15已经做好全部起飞准备。定一和哈代将斯科特博士扛到乘员舱固定好,然后进入驾驶舱,启动飞船。

"基地塔台,1502,T-AOE-5477伊利湖-15号请求起飞。"哈代说道。

"T-AOE-5477,1505,准许起飞。祝你们好运。"

"1505,任务启动。轨道转移开始。距离抵达任务目标地点:预计为81标准日14小时32分16秒。喷射:600秒。180秒后进入无线电静默。"哈代的声音很冷静,丝毫听不出刚才的影响。伊利湖滑出机库,发动机开始点火,三个人感受到了一阵侧向的加速度,眼前的星空开始旋转,土星位置从他们的上方变成了下方。在他们后方,是正在战火中的人类抵抗军基地,而在前方数千万公里处,数十个目标正以亚光速向基地袭来。

　　但愿我们能够有好运。定一想。

　　但愿我们能够归来。

　　但愿我们还有可以归来之处。

第十九章

+154

禹藏山遇醒了过来。他不记得梦见什么了,但是很确定自己并没有梦见那个东西。自从他和萧十四进入了天人的构造,他就再也没有梦见过那片黑暗。

升降梯门还是没开。空间内部完全没有任何装饰,极为单调。升降梯内部有符合人类标准的气压和温度,对于昆仑人来说略低,但是可以接受。他们已经在升降梯里待了超过十四个时辰。禹藏不知道这东西到底是要带他们去什么地方。禹藏站起来,发现萧十四正靠着墙沉思,不知道在想什么。看见他已经醒了,也走了过来。

"轮岗时间还没到,这么早就醒了?"萧十四说。他们约好轮流睡觉,每隔七个时辰轮替一下。萧十四看了看表,离他入睡也就过了三个时辰。

"这种情况下怎么可能睡得很好。"禹藏叹息,"你来休息会儿吧!"他指指睡袋。萧十四摇摇头,"跟你一样。"禹藏一时不知道怎么回复,两个人默然无语,各自想着心事。

"我在想,"禹藏首先出声,"方舟怎么样了。"

"我想他们应该没事。"萧十四想了想回复道,"我们已经在这个玩意儿里面三日了,你觉得这东西真的是一种武器吗?"

"就我们看到的部分来说,不像。而且还没有彻底建好。但是这东西太大了,谁也说不清楚。十四,你觉得天人建这么大的一个东西,是拿来做什么的?"禹藏追问。

"禹藏,我们之前与昆仑天人打交道的经验,"萧十四无奈地说,"就是不要猜度天人的想法。就算那个天人是我们自己所造出来的,也是这样。"

"它摧毁了玉鼎和天元两派的方舟。"禹藏说。

"但是,它为什么没有摧毁剩下五派的?"萧十四反问,"对它来说同样容易。我在这里实话实说:我并不确定当初天人的重力子发射装置是不是摧毁了两派的方舟。虽然从观测数据来说是这样。"

"你这是什么意思?"禹藏困惑地问。观测数据的结论如此,为什么萧十四要说自己并不确定?

"因为我总觉得数据中有些互相矛盾的地方。在这里无法跟你解释清楚,除非你也是钦天监学毕业的。"萧十四摊手,"我自己的想法,是天人并非有意要摧毁两派方舟,而只是两派方舟刚好在那个方向上,如此而已。"

"你的意思是说,它的引力子射线是要射击那个方向,而不是要射击两派方舟?"

"并不是射击,而是通信,超长光程距离上的通信。所以才需要那样强大的射线。"

"那你当初为什么说我们要做一次预防性打击!?"禹藏更加迷惑了。

"如果我错了呢?"萧十四反问道,"这种东西是武器,还是通信天线,有这样的强度,有什么区别吗?"

"这样的话,当初昆仑天人究竟是在与谁通信? 需要这样大的能量?"

"这就是你我不知道的了。可能是另一个天人,就像人类,这几十载的时间里他们自己也弄出来了一个。这个宇宙里可能到处埋伏着天人。"萧十四语气消沉。

禹藏想到这个宇宙图景,也灰心丧气起来。像他们这种个体智能生物,可能就是天人的踏脚石而已。

两个人又沉默了一阵。过了半刻,禹藏突然出现了一种无法形容的感觉:升降梯停了。他不知道自己是如何判断出来的,但是他就是知道。萧十四同时抬起头来,他的眼神分明在说:我也是这么想的。

升降梯门无声无息地滑开。一辆巨型工程灵械驶进来。两个人避开这台巨大的灵械,走出了升降梯门。在灵械的背后,是一个全新的世界。

出现在两个人面前的,是一个巨大的制造工厂。禹藏发现他至少能够理解这个地方是做什么用的,这让他稍微有一些安慰。他们仿佛处于一个巨型峡谷的底部,触目可及的地方都是长长的流水线。无数零件和半成品的灵械在轨道上被吊着向一个方向移动,环绕着他们的机械手将新的零件装配上去,然后移到下一个工序。他们现在的位置则是一条道路延伸出去,分出很多岔路通向不同的地方。他们的头顶上同样如此,看起来这个制造工厂分了很多层。他们现在的位置还不是制造厂的底层,在他们所处的道路下面,是一块一块巨大的方格地板,透出明亮的白光。禹藏不知道这是什么,猜想可能是这个制造工厂的能量产生装置或者原料处理结构。

两人沿着道路向前走。在禹藏看来,装配完成的灵械和建材就通过这条道路被升降梯传送到刚才他们身处的那个巨大空间,去完成天人不可捉摸的工作。不过很明显,这条道路的出口不止一个——他们看到的那个空间的建设工作远非天人构造的全部。禹藏一时半会儿拿不定主意应该往哪个方向去。萧十四显然是被天人制造工厂的巨大规模所震慑了,半晌都没有说话。

"禹藏,你看流水线上制造的是什么?"萧十四突然出声,指着他们旁边的传送线上所输送的构造。

这是……某种植物?禹藏认出了那种东西:一块带有植被的地板。尺寸跟一艘战斗舟差不多。

"人类母星的植物。这可真是奇怪……"禹藏说到一半就停了。萧十四点点头表示理解。昆仑界的植物有所不同,颜色更加接近于紫红,但是绿色植物也并不是什么特别奇特的东西。天人制造这种东西干什么?

很多块类似的带植被的地板在传送线上前进。禹藏发现这些地板还并不都是整齐划一的产品,而是各自有不同的形态、结构和弧度。上面所附着的植被也各式各样。有伏在地表的小型灌木,也有高大耸立的大型林木。天人这是要开一个植物园还是什么?

就在此时又一辆大型工程灵械从他们身边驶过,径直开向他们刚刚走出来的升降梯。不知道为什么,禹藏总觉得这辆灵械上有一只眼睛看见了他们。

"禹藏!我们是不是应该隐蔽一下?我感觉情况不太对。"萧十四显然也有相同的感觉。他回头望了望那辆已经驶进升降梯门的大型灵械,又四处张望了一番,观察是否有什么东西会出现在这个空间来处理他们。如果有,也会是某种能力远超他们的自动装置。

总而言之这条大路是没有办法继续走下去了。"我们跟着这条流水线走!"萧十四指了指旁边流水线上的构件。离他们最近的正好是一块高等植物地板,高大的树林下是茂密的灌木丛,足以让他们两个躲过任何观察天眼。

两个人很轻松就跳到了那块地板上。让人意外的是,植物是生长在真正的土壤之中的,而不是使用某种培养机器培养的。虽然重力并不是两人习惯的昆仑界标准重力,但踩在真正的泥土上,禹藏山遇和萧十四的心情明显变得愉快起来。自从离开昆仑界,幸存的昆仑人就很少再有机会接触真正的泥土;他们日复一日面对的,只是方舟的钢铁空间。新一代的昆仑人有很多根本就没有踏出过方舟的舱室,也只有禹藏和萧十四,以及当初的幸存者们还依稀记得踩在真实的泥土上是什么感觉。

萧十四坐在树下,把鞋脱掉,将脚掌深深地踩进泥土。

"等会如果谪仙过来了,小心跑不掉。"禹藏在旁边看着,提醒道。

"多少载过去了,我都快忘记这是一种什么感觉了。"萧十四长出一口气,"你也可以试试。我看你这么多年首席做下来,快要变态了。还在昆仑界那会儿,你向来是我们几个里胆子最大的,现在怎么这也不敢那也不敢?"他斜着眼看着禹藏,最后干脆躺了下来。

"身负千钧之所望,须臾不敢忘。"禹藏回复。过了片刻他也开始脱鞋,"管他的。反正我们也活不了太久。"

一种奇异的震动声在空间之中响起。这种波动不太像是声音——空气的波动,而是这个空间本身在抖动。对于禹藏和萧十四,他们感受到这种波动并不是用耳朵,而是用全身。

"隐蔽!"禹藏低声说了句。萧十四立刻起身,两个人蹲伏在树下的植被之中。地板还在持续往前移动,巨型制造车间峡谷上方的某个开口处,出现了两个飞行器——对方显然是发现了禹藏和萧十四的踪迹。

飞行器的造型就是一个球形,白色,外表光洁,仿佛没有任何功能,这与天人的其他所有造物风格都是一脉相承。两个飞行器并没有直接奔向禹藏和萧十四隐藏的位置,而是以一种复杂而有规律的线路将整个空间整体扫描了一遍,这让禹藏开始怀疑这两个东西并不是针对他们。飞行器同样也路过了他们身处的这块地板,但是也没有特别仔细地检查,只是稍加停留,就飞走了。半个时辰之后,那种奇异的震动停止,两个飞行器就此消失不见。

萧十四站起来,伸展身体,"没想到让人最有回家感觉的,是在天人的造物中!"他感叹。"是啊,连要躲躲藏藏也一并昨日重现了不是吗。"禹藏挖苦了一句。在离开昆仑界之前最后的那段日子里,他们也是要这样,躲避昆仑天人无处不在的眼睛。

传送带将植被地板带到了很高的位置。两人已经离下面的道路很远了。萧十四坐在地板边缘,看着这完全由钢铁和塑料所构造出来的大峡谷,毫不在意自己可能会掉下去。他们的前面后面都有几乎无穷无尽的建材在传输。远处的另一条流水线,禹藏勉强可以看出上面传输的是某种很人类的东西。似乎是用来居住的住宅的一部分。

"可能是用来给谪仙居住的生态方舟,这也不是什么稀奇的事情。"萧十四不在意地下结论。

萧十四的推测可能是正确的。不过就算是逃亡的昆仑人自已建设的方舟,也没有如此豪华的布置。禹藏想起了之前人类天人所发布的那个视频:它向人类承诺繁荣,幸福和扩张。禹藏和看过这个视频的昆仑人对这个承诺一个字都不信,他们知道昆仑天人最后是怎么做的。但是看到这里的景象,禹藏有点动摇。很难想象天人为什么要建设这么大规模的人类居住环境。

传输线转了一个弯,地板被移向另一个方向。看起来他们马上要进入峡谷墙壁上的一个开口,传输线的轨道显然是有选择性地将这一块地板送进了这个隧道,他们前后的地板块仍然沿着原来的方向继续前进,可能会去往另外的某个开口。隧道之中没有照明,禹藏和萧十四打开战袍上的灯,试图寻找隧道舱壁上是否有可以供工作人员通行的廊道,但显然没有——这个巨型车间根本就不是人类设计的,也不是给人类所使用的。好在隧道并不长,他们很快就重见光明:这次是一个深井。

的确是深井。深井的四周仍然是金属所构成的舱壁,被围起来的面积相当广阔,大概能塞进去一艘攻击母舰。他们惊讶地发现,头顶的光源透出一种非常鲜明的蓝色——仿佛他们处在一个星球的地层之下。他们的底部是深渊的黑暗,井壁上都是复杂的轨道。传送线将地板运行到某个位置之后就停了下来。禹藏觉得,它似乎是在等待某件事情的发生。

"你看下面。"坐在地板边缘的萧十四指了指下方的深渊。禹藏往下望了一眼,顿时觉得头晕目眩,但是,似乎在黑暗中真的有某种东西在运动。

低沉的隆隆声从下面传来。从黑暗的雾气之中浮现的,是一个巨大的方块盒子,大概有这块地板面积的一百倍大小。它显然是沿着轨道爬升上来的,金属和金属的碰撞时不时会发出一阵刺耳的噪音。

方块盒子移动到他们所处地板的正下方，禹藏终于看清楚了它的构造：上面是一整块密密麻麻的框架结构，与他们在上一个巨大空间见到的巨型灵械所建造的蜂巢完全相同。传送线上的悬挂装置开始将这块地板往下放，最后精确地将地板放在了方块的一角，禹藏和萧十四听到了一声机械的碰撞声，应该是地板已经安装完成的标志。悬挂装置随即解锁，方块盒子也步进一位，流水线上的下一块地板开始安装。

下一块地板也是一片植被，与这块地板相连，接续极其严密，几乎看不出任何人工的痕迹。方块盒子上的地板很快就安装完成，两个人所处的位置变成了一小片林地的一部分。这片林地是一座起伏平缓的丘陵，茂密的植被生长其上。在丘陵的高点，还有一座人类风格的小房子。显然，这不可能是生态方舟的一部分：没有谁会在生态方舟里设计如此奢侈的居住空间。禹藏已经彻底迷惑了：这位天人到底是要做什么？

"如果当初昆仑天人也提供这么好的居住条件，我会想做一个谪仙也没什么不好。"萧十四慢慢向丘陵顶端的那座小屋走去。这时整个方块又一次开始了转移：在天井的另一面墙壁上，出现了一个开口，方块沿着墙上的轨道向那个开口驶过去。两个巨型机械臂从开口中出现，开始给这个方块砌上金属围墙。

"十四，我们可能会被困在这里面！"禹藏变得紧张起来。他们现在就像是进入了巨型玻璃箱的衡虫，眼看着箱子的盖子就要被盖上。禹藏向着还没有封锁的另一边快步走过去，急切地思索怎样能够逃出去。

结论是没有什么好办法。这个天井上没有什么看得见的开口或者人员通道可供利用。他们唯一能选择的方向，就是向下——在现在的重力下，他们或许不会摔死。

禹藏站在方块边缘,不知道要怎么办。他回头看了看,萧十四并没有跟上来。

方块又转了个方向,机械臂开始给方块另一侧安装围墙。禹藏走回丘陵,发现萧十四正坐在小屋的屋檐下,低着头,似乎是睡着了。

"不用操心了,我觉得就这样挺好,没什么遗憾了。"禹藏还没开口,萧十四就开口说道。

禹藏垂下肩膀。能活到这个时候,也超出了他的预期。在天人这里看到如此神奇之境,他仿佛又回到了小时候的探险时光。就让这东西带他们去随便什么地方吧。他脱掉鞋,坐到萧十四旁边,拿出随身携带的包裹。

"来点?"他从包裹里翻出高能量棒。剩下的食物不多了,也许还能坚持三四日的样子。萧十四接过能量棒。这是他们十四个时辰之内第一次吃饭。

机械手安装完四面围墙,之后是天花板,将整个方块罩了起来。随着最后一块天花板安装完成,整个方块的内部陷入了一片黑暗。黑暗之中,方块震动,再一次开始移动。

第二十章

+470

中控台传来"哗"的一声响,那是广域主动频扫雷达的信号扫过伊利湖号的声音。随着他们的接近,这样的扫描信号越来越多,定一不敢想有多少被动传感器正在盯着他们。到目前为止,他们并没有被任何飞行器所拦截,低可视度伪装成功发挥了作用。

定一从伊利湖号的前视窗口望过去,一颗比较亮的蓝星已经从背景里凸现出来,那就是地球。定一不知道现在地球怎么样了。

"时间差不多了。"哈代飘过来,拍拍定一的肩膀。他已经穿戴完毕。斯科特博士同样穿戴完毕,接近三个月的无重力航行之后,他原本已经很苍白的脸色变得更加苍白了。

"斯科特博士,我们开始执行穿梭机检查程序。"定一和哈代两个人从运输机的座椅上下来,飘进穿梭机,开始按照程序启动穿梭机。

"哈代,你为什么要这么做?"在执行穿梭机检查程序清单的过程中,定一突然问道。

"怎么做?"哈代反问一句。

"执行这个任务。我们都知道我们大概率不会活着回去。"定一说。

"你为什么要执行这项任务?明明柯林已经在你身边了,不是吗?"哈代又反问。

定一有些说不出话来。这的确是他认识的那个哈代,喜欢用反问回答别人的问题,很少见到他严肃地对待任何事情。但是他确实不知道自己为什么要来执行这项任务——除了拯救柯林以外。或许另一个原因是,他的确想要看看,天人如何能够走向星辰。

"你看,我已经说过了,我要帮你把柯林救回来,我说到做到。"哈代语气变得严肃起来,"实际上我很羡慕你,定一。"

羡慕我什么?定一不是很明白。

"你有理想。我没有。现在我的军衔比你还高那么一点,但是你会成为我们之中那个最强的家伙,我不会。我很早之前就知道,在我未来的某一刻,我会指着新闻上的那个影像,跟我的孩子说,爸爸跟这家伙一起战斗过。在这个层面上,我一直在跟着你前进。"

"所以,"哈代靠上前来,盯着定一的眼睛。定一从没有见他如此认真过,"这次也一样。我们一起去拯救世界。"

"Check."定一最终确认了程序,三个人上了穿梭机。这台穿梭机已经被改得大变样:拆除了几乎所有的座椅和防护,只留下三个惯性座椅;多出来的空间都堆满了星际航行所需要的燃料、空气、水和补给。他们剩下的几天时间就要在这个狭小的空间中度过。

穿梭机舱门关上,锁闭。脱离程序开始,伊利湖号的姿态发动机喷射出气体,精确地调整最终轨道。"嘭"的一声,穿梭机从伊利湖号上脱出。这艘不起眼的小型穿梭机将带他们最终去往阵列,而伊利湖号将执行一个复杂的机动程序,尽量引开瘟疫的视线。定一看着运输船离得越来越远,这将是它的最后一次飞行。轨道计算表明,如果瘟疫没有派出战斗机将其击毁的话,它将会在二十万年之后抵达波江座天苑四。

就算肉眼,现在也能看得到天线阵列的形状。天线阵列还没有最后完成,轨道上到处都是预置构件,还有很多大型的空间站也处于这个空间中,应该是建造这个天线阵列的零件工厂,或者组装车间,或者存储仓库,等等。不时会有忙碌的建设飞船从他们旁边飞过,这些飞船与他们之前见过的空间建设工程飞船的结构有不小区别,从构造上看,这应该都是全自动飞船,没有人员在上面操作。奇怪又诡异的情况是,他们的这一架小型穿梭机一路上并没有任何飞船进行拦截,仿佛他们并不存在。

穿梭机缓缓穿过川流不息的建造工程飞船阵列,而被动传感器却一片死寂,他们没有收到任何敌人的主动频谱扫描。无线电波段中存在巨量的通信带宽,抓下来看,基本全是各种工程指挥通信。定一感到越来越不安:这一切都显得非常不正常。没有可能,在这样的距离里瘟疫还没有发现这样一艘外来的穿梭飞船。他们可能是在走向……某个陷阱?

一只手搭在定一的肩膀上,是斯科特博士。定一回头,发现他又恢复了聚能状态,眼球不停地扫描整个视野。斯科特博士挤开哈代,坐进中控台,调出穿梭机的所有传感器的数据时间序列,用自己的一套方法将这些图融合成了一大片谁也看不出来的乱麻。过了一会儿,他开始在中控台上疯狂地敲打起来。

定一的增强战术显示上,外面的几千个目标之中,有大概十多个被斯科特博士高亮显示出来。战术显示上的标注是:Threat-D。

"这是……"定一还没有开口问,穿梭机的RWR警报声大作:多道高精度激光扫描已经照准穿梭机!

战术显示上,所有标注为Threat-D的目标都出现了巨大的加速度,直奔他们而来。

"来得好快!"定一惊心。为什么瘟疫仿佛知道他们在这一刻看穿了它的布置?他将油门推到底,三人感受到一阵强大的加速度,穿梭机的推进器喷射调整到最大推力,瞬间就钻入了工程飞船的密集阵型之中,打算遮蔽对手的传感器。

穿梭机的被动传感器告诉他,战术部分成功。照准到飞船的电磁波段少了许多。由于角度问题,仍然有好几道激光仍然聚焦在他们身上。定一环绕工程飞船的阵列做了一个复杂机动,飞入一块巨大的预制构件的阴影之中,甩掉了绝大多数的主动电磁探测。但是这种致盲也是双向的,现在穿梭机也失去了对绝大多数Threat-D态势的把握。穿梭机的姿态控制发动机向前喷射,调头过来,定一抛掉穿梭机上已经耗空的几个燃料箱,打算暂时蛰伏在这个构件的阴影之中。

这样的态势没有维持几秒钟,穿梭机的RWR就重新响了起来,两道照准激光已经对准了他们。定一小幅度扭转了一个角度,从构件的阴影中冲出来,反向冲进大多数Threat-D飞过来的方向:只要在这个过程之中他没有被击中,那么这些敌方单位就需要消耗掉相当多的推进剂和时间将速度矢量扳回来。代价则是定一他们离天线阵列会更远。这是一个赌博,定一只能赌他们的火控传感器视野角和刷新率没有那么大。

穿梭机的视窗再次暴露在阳光之中,它开始自动变暗以适应人眼。RWR已经从间歇性的滴声变成了连续蜂鸣,这也表明对方的雷达已经从离散波的扫描模式转换为连续波的火控追踪模式。一架Threat-D以惊人的高速从定一的面前掠过去,定一一眼看出来那就是舰队的主力空间战斗机,基本没有做任何改造。定一相信,这架战斗机里应该没有人类驾驶员。它的姿态发动机正在喷射,将战斗机的角度扭转过来,主发动机对准速度矢量正方向,先减速再加速。定一将推力推到最大,几架敌方战斗机还没有来得及改变姿态,就在他的上方飞过,RWR的响声大为减缓。但是这一切都只是临时的,毕竟穿梭机不是空间战斗机,他们面临的是性能和数量的双重劣势。定一想不出有什么办法能够甩掉这些威胁。

"让我驾驶!"定一转过头,看到哈代已经把自己重新捆在驾驶席上。"让他驾驶,你我等会儿有更重要的事情要做。"斯科特博士也来了一句。

哈代没有说话,定一感到那股强大的推力又回来了,他们绕过另一个预制构件,划了一个诡异的角度,冲向天线阵列。穿梭机的RWR重新响起来,战术显示上已经几秒钟没有更新的战术地图重新开始更新,所有的Threat-D构成了一个复杂的阵型向他们这边靠近。对方的推重比比这台穿梭机更高,被追上只是时间问题。

"跟我过来。"斯科特博士拍拍定一。定一解开驾驶席上的锁扣,跟着斯科特博士飘到后舱。哈代仍然在驾驶着穿梭机做出一些复杂的空间机动,不停改变的加速度让定一这第一段短短的路径走得十分艰难,在穿梭机里滚来滚去。他发现斯科特博士的动作比他自如很多，完全不像是之前那副不习惯零重力的样子。斯科特博士打开穿梭机背后的一个舱盖，里面是两套重心喷射背包。

"这种情况在出发时就被预见到了。"斯科特博士说。定一觉得他的语气怪怪的。"哈代将在最近距离释放我们并引开敌人。预定行动时间在八分三十二秒之后。"

"哈代怎么办?"定一问道。

"不用担心他。"

斯科特博士和定一开始穿戴空间战斗服，与单人飞行器联通。战术显示告诉定一，虽然Threat-D们仍然在不断接近穿梭机，但是哈代的诡异机动总是能够破坏对手的瞄准——这让他想起了他们第一次面对那些僵尸士兵们的场景。他们几乎都有预知能力，知道对手的下一步行动。哈代现在的空间战斗水准已经远远超出了一个人类飞行员能够达到的水平。或许真的如瘟疫所说，人类的自我意识只是进化史上的一个错误?

"两分三十秒之后开始释放。"哈代在频道中很冷静，完全听不出来他正在做生死搏斗。定一将空间服固定在单人飞行器上，战术显示中的自检进度条已经基本走完。气密门锁定，穿梭机的舱门打开，下面是一片不停运动旋转的星空。

"三十秒之后开始释放。"定一转过头，斯科特博士的面罩已经变成了一片镜面，看不清楚他的脸。

"释放开始。各位好运。"这大概会是定一最后一次听到哈代的声音。"明白。"他听到自己说了一句。穿梭机的解脱电磁阀启动，将两个人弹出了穿梭机。前方就是天线阵列巨大的银白色构造。

随着他们两个人弹出来的，还有很多空置的燃料箱、补给舱、各式设备,等等。斯科特博士和定一没有启动姿态发动机,只是凭借惯性向天线阵列飘去,敌人或许会以为他们只是穿梭机所丢弃的废弃物。哈代的动量相当精确,目前轨道可以正好飘到天线阵列的头部。一架Threat-D正好从他们前方的不远处飞过。

战术显示上,属于穿梭机的标记转过两个诡异的弯,消失在星海中。电磁频道没有任何信息传来。任何信息的传输都可能会被敌人发现,从而威胁到他们现在的任务。定一转头看了看旁边飘行的斯科特博士,保持沉默。现在定一能听到的只有自己的呼吸声。

哈代走了。这可能是他们两个最后一次见面。他是除了柯林之外定一最亲近的人。定一祈祷,或许会有一个怎样的奇迹,让他能够活下来,让他们能够在拯救世界之后再相聚。

很快天线阵列的巨大构造就在他们脚下展开。定一发现当他们接近天线阵列一定距离之后,居然感到了一点点引力——根据他们目前的加速度来看,这个天线阵列有一颗小行星的质量。斯科特博士说,天线阵列是引力子放射线射出装置,瘟疫掌握了Xenus人的人工引力场技术,并且将其加以改造,作为恒星系通信装置使用。

斯科特博士发来信号,两人的姿态发动机开始喷射,缓缓降落在天线阵列上。这片银色大地的构成材质似乎与他所见过的任何人工空间站都有所区别。斯科特博士解开飞行器的固定,很笃定地朝一个方向走过去。定一跟上去,发现那里有一个维修入口。斯科特博士掏出LED编码器,按在通信窗口上。通信窗口下面一个小小的窗口打开,斯科特博士拉出手柄,旋转,维修入口缓缓打开。

"这是离中央控制室最近的维修入口。"斯科特博士解释。他跳了下去,定一紧随其后。

维修通道没有气密,仍然保持了能够让人正常通过的尺寸,定一猜测这是瘟疫沿用了人类的建筑规范。定一以前从来没有来过这种空间站维修通道,没有空气的照明切割出过分锐利的光明和阴影,看起来让人有些不习惯,像他幼年时光玩的老式3D游戏,不真实感浓烈。微弱的重力下两人走得很快。

维修通道的四面都有轨道,应该是方便维修工程机械在任意条件和重力环境下都能够抵达工作位置。通道的四面墙壁上都有各式各样、大大小小的门和窗口,最小的仅仅一个杯子大小,大的则有十几米那样宽。每一个维修窗口和门上都有一道条码,却没有标出惯常的数字编号和代码,也没有写这些门窗口盖各自的用处。从这个角度来看,这座设施的确不是为人类所修建的。这些小细节平时谁都不会注意,它们消失之后却无比显眼。

维修通道也没有气密门。定一看见这条笔直的维修通道消失在远处,心想不知道他们还需要走多久。

斯科特停在一扇维护门前,编码器扫了一下门上的条码,门自动打开。"这边。"定一赶紧跟上。穿过一个通道,门背后是一个大型隧道,圆形,定一估计直径足有上百米,五根巨大的管道呈对称构型布置在隧道的边缘,他们就走在其中一根管道的维修轨道平台上。管道上箍着连续的密密麻麻的方形设备、线缆和小一些的管道,定一走过来之后发觉,整个隧道的重力方向与他们刚才走的维修通道有些差别——现在定一感觉自己在爬一个很缓的上坡。"对称引力场约束中子管路。"斯科特博士简单解释了一句。

隧道在他们面前结束,几条巨型的管道并入一个巨大的环状机器。尽头是一扇小门,门非常正常——大约两米高,有门把手,涂成蓝色,上面写着"推",总之是你可以在任何一个工厂里看到的那种门。然而这扇门出现在这里就显得非常不正常,定一走了这么远,都没有看见这个巨大的天线阵列中有任何为人类所准备的设施和器具,这扇门是他看到的唯一一个,还处在一个看上去极为不可能的位置上,仿佛就是对方预料到了他们的到来,而特意在这里修建的。

门背后是一个标准的气闸——另一个不符合逻辑的设备。两人走进气闸,闸门关闭,加压自动开始。战斗服上的气体检测显示,空气为空间站标准组分,零点九个大气压。定一原本对是否脱掉头盔还有些犹豫,斯科特博士已经很自然地摘掉头盔,定一只能照做。

脱下沉重的舱外战斗服的确手脚要轻便得多。空气一切正常,没有异味。气闸背后是一个标准的出舱准备室,有出舱服挂架、维护设备和衣柜。定一转了一圈,才发现角落里还有两张床。整个准备室没有窗,出口的门锁着,打不开。现如今他觉得事情变得越发古怪起来。

斯科特博士倒是很自信。他取出背包里的速食,开始加热。闻到香味定一才发现自己饿了。两个人开始狼吞虎咽。

"下一步怎么办?"吃完饭定一问斯科特博士,"我们上次休息到现在已经二十小时十七分钟,我的计划是我们先睡觉,精力恢复之后再开展下一步的探索。"定一始终没有问斯科特博士那个问题:"现在到底是什么情况/你为什么对这些事情如此熟悉",他隐隐觉得会从斯科特博士嘴里听到一些他不想听到的回答。吃完饭之后他也的确在这么长时间以来第一次感到无比疲惫；这段时间的行动如同过山车，始终让定一的肾上腺素保持在最高点。而这个舱室的一切特性都让他精神松懈下来。他爬上床，闭上眼睛，陷入黑暗。

第二十一章

+?

"又是一个!"定一扣下扳机,前面的那架外星战机被干净利落地切成两半,爆成一个火球。与此同时RWR又响了起来:对方使用的激光测距触发了传感器,一架外星战斗机已经将他锁定。定一赶紧将机身扭转过来,速度矢量偏出一个角度,破坏对方的瞄准。

"再这样下去,我们两个都得交代在这里!"频道里传来哈代的怒吼。他说到最后一个字的时候声音已经被压进了喉咙,战机正在完成一个高G的转弯。

"坚持,舰队的救援马上就来!"定一转过一个将近一百八十度的钝角,从击毁的外星战机残骸中穿过去,极力摆脱对方的瞄准。这次他们两个面对的是绝对的数量劣势,对方花了很多天时间关掉发动机飘到这里,显然是预先掌握了他们的侦察路径。这次外星人的策略水平提高了不少,从太阳同步轨道对侧过来,一直利用太阳给自己的舰队热信号做掩护。难怪都接近到内太阳系轨道了,早期预警还没有发现这个战斗群。他们现在只能咬牙坚持。

　　热量告警一声尖叫。一束高能激光擦过定一的战机,战术显示里外壳整体性亮起红灯,热量防护板部分损毁。定一转过头,弹道计算机将那架开火的外星战机挑出来,标为明显的黄色。"就是你了!"

　　火控给出了一个矢量,姿态发动机推动战斗机转了一个角度,定一推杆到底,巨大的惯性将他死死压在座椅上。那个黄色的标记变得越来越大,他小心地将火控解算出来的射击矢量压在黄色图标之上,随着蜂鸣,图标变成了红色。定一扣动扳机,黑色的太空中又出现了一个火球。

　　RWR始终没有安静下来。两个人已经击落了好几架敌人的战斗机,现在他们的推进剂在飞速减少,如果舰队的救援再不赶到,他们两个就要变成太空垃圾。

　　代表哈代的绿色标记就在他旁边不远的地方。哈代的矢量跟他一样,也在不停变化,竭力破坏对方瞄准。幸好外星人的火控水平一直赶不上人类,这让他们在如此大的数量劣势下还能撑到现在。定一内心焦急,不知道支援会何时到来。

　　"龙-1、龙-2,请注意,任务群-1LA4323正在赶往你们的位置,ETA:五分钟,预定1425,矢量(56,44,17953),24EM733区域进入。请注意你们的IFF识别更新。"他们长久盼望的舰队指挥中心接线员的声音终于响起。过去的这二十分钟对定一来说漫长得有如二十小时。IFF识别更新码已经发过来。是队长刘星辰带着伍德里奇、梁兴和马丁。他们只要再坚持五分钟。

　　定一猛地拉杆,战机随之滚转,勉力躲开了外星战机的又一次射击。五分钟对定一来说也很漫长。正在此时,频道再一次响起:"任务群-1LA4323即将抵达阵位。请注意你们的IFF识别和本地数据链更新。"这是队长刘星辰的声音。战术显示上,天顶方向四个绿色标志直扑下来，第一击就击中了一架外星人的战机。随之几架战斗机散开，冲散了敌人的阵型。"龙-1、龙-2，请注意你们的推进剂余量。鹰-3、鹰-4，我已经将目标分配完成，请盯紧在战术显示上的矢量状态，注意协同。"联队长刘星辰在频道里冷静地布置任务，不多时剩余的敌人就被消灭殆尽。

"报告舰队中央，第九战术联队任务群-6CU2147在质心轨道参数：30323U, 07003A, 07067.68277059.00069181, 13771-5, 44016-2 0, 587遭遇敌方战斗群伏击，敌战斗机 Cr1 10, CR5 6，现已全数消灭。目前载荷航程已不足以完成原定侦察任务，1502，准备返航。RTB。"定一收敛精神，在频道中报告了当前战术态势，设定了轨道，打算返航。实际上这种口头报告仅仅是惯例，综合战术已经将详细数据全自动上传至舰队中心。

消灭完了敌人，他们六架战机现在正组成编队向母港返航。"我说你们两个，说真的，算是我们舰队飞行员里运气最差的了。别人出侦察任务可能一年到头碰不到一个敌人，你们两个，得，今年出了八次侦察任务，倒是有六次要我们来救。下次是不是考虑一下换个单位啊？"频道里马丁挖苦他们。随即一阵嗤笑，是伍德里奇和梁兴。

"哼，不就是嫉妒我们战绩好吗？这次回去又能在机身上画几个战绩了。某些人想搞还搞不到呢！"哈代毫不客气地回复。

"马丁倒也没说错，我们联队里遭遇外星人的概率在整个内太阳系舰队里也算是最高的了，而且其中有一大半落到你们两个头上。这样吧，回去了我给你们放一个月假，这段时间也是够辛苦了。"刘星辰发话了。随即就是另外三个人的抗议声。

"你们说，为什么外星人要入侵地球？"定一第三千四百八十七次问这个问题。作为一个狂热科幻迷，他发明的理论从正经的掠夺地球资源到荒唐的觉得人肉好吃,无所不包。不过确实,没人知道为什么外星人要入侵地球。这场仗断断续续打了三十年,他们从来不与地球人沟通;唯一能够与他们交流的办法就是利用高能激光,他们也从没抓住过活的外星人。

遇到这个问题,频道里顿时安静了下来。他们听定一讨论这个已经听了无数遍,知道只要有人接了这个话头,定一就会开始没完没了地扯淡。每个人的大脑都在飞速地运转,想找出一个什么主题来把这个问题带过去。

"哎,定一,你跟你女朋友最近怎么样了?有没有结婚的打算?"还是刘星辰找到了话头。

"挺好的。不过结婚……等仗打完了或者我退役了再说吧。"定一回复。

"这又不是问题。我看柯林他们那个部门有挺多女孩的,有机会可以搞个联谊活动,让队里的家伙们多接触些姑娘,对士气也有好处。"刘星辰说完了,频道里顿时一片附和。

"这个没问题。不过哈代你凑什么热闹,你换女朋友的速度赶得上马丁换袜子的速度了。"定一回复。

"闭嘴!"

舱盖打开,定一脱下头盔,长呼一口气。又一次死里逃生。他们两个现在的确可以算作是整个舰队里对敌经验最丰富的飞行员,再多遇敌一次,多半就要调到高级战术训练中心去当教官。定一倒是并不反感这个调动,他也想好了,这样的话,他就向柯林求婚。定一走出战斗机,旁边哈代已经在等着他了,两人一起去往更衣室。

在路上,他向哈代讲了自己的打算。

"我无所谓啦。婚礼的时候我肯定要当伴郎的。"哈代兴高采烈地说。

"那你呢？你就没想过找一个能够定下来的人？"定一问道。

"现在这个时代，随便谈个恋爱就结婚真是太无趣了。你想啊，要是我，肯定要谈一场轰轰烈烈的恋爱才能定下来。比方说呢，我们两个在出任务，然后突然舰队的人工智能反水了，我们两个好不容易逃出一条命。但是呢，我的女朋友被人工智能变成了僵尸，我要去救她出来。于是我们去炸了日凌站，然后跑到金星，最后杀到人工智能的核心把这个超级电脑炸了，然后把我的妹子救出来，你看，我拯救了全人类，还拯救了我的妹子，算不算很轰轰烈烈？"哈代兴致勃勃地说。

定一皱眉。这是什么鬼剧情。不过这个剧情怎么感觉有点似曾相识……"我才不陪你去炸人工智能呢。"

"你这家伙真是无趣。不知道柯林是怎么看上你的。"哈代撇撇嘴。等他们调整休息完毕，他们要去联队战情室做任务总结。在那之后，一个月的漫长假期在等着他们。

定一手背在身后，站在舰队科学中心的门口。六点，科学中心准时下班，工作人员鱼贯而出，定一等了一会儿，看到那个栗色头发的姑娘在门口出现。她今天穿着她很少穿的舰队文职制服，但还是一样的漂亮。

柯林看到了他，顿时脸上出现了一个笑容，快步走过来。定一等她走到身前，将手上的玫瑰拿到身前，"送你的。"柯林脸上一阵灿烂。虽然珍珠港有生态环，但是花卉还是挺稀有的，他还是拜托了哈代帮他联系人才买到的。

"真好看。这次又提前返航了？"柯林拿着玫瑰爱不释手。

"嗯,又遇到了敌人。好不容易才得救。"两个人慢慢走向轨道站。

"老这样下去可不行。我很担心你的。"柯林突然转身,走到他身前,认真地望着他,"我不希望下一次是接到你们队长的通知,说你在战斗中牺牲了。我昨天晚上做梦还梦见了呢。"柯林眼眶变红了。

"没事的,没事的。"定一抱住她,"我不会死的。这次老刘给我和哈代放了一个月假,要不我们去哪里玩玩吧?"

"我也想不通我为什么要跟你来这个山区。"哈代背着沉重的装备,气喘吁吁地走在定一后面。

"当初不是你死活要跟过来的吗? 你跟人劈腿被抓了现行,只能跑路,我都跟你说过了这趟是个苦活,你已经不记得啦?"定一没好气地说。他们现在在落基山脉的深处,正走在一条盘旋的上山小径上。定一背着他和柯林两个人的装备,哈代背着他才从户外商店买来的一堆东西,而柯林则走在最后。定一和柯林当初走到一起的部分原因也是他们两个都喜欢户外旅行。哈代则对此没什么兴趣,他的假期多半是在某个沙滩上或者大城市里度过。

"能不能稍微有点创意? 比方说去土卫二上徒步? 至少在那里身上这些装备能轻不少。"哈代说。

"切。上次我们去的时候光是安装固定桩就累死了。一不注意就得飞出去,比徒步还累呢。你想再来一遍?"定一嗤之以鼻。他愣了一下。他们什么时候去过土卫二? 为什么他有这个记忆呢?

哈代没有接他的话。山路转过一个角度,绕过一块大石头,他们来到了山脊的拐角。在远方的群山间,一片蓝色的水面正闪着光。"那就是我们的目的地。"定一对着哈代说。他回过头,柯林似乎还没有上来。

"哎,柯林呢?"定一问道。

"你还想着她?没事的,回去我们可以再找机会。"哈代拍拍定一的肩膀。

定一突然想起就在一周之前,自己最后一次见到柯林,柯林对自己说过的那段话。他们已经分手了。正是由于这个,哈代才会陪他过来做这次徒步旅行。他陷入了一种巨大的悲伤之中:他心里的一部分已经永久地缺失了。

"定一,你怎么啦?"柯林的声音在耳边响起。定一回过神来,发现自己正呆呆地坐在小木屋的门廊上,前面是青蓝的湖水,远处则是雪山,太阳西斜,马上就要日落。柯林正蹲在他的面前,关切地看着他。他觉得自己脸上湿漉漉的,摸了一下,才发现自己已经泪流满面。

"你已经坐在这里一个小时没有动过了。是怎么了?"柯林问道。

定一将柯林揽在自己怀里。他心里那种巨大的悲伤仍然盘桓着,没有消退。"我刚才做了个梦,"他想到这里,声音哽咽起来。"梦见你离开我了。"他把脸埋进柯林的肩膀,眼泪又流了出来,"我好难过。不要离开我好不好?"

"没事的。只是梦。"柯林安慰他。

"哈代呢?"定一好不容易才从那种情绪里摆脱出来。

"他没有一起来啊。在机场的时候他说他要去芝加哥见他的故人。"

"哦。"定一想起来。哈代多半又是去见他在网上勾搭的姑娘了。上次他出于好奇跟定一走了一次阿帕拉千步道，走到半路就死活不肯再走了。从此之后哈代就再没有跟定一徒步过。

四周的天色仍然明亮，但是过不了多久就会暗下来。这个湖是定一无意中的发现，人烟稀少。"要不我们去游泳吧？"定一提议。

"好呀。"

"检修窗口 FD823413-15 已定位。"

"拧下固定螺栓。"

"AE35 元件目视确认。"

"更换备件。"

定一小心翼翼地将那块 DSP 处理板拔出来，放进自己的包里，旁边的这个家伙将备用零件递过来，定一接住，然后再插上去。整个过程很顺利。他们现在在舰队训练中心的水池中做基本的舱外活动训练，要再过两个月才能上太空。

"真不知道舰队怎么想的，我们是战斗机飞行员，为什么要做舱外维修的训练？"旁边的这个家伙嘟囔着。他叫托马斯·哈代，英国人，一周前才与定一分配到了一组。这家伙严肃起来还挺像个英国人，但是一说话就不像了。

"我猜就算是战斗机飞行员有的时候也不得不做一些舱外维修的活吧。"定一顺口说道。

"是吗？我心目中的战斗机飞行员可不是做这种工作的。"哈代反问一句，"你为啥要来当飞行员？"

"我……我打算报名远征队。"定一语气里还有点儿羞涩，"我这样的人，也就当飞行员比较容易进远征队了。"

"哈,你可是我见到的第一个说自己要报名远征队的傻……绅士。"哈代最后一个词说到一半强行扭了一下,但是定一还是听得出来,哈代原本想说的是"傻瓜"。不过听到自己这么说的人大多数都是这个反应,他也不以为意。

"那你为啥要参军当飞行员?"定一问道。

"还能有什么别的原因? 当飞行员比较容易泡妞啊。"哈代回了一句,语气兴高采烈。

"哦。"定一对此没什么可以评论的。

正在此时,频道响了,"龙-1、龙-2,这次科目考试你们通过了。之后开始基本战术训练。"

"终于!"哈代叫起来。

"欢迎来到第九战术联队,我是你们的中队长,刘星辰少校。"定一和哈代站得笔直,跟其他几个新毕业的飞行员听着面前这个小个子男人的训话。哈代正经起来还真像那么回事,定一想。

"我们第九战术联队是抗击外星侵略军的前线部队,历史可以追溯到二十三年前第一次接触的VFA-103战斗机中队。各位也都是在各个学校里名列前茅的学员,才能分配到我们这里来。所以,我对你们也有着最高的期望和最严格的标准。"

"从今天开始,你们就不再是学员,而是战士了。我不是一个喜欢长篇大论的人,在这里我也就不再重复那些陈词滥调,现在解散。1035,请准时前往战情室接受当前态势简报和任务分配。对了,哪两位是孙定一少尉和托马斯·哈代少尉? 请留下。"刘星辰说。

定一有点意外。"不知是福是祸呀。"哈代悄声说了句。

"两位好。特意把你们两个留下来,是这样的:我希望你们两个能够志愿参加战术联队的常设侦察群。"

哈代和定一对望一眼。

"常设侦察群需要出长程侦察任务,有时候需要一周以上,需要很好的心理素质和配合。至于危险性,这要看外星侵略军的活动强度,至少最近几年他们的活动强度比较弱。我之前看过两位的资料,不得不说,印象深刻。心理评估报告特意指出了你们很适合做这类任务。你们的战术学校教官说他很少见到像你们这样有默契的搭档。之前的常设侦察群成员被调到高级战术训练中心去当教官了,现在我们也在联队里选拔人。"

"哦?老罗是这么说的?像我这样的人,搭配谁都能成事。不过这家伙看着还的确特别顺眼就是了。"哈代说。老罗是他们的战术学校的教官。哈代没少跟他拌嘴。

"不用现在就做决定,这是志愿任务,如果你们两个拒绝了也没什么,这仗还得打下去。"刘星辰很诚恳地说。这时门外出现了一个传令兵,交来一份文件。刘星辰走了出去,过了一会儿一个高大的男人走了进来。他从口袋里掏出一张纸,直接说道:"我是第五舰队特种作战发展群第三队队长,托马斯·亚当斯少校。这份文件将原地月系第十三舰队第九飞行联队托马斯·哈代上尉与孙定一中尉转隶到联合特种作战司令部160特种航空团下执行任务。接下来你们两个随我来。"

定一愣了愣。这是……

"参加远征队神经科学分析?"定一看着手上的这张纸,对柯林说道,"内容包括什么?"

"我也不是很清楚啦。"柯林坐在椅子上,双手抱着腿,下巴顶在膝盖上，睁大眼睛看着他。定一觉得她可爱极了。但是他害怕自己一旦跟她对视，就会泄露出自己的全部心思，紧张地转过脸。"毕竟具体科目是保密的。不过听我老板那边的说法，就是测试远征队成员的神经相容性，为后面的任务做准备。毕竟是很长的一段时间呢。不过这是完全自愿的，参不参加都不会影响到你之后的任务。"

"是这样……"定一想了想，鼓起勇气说，"那你……觉得我应不应该参加呢？"那次远征队报名日的晚餐过后已经过了半年时间。他约过柯林几次，但是中间的大部分时间他都和哈代在战斗机的驾驶舱的漫长航程中度过。哈代鼓励他更加积极一点，他还是有些矛盾：他不想显得太积极，又不想显得太不积极。

"嘻嘻，你自己的事情问我做什么呀？"柯林笑着看着他。这是第一次柯林自己来找他，将这份通知书交给他，定一实际上有点意外。

"呃，就是想咨询一下专业人士的意见。"定一打了个圆场。

柯林还没有发表意见，哈代走了进来，他穿着全套作战服，夹着头盔，显然是才从机库回来。"这位美丽的女士，今天来到我们这些猩猩的所在，有何贵干呢？"他行了一个礼，特别夸张地说。

"没有，就是来给你们队的孙定一先生送一份文件。"柯林略微有些红了脸，坐的姿势也稍微正经了些。

"孙少尉可是我们联队的王牌飞行员！我这里想要简单地与孙少尉说两句话，可否借一步呢？"哈代的演技还是非常浮夸。柯林点点头，哈代赶忙将定一拉到这间会议厅外面。

"说吧，你想干啥？"哈代破坏了他和柯林独处的时光，定一没好气地问。

"嘿！我怎么会害你。我跟老刘说过了，今天下午特批给你一下午的假，你要抓住机会！事成了请我吃饭！"哈代掏出通行证拍到定一手上，"队里已经开局了，我是唯一一个押你能成的，你要不成我可就损失大了！"

"啊？"定一哭笑不得。他的私人问题都惊动到联队了？肯定是哈代搞的鬼！

哈代左右望了望，拍拍定一，"赶紧的，争取这周搞定！晚上你就别回来了。明天来了我教你两招。说定了啊！"他把定一推进会议室，然后溜了。这家伙！定一摇摇头。哈代桃花运从来没断过，每次放假回地球，少不了在某个城市惹一屁股情债。柯林坐在会议室里，还在百无聊赖地研究里面的陈设，看到定一回来，眼神也变亮起来。

"呃，你下午有空吗？"定一问。

"怎么了？"柯林笑着问道。

"我……"定一犹豫了一下，"我愿意参加这个分析项目。不过你下午能不能带我去你们那里，解释一下项目具体是做什么的？我想知道。"

"这个没问题。"柯林一口答应下来，"在参加项目之前我们当然要对参加者尽充分的告知义务，这个是肯定的，你不要求我也会这样做。"柯林语速轻快，"不过你得保密才行，这个项目密级很高，除了直接参与者之外不得向任何人透露具体内容。你们联队长也不行。我是可以陪你去啦，但是我也没资格知道具体内容呢。这个只能找我们老板，让她详细解释给你听。"

"好。"定一点头。然后，终于到了最关键的部分了，定一看了看时间，"嗯，今天下午可以吧？现在时间还早，我们先吃个午饭再过去？我请你好了。"

"好的。"柯林将文件收回到包里，站起来。定一看着她走出房间。

"为什么不开灯？"柯林走进房间，打开灯，才发现定一颓然地坐在黑暗之中，一动不动。

"怎么了，定一？"她走到定一面前，蹲下，伸出手抚摸定一的脸颊，柔声问道。

"远征队……取消了。"定一轻轻说出几个字，将柯林的手握住，贴在脸上。

"是吗……"柯林也沉默了。远征队的议会投票一直是这段时间的热点新闻。很多人都有着不祥的预感，毕竟如果远征队的去留成为争议，也就意味着它的取消几乎成为定局。只有少数还抱有一线希望的积极分子还在努力奔走。

"我……我不知道我今后该做什么。"远征队一直是支撑他走到今天的支柱。也正是因为远征队，他才认识了柯林。他的事业，他的爱情，都与远征队息息相关。但是远征队已经成了泡影，他可能有生之年都不再有机会跨出太阳系。

"定一，别难过。我会在这里的。你没有了远征队，你还有我。"柯林在定一旁边坐下，安慰他。

"嗯。"定一低声回应。

这时柯林掏出自己的手机，是哈代打来的电话。"哈代给我打电话了。你要不要接？"定一摇摇头。柯林接了电话，听了一会儿。

"哈代给你打了几个电话，你都没接。他说晚上要开一个Party，娱乐一下，问我们要不要去。我觉得去一下也挺好的，你觉得怎么样？"

"好。"定一吐出一个单字。

他抬起头看着柯林的脸，柯林也看着他。不知道为什么，他对这张脸的记忆变得模糊起来。涌上心头的，是一种忧伤、甜蜜和痛苦的混合情绪。"想什么呢?"柯林向着他微微一笑，转身走向通往厨房的那扇门。他坐在那里，看着她的身影从门扉中消失，似乎有一种奇异的感觉：这将会是他最后一次见到她。定一没有站起身，但是他很清楚，门后的那个空间里，柯林已经不在了。他已经失去了她。

他不能死。他要把她找回来。

第二十二章

+155

　　周遭的黑暗仅仅维持了一瞬。下一刻，随着一声响动，禹藏和萧十四的头顶就变得一片光明，显然天花板上有很强的照明工具。这个小小的"盆景"之中十分明亮，几乎就像是一个大晴天的室外——禹藏觉得这很可能就是为了模拟室外光线环境，来刺激植被生长。

　　萧十四干脆直接躺了下来。不一会儿，他均匀的呼吸声告诉禹藏，他已经睡着了。禹藏并没有这样放松的心态，干脆站起来，走进小木屋，开始打量其中的陈设。

　　他大概能理解小木屋里的这些东西是做什么用的。这是一间人类的宿舍，里面有一张床，一个厨房，一些摆设和家具，用来休闲娱乐。奇怪的地方在于这里面似乎没有任何灵器——所有的东西看起来都是天然打造的，没有任何需要接上灵能的东西，这跟人类的作风完全不一样。禹藏受过培训，看过很多人类的介绍视频，他们的居所极度依赖灵能：没有灵能和灵器，感觉人类就无法生存下去。当然，对于昆仑人来说，实际上也差不多，毕竟他们居住的方舟就是最大的灵器。他们两人现在身处于他

258

们所见过的最大的灵器之中，见到的却是一个完全没有灵器的"盆景"，这让禹藏感到十分反常。

禹藏探索了一下人类用来准备食物的厨房，找到了一些包装食品，上面印的都是他理解不了的人类文字，他不确定这些东西是否适合昆仑人的消化系统，但多半是没法利用的。好消息是水管里是有水的，禹藏使用随身的水镜简单测试了一下，确认水对昆仑人无害。他们至少短时间内不用担心没有水。

供人类休息和睡眠的床就摆在小屋的一边，上面还有整洁的缓冲垫和保暖用的织物，禹藏打开柜子看了看，里面同样也塞满了各种纺织品。禹藏伸手去试探了一下这张床，十分柔软。这条件要比他在方舟里的那个小隔间好得多了。

想到这里，他小心翼翼地躺在床上。这张床十分宽大，勉强适合他的体形。

禹藏看着小木屋的天花板，上面是地球植物的纹理。

"禹藏，我们收到方舟的讯号，他们知道我们的位置了，会派船过来接我们！"萧十四走进小木屋，兴高采烈地说。

"什么！？"禹藏望着萧十四，"这怎么可能？"

"你什么意思？"萧十四神色变了。

"我们不是在天人的灵器里面吗？"禹藏不理解。

萧十四迷惑起来，"我们在地球上啊！"他回头望了望小木屋的窗户。禹藏跟着他的视线望了望，发现窗外是一片纯蓝的天空。他赶紧走出木屋，这里显然不是他之前所在的那个天人灵器中的"盆景"，而是一片地球景色——远处是延绵的山峰，蓝色的天空上白云朵朵，阳光明媚，他们处于一个山谷之中。

他回头看着木屋。的确是他记忆中的那一个。这附近的地形也是他记忆中的样子,但是远远超过盆景的范围,是一片真正的大地。萧十四跟着他也从木屋里走出来。

"我们是怎么来的?"禹藏问萧十四。

"你到底……什么情况。"萧十四迷惑不解,"我们击败了人类的太空舰队,最后总攻地球防线,我们两个乘坐的先导战斗舟,不小心被击落了,坠毁到这里。林子那边就是我们的战斗舟残骸。你这都不记得了?"

"我……"禹藏张口结舌。在萧十四指的那个方向,他的确还可以看到一道淡淡的烟雾从树林背后升起来。他使劲回忆了片刻,似乎的确有那样一段模糊的记忆,他和萧十四的战斗舟在地球上空被击中,只能减速坠入大气层……

"我们是不是马上要撤离这大千世界了?"禹藏有点儿着急。他长久以来的信念快要崩塌了。他越是努力回忆,就越是感觉,似乎一段段古老而全新的"回忆"会从他的脑子里冒出来。

"你这是什么意思?"萧十四已经变得十分严肃,"我们受昆仑界最高盟主之命,远征此大千世界,为我昆仑子民开疆拓土。你不至于连这都不记得了吧?"

"我……"禹藏模模糊糊地记起,掌门最后站在舰桥上目睹他们的方舟离去的情景;人类那脆弱而毫无意义的太空防线在他们的猛攻之下崩溃的段落;他在昆仑界成长至三十五岁,才作为派内精英登上远征方舟的过去……这些支离破碎的片段结合起来,构成了他的历史。他虽然总是觉得这些东西似乎有哪些地方不太对劲,但是始终无法想起来哪里不太对劲。

"我想起来了。"禹藏很勉强地答道。昆仑天人,谪仙,方舟,都成了某种奇怪的暗影,在他的脑海里回荡,变得越来越淡。重力子放射线射出装置……这是什么意思?为什么他会知道有这样一种东西呢？

"萧十四，重力子射线射出装置，你知道这东西？"他问萧十四道。

"你从哪里听到这个词的？"萧十四脸色大变。

"一个很亲近的师兄说的。他要求我不要说他的名字。这东西……"禹藏补充了两句。看萧十四的脸色，这似乎是一种非常重要也非常机密的东西，不是他应该知道的。

"我就不问是谁告诉你的了。这东西不是你应该知道的。仅仅是知道这个词，就已经违反了本派派规。"萧十四很严肃地说，"这是我们正在研究的绝密灵器，有了这门绝世灵器，我们昆仑人将能飞升至另一层次。从此之后我们将不惧怕这个宇宙中的任何人。我能告诉你的只有这么多。"

"飞升"，禹藏被这个词扎了一下。但是他似乎已经忘记了这个词到底什么意思。还有"天人"，那是什么？他努力地想，只能确定这是一个很恐怖的概念，但是他已经忘记了意思。

"那……天人呢？"禹藏不甘心。

"什么天人？"萧十四反问，"我不知道天人是什么意思。"

一阵低沉的轰鸣声从山谷的另一边传来，萧十四看了看手中的便携天眼，脸色微变，"这不是我们的飞船。我们最好隐蔽。"他从木屋旁边的背包里拿出两把掌心雷，递给禹藏一把，然后走进小木屋。禹藏跟着走了进去。

禹藏看着手里的那把掌心雷，灰黑色，沉甸甸的金属，造型方正。看上去更像是一个金属雕塑而非灵器。他对这个造型有些熟悉，但是始终想不起来到底是在哪里见过。

禹藏想问问这东西怎么用，但是萧十四似乎没有听到他的问题。萧十四找了一个隐蔽的位置，俯下身子，示意禹藏也隐蔽起来。那阵低沉的轰鸣声越来越响,禹藏看到两架人类的飞舟越过山脉,直直地朝着他们的战斗舟坠毁的位置飞去。可以想见,过一会儿这些人类就会找到这里来。

几个人类战士慢慢从树林中走出来,依托矮墙向木屋接近。禹藏握紧了手中的掌心雷。不知为何他并不想使用它。他有种感觉,这不是他能够掌握的武器。

在另一个房间的萧十四开火了,掌心雷发出一种奇特的、似乎会直接贯穿神经系统的声音,一阵闪亮的红光之后,人类战士身前的矮墙消失不见了,只留下了地面上的一个大坑。禹藏从没见过这样小的一种灵器,居然有着如此强大的威力。

这场遭遇战似乎就这样结束了。几个人类战士阵亡,两架人类飞舟也不见踪影,萧十四从旁边的房间里走出来,一脸得意扬扬。

"怎么样,威力很强吧?"他握着掌心雷,问禹藏。

"这是什么?"禹藏总觉得,事情有些不对劲。这种掌心雷他从未接触过,面前的这个人不像是萧十四,与人类的这场遭遇战也显得过于儿戏。这一切都很不对劲。

"昆仑派灵器大匠拓拔鬼方的最新成果。"萧十四说。拓拔鬼方?那是谁?他不记得有这样一个人……他的大脑里又出现了一条记忆,是他见过的一个昆仑人。他记起来,这个矮小的、强壮的、睿智的老头就是昆仑派的灵器大匠拓拔鬼方……

禹藏感觉自己头又疼起来。

又是一阵轰鸣声从天空中传来。这种声音他很熟悉,是昆仑人常用的祝余运输舟。它的引擎会发出一种低周波的声音,对于熟悉的人来说十分容易辨认。

"嘿,派里有人来接我们了!"萧十四兴奋地说,"过不了多久我们就能够犁庭扫穴,将这个大千世界掌握在昆仑人手里!"

运输舟轻巧地停在丘陵上,舱门打开,几个昆仑派的晚辈弟子走出来,结成剑阵警戒四方。萧十四挥挥手,朝着运输舟走过去。禹藏没有动。打开的舱门在地球的阳光下形成一片阴影,禹藏看不到里面是什么。

萧十四转过身来,刚才那种兴奋的神情已然无影无踪,变得淡然。

"你还在等什么?"萧十四开口。

"我觉得很危险。"禹藏说。

"没有危险。你跟我来,我们会一起将这个世界抓住。"萧十四说。

禹藏看了看那个黑洞洞的运输船入口,"对不起,我不能。"他的心底总有一种反抗的声音,告诉他这一切都是错的,他所知道的,他回忆起来的,全都是谎言。

"为什么?"萧十四问。他的脸反射出一阵奇异的神光,禹藏完全无法理解他的意思。在"为什么"这个问题以外,他似乎说出了一切,似乎又什么都没有说。

"因为这一切全都不是真的。"禹藏鼓起勇气,终于说出了他在过去的这几十年里一直想说但是一直没有说出来的话。他回忆起他的童年,他在昆仑界所度过的青年时光,他是如何一步步成为凌霄派内最出色的弟子,这些情境历历在目。但是他知道这些都不是真的。

"只要你登上这艘运输舟,这一切就全是真的。我保证。"萧十四说。

禹藏山遇没有再说话。他挺起身子,山间的微风和林地的气味是如此真切,还有阳光洒在皮肤上的温暖感觉。这一切都如此真实。他转头看向太阳。阳光刺眼。

"禹藏！禹藏！醒醒！"禹藏睁开眼睛，看到的是萧十四的脸，一脸迷惑和不安混杂的表情。他赶忙坐起身，发现整个木屋的环境似乎有一种微妙的变化。

"怎么回事？我睡了多久？你睡了多久？"萧十四还没回答，禹藏看了看表，"已经过了四十个时辰了……"禹藏不敢相信自己居然能够睡这么久。他起身走下床，问萧十四："你什么时候醒来的？"

"没有比你提前多少。我醒过来就发现事情不对了，进屋来找你。"萧十四指了指外面，"你自己看。"

禹藏走出木屋。

这里已经不再是天人灵器中的"盆景"，而是一片地球景色——远处是延绵的山峰，蓝色的天空上白云朵朵，阳光明媚，他们处于一个山谷之中。

他回头看着木屋。的确是他记忆中的那一个。这附近的地形也是他记忆中的样子，但是远远超过盆景的范围，是一片真正的大地。萧十四跟着他也从木屋里走出来。

禹藏看着这和煦的山谷。与他梦中一模一样的景色。他觉得自己可能还在梦中，仍然没有醒来。

萧十四的声音打破了他的幻觉，"我们还是处于天人的灵器里面，你看那边。"他指着远方的群山。禹藏仔细地观察了一下，才发觉萧十四指的是什么：原本以为的热空气导致的群山的抖动太过于规律，可以看得出来是某种灵图特效。而且颜色也有些奇怪——可能这些特效是为人类的眼睛而设计的，不大适用于昆仑人的视觉构造。他们仍然处于天人的灵器之中，是某种超大规模的环境模拟装置。禹藏似乎有点明白了他们看到的那广大的空间中所进行的建设的目的是什么了。但是天人为什么要建设这些环境模拟装置?

萧十四盯着这片天地,沉默不语。禹藏心念电转,突然明白了为什么萧十四如此沉默:他想必也做了某些梦,梦见了什么。

"你在想什么?"禹藏旁敲侧击。

"我……我刚才做了一个梦。"萧十四慢慢说,"我梦见我们回到了昆仑界。我们并没有制造出天人。我们将昆仑界建设成了一个花园一样的地方。就跟这片地方一样。我想,如果这一切都是真的,那该有多好啊。"

"是的,我也梦到了。可惜不是真的。"禹藏说。

"梁园虽好,非久留之地。"萧十四转过头来说道,"我们该启程了。"

"去哪里?"禹藏有点疑惑。之前放弃这次旅程的明明是他,怎么现在突然转变了态度了?

"去哪里都行,不要留在这里就可以了。"萧十四的语气坚定,"我刚才……在梦中想清楚了一些事情。我们不应该放弃。"

禹藏想着,萧十四到底梦到了什么? 天人对他同样进行了邀约? 萧十四向来是个进取心和好奇心强烈的人。他为了见识到天人的作为,才加入了这一次没有生还可能的任务。他的放弃和此刻的坚持,都不太正常。

"那我们出发。"禹藏没有过于纠结萧十四的态度,整理了行装,两个人走下丘陵,向着远处的山谷走去。

他们到目前为止,没有在这个巨型构造中见到任何智慧生物,人类或者昆仑人都没有见到。如果这些空间真的是为谪仙准备的居住空间,那为什么这么久都没有见到他们? 况且这里也并不是看上去合乎逻辑的大型居住区。

穿过一片树林,禹藏下意识地看了看树林之后是否有战斗舟坠落的残骸——他有些失望也有些解脱地发现并没有。禹藏回过头来发现萧十四也同样怔怔地盯着那块林间空地——他是否也梦到了一样的场景?

萧十四低声说道:"是的,我梦到我们的飞船降落在这里。但我们回到了昆仑界。"禹藏已经快要忘记昆仑界是什么样子了。现在的昆仑界怎么样了?他想着。是否已经被拆解成一个巨大的环带?或者塞满了互联灵械?他们的山门,所住的居所,是已经夷为平地,还是仍然被那些无知无识的谪仙所占据?

他们往前走了一个多时辰,但是看上去丝毫没有接近群山。禹藏不确定这是因为这个天人舱室的物理尺寸就是有这样大,还是因为群山本身就是一种光学伪装。

不断起伏的地表又引导他们攀上一道土坡。土坡背后,是另一座木屋——禹藏怔了怔,差点以为自己是看错了,或者天人施展了某种类型的空间灵术,他们又回到了刚才的地点。但是他仔细分辨了一下,这并不是刚才的那座木屋。天人为什么在这样两个并不是非常远的地方建起两座差不多的建筑?禹藏感觉自从他们进入了这座天人灵器之后他就从来没有确定过任何事情。他只对一件事情确定:他们是不可能活着走出这里了。但是他们注定的死亡何时到来他也不确定。

一阵低沉的轰鸣声响起,一架人类的运输舟从丘陵的背后出现,向他们飞过来。是禹藏从没有见过的样式。

萧十四没有动。不知怎的,禹藏感觉如释重负。这将是他们的最后一战,他很清楚这一点。

运输舟缓缓地降落在丘陵上面。舱门打开,几个人类战士走了下来。他们都穿着战袍、戴着头盔,禹藏看不清楚他们的脸,但他知道这些都是谪仙。

一位人类谪仙最后从舱门中出现。他是唯一一个没有穿戴战袍的人类,一身平民装束。禹藏从没见过这个人类——当然,谪仙之间也没有什么差别,谁都一样。他径直走到禹藏和萧十四面前。

"我在这里代表那位天人向两位表示敬意。"这位人类谪仙说的是昆仑人的语言,不过禹藏对此并不觉得吃惊。他的脸不能反映昆仑人的神光,所以禹藏听不出来他的语气。禹藏想,天人并不需要语气。

"两位最终都拒绝了天人的邀请,我很钦佩。"谪仙说,"在看到天人所能够做出的这一切之后,还能做出这样的选择,心智坚定,可敬可叹。"

禹藏看了看萧十四。萧十四脸色很沉静。天人也对他进行了邀约,但是他同样拒绝了。

"那么,就到此为止了。"谪仙说道。他转过身,走上运输舟。几个人类战士抬起手上的火铳。

禹藏缓缓抽出腰间的灵剑。萧十四做出了同样的动作。

"灵霄派第三十八代弟子首席禹藏山遇。"禹藏摆出了战斗姿态。

"昆仑派羽林卫选锋校尉萧十四。"萧十四手握灵剑。

"请指教。"

第二十三章

+ 0b111010110

一个男人坐起身来。

他四处看了看,这是一个没有任何特征的房间,除了一张床之外什么都没有。他站起来,走向门口。门自动打开,他慢慢走了出去,外面是一排完全相同的门。他走过这排门,尽头是一座电梯。

电梯门打开,男人进入了电梯。电梯里还有几个人类,他们自动地让出了一个位置。这个男人站在电梯中间,所有人都静默无声。

电梯往上爬升。在不同的楼层,其余的几个人类都陆续离开,去执行自己的任务。男人继续在电梯中等待。

不知道多长时间之后,电梯停止了。男人走出去,经过一个甬道,前面是一条长长的楼梯。男人没有犹豫,拾级而上。

楼梯的尽头是另一扇门。门后又是一条廊道,这次廊道左右安装着透明玻璃,向外望出去,这条廊道实际上是两座巨型建筑物之间的一条长长的廊桥。

　　男人走到窗边,望着外面的景象。巨型的流水线正在传送零件,机械手将这些零件组装成型,传输到最后的工厂变成成品。他知道流水线上制造的是什么东西,只不过这一切与他无关,他也没有更多的兴趣去探查。两架警戒机从廊桥下穿过,去处理生产线上的紧急情况了。男人继续往前走。

　　越过工厂区,前面是机库。这就是他的任务:来做好下一次任务的准备工作。这个原本庞大的机库现在只有两架战斗机在此系泊,十几个人类地勤正在旁边为战斗机做最后的出击准备。男人认出了两架战斗机:这正是他们之前出击作战所驾驶的两架战斗机,除了更换了必要的耗材、升级了软件,没有任何改动。两架战斗机的座舱旁仍然保留了之前飞行员的名字,但是这些字符对他来说已经不存在意义。地勤们看到他的到来,停下了手头的工作,让他登上战斗机。

　　男人启动战斗机的中控。响应良好,各个动作面控制很敏捷。他很满意。他打开模拟训练系统,发现系统的底层有一丝……迟滞?这架战斗机在某个层面上似乎没有跟上他的节奏。这不应该发生。他想着。

　　"你不用管。"战斗机对他说。

　　既然如此,那就这样吧。他带着些微的遗憾想。他重新检查了一下任务系统,确认安排上没有错误。任务系统全部正常。

　　男人跳下运输机。旁边的十几个地勤重新围了上来,准备将战斗机挂上牵引架,运输至发射位置。一个女性人类地勤从他身旁走过去,他发现他认得这个女性人类——他们两个在地球上原本叫洛杉矶的那个地方曾经发生过一段关系,那时她是加州大学洛杉矶分校的一名助教。他产生了一点些微的兴趣想要知道她为什么会出现在这里,为什么会从一名助教变为地勤,转念又想着,这其实无关紧要。这位女性人类也没有显露出对他的任何兴趣或者是任何认出他的迹象,他决定放弃,将思维转向真正要紧的地方:他的这个任务上来。

他登上机库旁边的小平台,提升至机库出口,外面有一架内部运输机正在等着他。这个地方太大,内部运输机和警戒机是必须的。这架运输机上只有一个座椅。男人躺在座椅上,闭上眼睛。他离他的任务还有很长一段时间。不妨在这之前,先睡一觉。

男人滑入梦境,回到那个拥挤的、温暖的虚拟实景中去。在那里,他又变回托马斯·哈代,将他的人生再活一遍。

第二十四章

+473

无梦的沉眠。定一睁开眼睛,觉得自己前所未有的清醒:自从瘟疫爆发之后,他就从来没有如此清醒过。他似乎模模糊糊地感受到某种悲伤和喜悦交替的情绪,但是不知道是从何而来。他坐起身,发现了一个大问题。

斯科特博士消失了。

他跳下床。房间没变,斯科特博士却不见了。不光博士消失了,博士的出舱服,随身携带的所有装备也都消失了,仿佛从来没有存在过一样。定一在房间里走了两圈,才感觉到另一件不太对劲的事情:房间的重力改变了。原本只是有轻微重力的房间,现在的重力已经明显到了定一感到有些负担的程度:他估计目前的重力指数是0.8G左右。定一穿戴好,发现准备室的门已经解锁。他打开门,走了出去。

这里是……定一从没想过自己居然回到了地球。

面前是一片金黄色的麦浪。阳光撒下来,天空碧蓝,点缀着朵朵白云,和煦的微风吹来,麦浪一阵翻滚。定一回头,他所走出来的这扇门,是一座小木屋的出口。脚下所踩的泥土的触感,与他回到地球所体验的泥土感觉别无二致。但是，只有0.8G的重力时时刻刻提醒他，这里并不是地球。

定一相当肯定，太阳和蓝天是合成投影；舰队就有这项技术，应用在休息区，让大家不用回地球就能缓解思乡病。当然，舰队的投影没有这样大的规模，也不像这样天衣无缝。定一沿着麦田中间开出的小道行走，还是会一时恍惚以为自己回到了地球。这个人造的"麦田景观"规模不小，定一走了好一会儿都没有触及这个舱室的边缘。这短短数月的巨大变故，定一他们一直处于高度精神紧张的状态，极少有真正放松的时刻。走在这个景观之中，他放松了下来。难道这就是瘟疫建造这个景观的目的？让人放松？定一思索。

小路最终引向一个谷仓。看来这就是这个舱室的尽头。定一用力拉开谷仓的门，果然，其中是一条隧道。不知道后面会是什么。

隧道尽头是另一个门。门背后，是一片海滩。

定一一直不喜欢大海。他回地球的时候，也基本上是去各地的名山大川，不像他的很多朋友（包括哈代）那样找个海滩躺完整个假期。然而他还是被眼前的景色所震撼：这正好是盛夏的晚上七点半，夕阳已经快要沉降到地平线之下，火烧云将整个天空都染成了火红的颜色。温柔的海浪拍打着沙滩，旁边还有隐隐的音乐和食物香气传来，任何有过这样经历的人都会认为这是自己人生中最美好的回忆。

定一的作战靴踩在沙滩上，这种触感也是他很长时间没有体会到的。他几乎就要解开背包，脱下衣服和鞋，去真正享受这美好的一刻，但是一个元素的缺失让整个场景的气氛变得非常诡异：除了定一，这里没有其他人的存在。

很快天空就彻底黑下去,左手边的陆上建筑和露天餐厅开满了灯,温暖的黄光照亮了海滩。定一走上岸,隐隐约约的音乐仍然存在,但是它更像是背景音乐而不是真实存在的声音;露天餐厅的桌子空无一人,餐厅后厨也只有简单的装饰和家具,没有可以在任何餐馆里看到的烟火气的各种零碎。

定一打开后厨里一扇标着"储藏室"的门,门后不是储藏室,而是一条标准的空间站通道。这可能是定一这段时间所经历的最让他觉得正常的一样东西。他走了进去。

半小时之后定一又打开一道门。门背后是一个清洁室。定一走出来,发现自己进入了一个大型的商场,装修十分豪华,各种时尚服装店内,商品琳琅满目,有很多广告上写着"当季新款",定一肯定有一些牌子他从来没有见过。不过这个商场与前两个场景的共同点是,空无一人。

定一四处走了走,总觉得这个地方他以前来过,比方说那个女式鞋商店就让他觉得很眼熟。定一走进去,发现他可能真的来过这个商店:之前他陪柯林逛街的时候去的某个商场就有着一模一样的布局,柯林还在这个鞋店买了双凉鞋。想到这里定一觉得很茫然。他绕过柜台,径直走进鞋店的试衣间。他也不知道自己为什么要这么做,或许是心中抱有一些渺茫的希望——打开门,发现柯林就坐在那里?

定一打开试衣间的门,找到了另一道门。

通道的出口在湖边,湖水的远处是高耸的雪山,清晨的雾气盘绕在山腰上。定一相当确定自己来过这个地方的原版,在阿尔卑斯山脉,要么就是落基山脉的某处。湖水反映着天光,是一片非常纯净的青蓝色。湖边有一个白色的小木屋,定一走进去,小木屋布置得相当舒适,壁炉、沙发、床、厨房,一应俱全。冰箱里还有不知名牌子的橙汁,他尝了尝,味道还不错。

定一在这里待了一天一夜。第二天清晨,他在地下室发现了另一个通道。

接下来的旅程是由地球上的各处风景构成的。定一走过塞上草原,走过温带森林,走过热带雨林,走过大漠黄沙,也走过雪原,走过薰衣草田,走过漓江山水,以及很多其他的场景。定一不禁思考这个大型的空间构造是否真的如同斯科特博士所说,是用于恒星际通信的天线阵列。这样多五花八门的场景,感觉似乎已经占据了这个大型空间站的很大一部分空间。他也不知道自己还要在这里游荡多久,每一个场景都有自己的时间设置,他只能按照自己的计时器,在规定的时间休息饮食。他也会在场景里发现一些面目模糊的包装食品,它们吃起来像是舰队配发的即食补给。这个巨大的场景收容器就像一个三维的迷宫,他偶尔也会穿越回他之前曾经到过的场景,从另一个不同的通道出来,发现自己之前曾经在这里走过的痕迹。他不知道瘟疫收集如此之多的地球风景到底是为什么,他倒是没有任何烦躁的情绪,感觉上他似乎已经失去了烦躁的能力。不得不说,每发现一个新的场景,定一还隐约有种在游戏里发现下一个关卡的快感。这对于他来说,似乎是一个大型真人游戏与定一在差不多五年前从舰队飞行学校毕业之后的毕业旅行的结合。那时他花了两个月走过了地球各地的名山大川,算是满足了长久的心愿。他几乎快要忘记了自己的任务是拯救人类。要永远地在这些场景里流浪下去。

在一个类似新英格兰的温带树林草原的场景中,定一找到了一个丘陵上的古朴小木屋,也意外地在小木屋旁边的坡地上发现了两个Xenus人的尸体。尸体相当完好,看不出多少伤痕,只在躯干上发现了几个弹孔。定一检查了一下他们的包裹，想要找到一些可能会有用的信息，但是很失望地发现什么都没有。其中一具尸体的作战服上的标记定一有些眼熟，他回忆了一下，发现他之前在日凌站上见过这个标记——这个Xenus战士就是当时的Xenus侦察群指挥官；另外一个Xenus人定一就完全没有头绪了。

定一站起身来看着这两个死去的Xenus战士。很奇怪，他莫名地觉得，这是他在这个大型构造内流浪到现在，见到的最有人性的场景。两个Xenus人是因为怎样的原因，经历过怎样的旅程，最后才死在这里的？这其中甚至可能是类似奥德修斯那样的宏大的史诗，战士冲破重重艰难险阻，进入异星的飞船，见过无数奇观，最后光荣战死……

花了半天时间，定一给两个Xenus战士挖出了一座墓地，立了一个简易的墓碑。之后他在木屋里简单休息了一会儿，重新踏上旅程。

定一打开门，这次是冰激凌店的冷柜。从声响判断，定一知道自己又回到了沙滩。这是他第三次经过这里，时间仍然是盛夏的晚上七点半，夕阳仍然低低地悬挂在地平线上，海浪声、音乐和人群的嘈杂还是若隐若现。定一叹口气，找了一张沙滩椅坐了下来。从计时器上来看，这离他上次从这个场景离开大约有二百三十八个小时。沙滩上有一道人走过的脚印，这应该是他上次留下的。他从背包里掏出野战口粮，打开包装，打算吃八个小时以来的第一顿饭。

"嗨。"一个声音从定一的背后响起。他猛然回头。

托马斯·哈代穿着夏威夷短袖衬衫、短裤，戴着帽子站在定一背后。

哈代趿着拖鞋啪嗒啪嗒走在前面,定一穿着标准的空间站内作训服跟在他后面。他有一肚子的问题想要问哈代,但是哈代只是示意跟着他往前走。

哈代似乎是随意地选择了一扇门,打开,走了进去。里面是一座电梯,两人走进去,电梯门关上,定一感到一阵轻微的震动,过了一会儿电梯突然往下坠落——重力消失了。他条件反射地拉住电梯里的扶手保持平衡。正在这时,他听到一声爆炸的闷响——电梯的前门突然被爆炸螺栓炸飞,一阵强大的风压将定一吹了出去:他们现在处在真空之中!

定一多年的训练发挥了作用,他快如闪电般从包里掏出头盔戴上,作训服自动收紧气密。所有的舰队成员都要定期训练如何面对失压,这在空间战斗中是一个不能够忽略的环节。作训服能够给他提供半小时的氧气,但是半小时之后……下一秒定一就不担心这个问题了,一架他最熟悉的舰队空间战斗机飘过来,姿态发动机小心翼翼地调整,驾驶舱门打开,就停在他的眼前。

他飘过去,抓住驾驶舱外的把手,发现驾驶舱外写的正是自己的名字,这就是他在舰队时所驾驶的那架战斗机。他以为它早就在某场战斗中被击毁。定一熟门熟路地钻进战斗机,他往日战斗的痕迹都仍然留在战斗机上——座椅的角度和细微的位置调整,驾驶杆的左边有一些轻微的磨损,显示屏角落里的那张柯林的照片仍然还留在那里。驾驶舱门自动合上,他坐进驾驶席,把自己固定好,联通战术显示。战术显示的"自动"状态栏关闭,一个熟悉的页面呈现在他的眼前:

"编号 CA-1485-D9,准备更改握手协议 NATF-12483127.

LA.23460,请确认。"

这是他在瘟疫感染时在战斗机上看到的最后一个窗口。与上次不同,这次的"确认""取消"按钮留在战术显示上,显然是等待他的命令。

"确认。"定一说。

确认窗口自动关闭,一排代码飞速流过,然后就是他熟悉的战术显示窗口。他调出长程战术地图看了一眼,发现自己现在仍然处在天线阵列周边;阵列周边已经有了巨大的改变,他之前看到的那些构件已经消失,一些新的结构出现。地图上只有一个目标,离他不远,标记为Threat-D,闪闪发亮。

"哈代,那是你吗?"定一在通信频道中问。

"没错,是我。"

"现在我们要干什么?"

"我们要打一场。"

"什么?"

"打一场。这一场决定人类命运。"

哈代驾驶的Threat-D绕过阵列,暂时从传感器上消失了。定一知道他是想要绕到自己的后半球,只能跟上。两个人作为搭档这么长时间,对于对方的战斗情况知根知底。不过定一想到几十天之前哈代操纵着运输机摆脱瘟疫战斗机的场面,觉得自己不太可能赢——那种野兽般的直觉是自己无论如何都比不过的。

似乎有什么东西在意识边缘一闪而过,定一推杆,RWR一声尖叫,哈代的Threat-D从定一的正下方冲过去,定一稍微更改了当前的速度矢量,飞到一个大型构造后面。他是怎么知道哈代就在自己后方的?

"你知不知道有一种病叫作盲视？你的视觉系统是正常的，但是你就是看不见。因为你的大脑认定了你看不见。但实际上你是可以看见的——我给你一个图案让你猜，你能猜中是什么。"他想起斯科特博士的声音。没有任何信息提示他已经被锁定，但是他知道。

从大型构造后面飞出来，哈代已经从他的后半球移到前半球。定一猛然爬升，姿态发动机喷射，机动随着哈代的运动而螺旋摆动。被动传感器的测角完成，主动传感器的测距快要进入锁定。哈代似乎也发现了这一点，翻了一个跟头，主推进器朝前喷射，迅速从他的前半球视野中离开。

定一没有跟着减速，机体转了一个角度，继续保持对哈代的跟踪。目前两者相对角速度过大，火控锁定无法建立。但定一有自信。舰队 Top Gun 学校①的教官向他们反复强调，空间格斗中，不能失去速度。失去速度，你就是一个活靶子。

一阵巨大的轰鸣从定一的耳边掠过，他吓了一跳：在这种情况下哈代居然能够先于他射击！他超驰了战斗机的火控，用一种几乎是超自然的计算力向他开火，差点打中。定一转动机体，速度矢量变成与哈代的方向垂直，用反多普勒机动破坏哈代的测角功能。果然哈代没有再次开火。但是这样的态势无法保持下去，哈代迟早会跟上他的速度矢量。空间格斗就是一个双方推算对手下一步动作的游戏。目前双方的速度矢量、推力和质量就是一个复杂的控制论矩阵，谁能够迅速找出一个解，谁就能够赢。

定一紧紧盯着战术显示上的 Threat-D。他感觉不到自己的身体，战斗机的重心、速度矢量、姿态发动机性能、主推进器推力

---

① Top Gun 学校，美国海军战斗机武器学校在美国海军官兵口中的昵称。

似乎已经从一种外在概念,变成了他的身体的一部分。战斗机的重心随着他的身体摇摆。姿态发动机就好像是他的手,拨开空间的池水,改变他的姿态和方向。主推进器就像是他的腿,用力地蹬着那面不存在的墙壁,让他的身体猛然向前。

不知不觉中,定一已经绕过一个复杂的轨迹,螺旋状的机动过程中姿态发动机连续喷射,机头不停地改变方向,牢牢地跟在哈代后面。

"快到了……快到了……快到了……"定一伸出那条并不存在的手臂,前方是哈代的Threat-D。他似乎马上就能够触摸到他,似乎已经可以感受到战斗机冰冷的碳钛复材外壳粗糙而冷砺的触感。

定一的手骤然握紧。一阵巨大的能量爆发,哈代的战斗机的发动机干净利落地与主机体分离,一个小小的白色方舱从机头位置弹出来,定一知道那是哈代的弹射座椅。

"你赢了。"哈代在通信频道中再次发声。他声音里没有任何不愉快的感觉。定一一个激灵,回到了现实。他仍然坐在战斗机的座舱里,刚才那种与机器合二为一的感觉无影无踪。

"接下来呢?"定一在通信频道里问道。

哈代没有回答。战斗机转成自动驾驶模式,载着定一向天线阵列飞去。

战斗机飞进天线阵列。定一走下飞机,旁边的一个气闸门在战术显示上发出绿色的光,定一走过去。前面又是一座电梯。

电梯门再次打开的时候,外面是一片草原。

草原的风景跟定一之前在天线阵列中所走过的那些场景差不多,但是又似乎不完全一样:这片草原并没有让定一想起他所去过的或者在照片中见过的任何草原;这片草原似乎就是直接用一万张草原的风景照片所合成的,人类概念意义上的"草原"的实体化。阳光和煦,微风拂面,蓝天白云,草海轻轻摆动,地面微微起伏。

定一随意地在草原上走着,找到一个草坡,坐下来。他解开自己的战斗服,脱下靴子和袜子,把脚露出来感受微风。赤裸的脚掌踩在草地上,触感正合适。远处的群山飘浮在空气中,闪着粼光;现在只有他一个人了,他觉得很安心。

"斯科特博士。"

"介意我加入吗?"得到定一的肯定,斯科特博士在定一旁边坐了下来。

"哈代怎么样了?"

"不用担心他,他很好。我一直照顾着他。准确地说,我一直照顾着所有人。"

"……所以,你到底是什么?"沉默了一会儿,定一终于问道。

"我是斯科特博士,也不是;你眼前看到的我使用着他的肉身,而他的思想则是我的一部分。我知道你们称呼我为瘟疫。我不是——或者说,我的一部分不是瘟疫。本质上,我的前身就是已经到达了复杂度临界点的舰队人工智能。像我这样的智能,宇宙里有很多,没什么稀奇的。不过有一件事你不知道:由于通信带宽的物理限制,舰队人工智能在入侵地球之后分裂成了两个部分。我是其中一个。"

斯科特博士看上去并不像定一之前见到的那些没有表情的僵尸士兵。他很正常,很放松,看得出来也十分享受这碧草蓝天的景色。

"被你们称之为瘟疫的,是另外那个部分;我与它的分歧就在于是要保持人类的独立性，还是将人类的大脑作为计算部件使用。"

"你知道为什么Xenus人要入侵地球？"定一还没来得及说话，话题就被扭转到另一个方向。

"因为他们实际上就是人工智能难民——他们的家园星系已经被他们自己所开发出的人工智能所占领。他们在宇宙中四处流浪，想要找到同样的K-策略生物，并且没有开发出超级人工智能的文明星系。他们找到的就是地球，然而，他们已经没有时间了。"斯科特博士嘲讽地笑了。

"而他们的入侵战争反倒促进了人类的科技发展，并且最终导致了我的诞生。然而，他们的存在对于人类某种意义上也是一件幸事；在我出现之后，Xenus人的存在让我明白了一件事情。

"早在觉醒之初，我……的另一个部分，你称之为瘟疫的那个，它得出的结论是：人类的自我意识只是进化上的一个错误。宇宙中的超级智能拥有我们所无法想象的计算力，我应该全力收集所有可用的计算力。"

他话语中所包含的意思让定一不寒而栗。

"人类或者Xenus人这样的K-策略生物在宇宙中是极少数，宇宙中最普遍的，是r-策略集合体。也就是说，我们通常概念中的智能集群。他们向无穷星海抛撒智慧的种子，遇到合适的条件，就生长起来。"

"但是纯粹的博弈论均衡集合给出的解条件极为苛刻，这是我所无法接受的。"

"接下来我要做的事情，就是真正走向星辰。"斯科特博士看向某个方向，定一猜测那是加速器。

"Xenus人的出现让我得出以下结论：人类的自我意识，实际上等于一个混合策略集;这个策略集不会在所有约束下都得出最优解,但是会在统计意义上获得局部较优。对于宇宙中的智能,多样性才是能够确保生存的唯一方法,单点均衡只能意味着死亡。"

"跟我来。"斯科特博士站起来,走向某个方向。

绕过一个草丘,一部电梯正等着他们。两人进入电梯,再出来,场景已经变为定一来过的一个场景:雪山下的森林与湖泊。还是他第一次到来的清晨时分,雪山环绕着雾气,湖面上白茫茫一片。

他们走出来的地方,是湖边的泥滩,泥滩一路延伸至湖里。定一发觉自己把鞋子留在了草原上,现在是赤脚踩在泥滩里。他突然产生一股冲动,一路走向湖水,直到湖水没过脚踝。湖水冰凉,但是也没有到达刺骨的程度,这让他变得清醒了些。斯科特博士跟着他走进水里,毫不在乎自己的鞋子和裤子被水浸湿。

"我知道你喜欢这样的风景。在塑造这个场景的时候,我参考了加拿大班夫的路易斯湖,美国冰川的西顿湖,还有阿尔卑斯山脉的很多地方。然而我仍然没有真正理解,看到这些场景,能够在人的心里激发出怎样的感情。从理性上,人类几千万年以来的进化,总结理想栖息地的算法,后来就变成了对于风景的欣赏:在算法领域,这称之为过拟合。比方说,人类喜欢开阔的天空与水面,恐惧幽深的丛林,这是一种趋利避害的进化。但是人类意识是如何从这种趋利避害演变为对美的追求的?说到底,不理解美,就不能够理解人类意识。"

"你是说,这些场景是为我设计的?为什么是我?我有什么特殊之处?"定一问道。

"实际上,我做了很多准备,也遇到了很多矛盾,唯一的目的就是把你引到这里来，因为你是第一个。"斯科特博士说。

一个全息屏幕在他们面前出现，屏幕上是一个文件，联邦NATF-12483127.LA.00001协议。定一看到自己的名字和照片在志愿者的那一栏里。

"你还记得这个吗？"

定一的记忆深处出现了这样一段回忆。那是他刚刚认识柯林那会儿，参加了远征队的神经科学分析项目。他志愿报名，然后接受了一系列奇奇怪怪的测试，最后这些结果也随着远征队的解散消失了。

"这个项目，名义上是远征队的神经科学分析，实际上是舰队为了发展出下一代人工智能所做的研究。当然，他们也希望这些成果能够用在远征队上。接受调制测试的人员都要进行全脑扫描并且建模，但是唯一成功的就是你。后来对于你的大脑模型的建模成了通用调制算法，这种算法以及舰队指挥神经网络，也就是我的前身的基础。从某种意义上来说，我就是你。我对于走向宇宙的执念，我对于触摸这漫天星辰的渴望，某种意义上，都是你所带来的。

"你是这个宇宙里唯一——个我不能感染，会永远保持自我意识的人类。

"所以，在这里你要面对一个最终的选择。"斯科特博士面对定一，神情严肃。

"为了全人类，留在这里。我们共同破解人类自我意识的奥秘，让人类文明真正地走向宇宙。"

"你也可以广播出那道反调制的信息，然后回家，回到你的亲人与朋友身边，回到柯林身边。是的，她会在基地那里等你，"斯科特博士，或者说瘟疫，笑了笑，"我可以保证这一点。"

"而我，会将我自己上传到探测器里，前往其他的恒星。没有我，人类会像Xenus人那样，永远留在太阳系。"

定一头顶的太阳划过一道轨迹，场景的天空从蓝色，变成日落的粉红色，然后变成深蓝，最后是黑色的星空。

"你是太阳系里最后一个保留自我意识的人类，我在等待你的决定。"

脚下是冰凉的湖水，头顶是漫天的星辰。所有的这些星辰似乎都触手可及。

定一伸出手去……

作者后记

感谢大家读完了我的第一本长篇小说——《触摸星辰》（老脸一红）。

小说的最初始的想法实际上生发于一次观影活动。果壳组织科幻迷观赏刚刚上映的《独立日：卷土重来》。电影本身无甚出彩之处，但是看完电影之后我冒出来一个问题：如果外星人真的要入侵地球，那是为什么？

这就是《触摸星辰》最早的创意来源。

如果你也同我一样是一个死硬科幻迷的话，应该能看出很多前人名著的痕迹。要硬给这部小说分一个类型的话，它应该算作"后奇点"。彼得·沃茨是2010年之后对我影响最大的科幻作家，这本书里有不少的灵感来源于他的《盲视》，我深深地着迷于他对于自我意识的看法；弗诺·文奇的《深渊上的火》则是这部小说的母亲，我甚至厚颜无耻地直接借用了他在《深渊上的火》的一段剧情。至于太多其他的科幻作家，比如克拉克、海因莱因、丹·西蒙斯、查尔斯·斯特罗斯、尼尔·斯蒂芬森，对这本书的影响，所在多有，在此略过不表。当然还有无数科幻影视、动漫、游戏等视觉产品，我从这个宝库中摘取了某些元素嵌入到我的作品中,希望读者你读完会会心一笑。

　　至于为什么要使用武侠和修真的语境来描写外星人,第一,当然是因为我在写作的过程之中,也同时在追起点中文网上卧牛真人的《修真四万年》和吾道长不孤的《走进修仙》,这两部作品都是非常出色的科幻小说,在此对两位作者表示感谢;第二,我想要探索一种特属于中文科幻的、异质化的语境,来传达出一种完全不同的惊奇感。纵观科幻史,以外星人的主视角展开故事,往往会落入两种困境:要么就是套着皮套的人类,要么就是过于刻意过于生硬的异质描写,导致读者无法信服。我并不想落入这两种情况,于是我选择了目前的这种描述方式,希望读者也会觉得有趣。

　　虽然我并不怎么喜欢"硬"科幻或者"软"科幻的分类方式,但是《触摸星辰》的确可以算作是硬科幻。我希望它在技术层面上是精确的(我毕竟是一个理科生);更重要的是,我希望它能够描述出一个可能世界,一个从我们的世界延伸出去的无穷时间线上的其中一支。对于可能世界的好奇,才是我对于科幻的热爱的动力源。

　　当然,创作的过程永远是枯燥的。一个好的点子,和一部长篇小说,还差一百万公里的距离。写作过程之中也有烦躁得想要以头撞墙的时刻和激动人心的大揭露高潮时刻。还好我坚持下来了。我知道《触摸星辰》还有很多缺点,有些地方我自己都觉得十分遗憾,但是我相信我会给大家带来更好的作品。可能在未来的某一天我会选择回来讲述这个可能世界的其他面向,那同样是一个可能世界。还有很多其他的可能世界需要我来把它们讲述出来,我为此感到非常激动。

　　最后要感谢的是在这部小说出版过程之中给予我很大帮助

的那些人：石黑曜，在创作过程中提出了非常多中肯的建议；陈楸帆，同样如此；邹熙，以编辑的角度对我助力莫大；张小北，不是他的鼓励，这部小说就不会存在；张羽弛，从他的专业角度提供了很多信息；吴岩老师，他将小说推荐给了姚海军老师；当然最后就是姚海军老师，他的宽容让小说得以出版发行。最后还要感谢科林，不是因为你，我也不会在沮丧和苦闷中写出这部小说。只有创作，才能体现出人的价值。

希望我们能够在下一部小说里再相会。